KB201316

한뼘 양생

한뼘 양생

나이듦, 돌봄, 죽음 그리고 공부

발행일
초판 2쇄 2024년 12월 20일

지은이
이희경

펴낸이
김현경

펴낸곳
북드라망
주소. 서울시 종로구 사직로8길 34 307호(경희궁의아침 3단지)
전화. 02-739-9918
팩스. 070-4850-8883
이메일. bookdramang@gmail.com

ISBN
979-11-92128-57-3 03800

책으로 여는 지혜의 인드라망, 북드라망
bookdramang.com

한뼘양생

나이듦, 돌봄, 죽음 그리고 공부

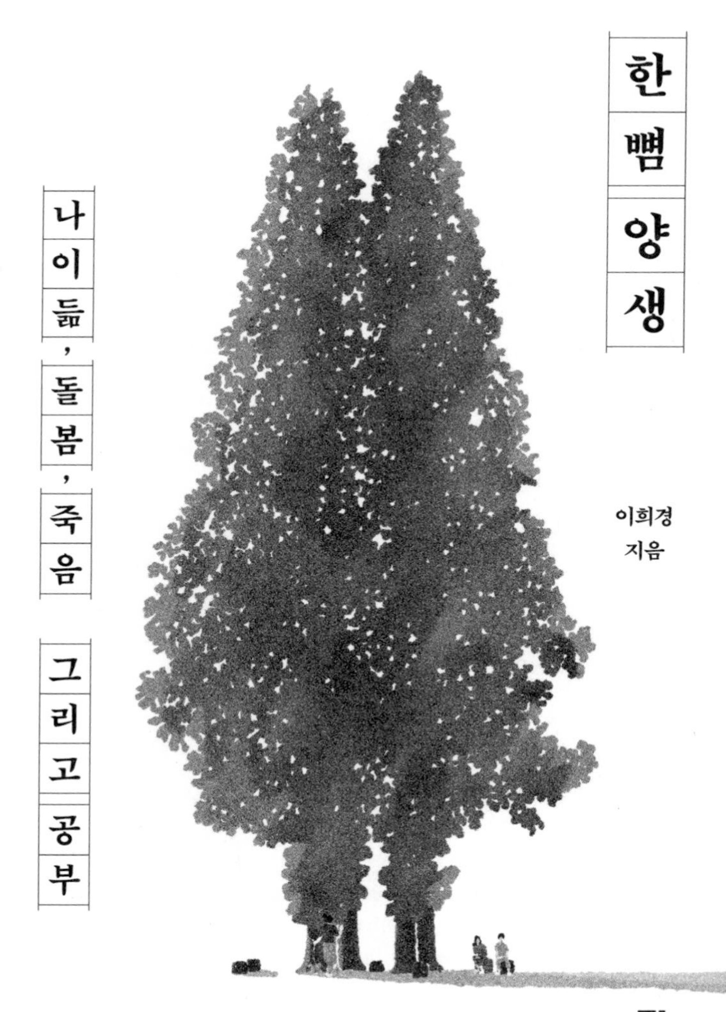

이희경 지음

BookDramang
북드라망

차례

프롤로그 7

1부 몸과 일상

병뚜껑을 열지 못한다고? 16
천 개의 폐경기, 너의 이야기를 들려줘 20
몸의 일기를 쓴다 24
필사하는 새벽 28
숨 32
건강이 신神이 되어 버린 사회 36
요가하는 마음 40
공자님의 잠옷 44
다이어트, 정답을 못 찾았어요 48
더 이상 어깨동무를 할 수는 없어도 52

2부 생명과 돌봄

사전연명의료의향서를 작성했다 58
숲세권의 공동 주민, 도롱뇽과 나 62
사순이가 남긴 질문 66
무심하고 민감하게, 나와 식물 이야기 70
내년에는 나도 '페스코'를! 74
'노라' 서포터즈를 구성하다 78
간호사, 간병인, 요양보호사, 그리고 나 보호자 82
K-장녀의 '독박 돌봄기' 86
아들 돌봄 시대가 오고 있다 90
영초언니에게 한발 가까이 94

3부 공동체와 연대

우리들의 글쓰기, 자기돌봄과 상호돌봄 100
마르지 않는 공동창고, 무진장 104
자기 힘으로 이동한다는 것에 대하여 108
일삼아 연대! 112
녹색평론이 돌아왔다 116
상옥과 채영을 응원하며 120
1월 9일 이태원특별법이 통과될까? 124
어느 날 밀양, 그리고 잔소리와 밥 128
다시, 공부란 무엇인가 132

4부 나이듦과 죽음

나이듦, 상실에 맞서는 글쓰기 138
어느 보수 꼰대의 위엄 있는 퇴장 153
만국의 늙은이여, make kin, not babies!! 169
디어 마이 솔로 프렌즈! 186
노인을 위한 나라는 없다 199
우두커니 살다가 제때 죽을 수 있을까? 209
공자와 빨치산, 그리고 노회찬 229
"좋은 시체가 되고 싶어" 246

부록 간병블루스

미션 임파서블, 간병이 시작되었다 262 / 요양사를 며느리로 착각한 엄마 270 / 사물과의 동맹 282 / 삼시세끼, 그 고단함과 고귀함에 대해 293 / 수술, 할 것인가 말 것인가, 그것이 문제로소이다 302 / 섬망, 간병지옥을 통과 중 312 / 느린 돌봄을 수행 중입니다 326

프롤로그

1

지난 8월 23일 저녁, 이 책의 교정을 막 끝냈을 때 병원에서 전화가 왔다. 어머니가 위독하니 빨리 오라는 것이었다. 다섯 시간 후 어머니는 임종하셨다. 중환자실에 입원한 지 6일째 되는 날이었고, 내가 어머니를 돌본 지 10년째 되는 해였다. 어머니는 이제 없다.

2

지난 몇 년간 내 공부의 화두는 '양생'(養生)이었다. 민주주의도 아니고 기후 위기도 아니고 양생이라니…. 처음엔 공동체 친구들의 반응도 신통치 않았다. 스피노자를 1년 동안 강도 높게 읽어 보자거나 사서(四書)를 원문강독 해보자고 했을 때의 호응과는 사뭇 달랐다는 이야기이다. 무엇보다 양생이라는 단어가 낯설다고 했다. 양생이라 하면 시멘트 양생이 먼저 떠오른다나? 믿을 수가 없었다. 주변 청년에게 물어봤다. 양생이라는 단어 아니? 뭐가 떠올라? 돌아오는 대답은, "후학 양생이요?"였다. 맙소사! 양생이 낯선 단어가 맞구나. 조용히 정정해 줬다. "음, 후학은 양생(養生)하는 게 아니고 양성(養成)하는 거야."

솔직히 말하면, 10년 전 한순간의 결정이 내 인생을 꼬이게 하지 않았다면, 나 역시 양생 따위는 생각조차 하지 않았을 것이다. 당시 혼자 살던 어머니가 한밤중에 화장실에서 낙상하셨는데 뭔가 심상치 않았다. 병원에서는 외상도 문제지만 넘어진 이유가 훨씬 중요하다면서 미끄러진 건지, 잠시 정신을 잃은 건지 물었는데 어머니는 아무것도 기억하지 못했다. 그뿐만 아니라 병원에 입원해 있는 몇 달 내내 절망, 분노, 자기연민, 우울을 오락가락하면서 자신과 다른 사람을 함께 괴롭혔다. 퇴원 후 다시 혼자 지내시게 하는 건 위험했다. 결국 어머니와 살림을 합쳤다.

당시 난 중년의 딸과 노년의 엄마가 서로 의지하며 함께 늙어가는 아름다운 동거를 꿈꿨는지도 모르겠다. 하지만 자신의 육체적 정신적 손상을 결여와 비참으로 받아들이고 있는 어머니와 함께 사는 것은 쉬운 일이 아니었다. 어머니는 나이듦과 죽음에 대한 준비가, 생로병사를 나름대로 겪어 낼 자기 언어가 전혀 없었다. 돈 벌고 자식 키우느라 바빠서였을 게다. 그러나 한편, 이반 일리치의 말대로 건강이 근대사회의 페티쉬(물신)가 되어 버린 것도 중요한 이유이다. 삶의 지평에서 죽음을 허겁지겁 감추고, 몸의 리듬에서 질병을 완벽히 추방하여 "신체적, 정신적, 사회적으로 완전한 상태"(세계보건기구)라는 '정상성'을 삶의 목표로 제시하는 생명권력의 시대에 건강하지 않은 노인이 된다는 것은 견딜 수 없는 수치가 된다.

그렇다면 "엄마처럼 늙지 않을래!"라는 바람만으로 다른 노년을 맞을 순 없지 않을까? 나는 어머니를 통해 나의 나이듦과 죽음에 대해 고민하기 시작했다. 잘 걷지도 못하고 눈도 잘 안 보이고 귀도 잘 안 들리는 상태가 되었을 때도 명랑한 할머니가 될 수 있을까? 질병과 나이듦에 대한 사색, 그리고 일상의 재구성 없이는 불가능한 게 아닐까? 나는 『장자』가 원출전인 양생이라는 오래된 단어를, 건강해지라는 사회적 명령, 관리하라는 자본의 유혹에 맞서 스스로 삶을 돌보고 가꾸는 기예로 다시 번역해 우리 삶의 전면에 배치하고 싶었다.

3

"오늘 밤 죽게 해주세요." 어머니가 입버릇처럼 하던 소리였다. 유독 나와 둘이 있을 때는 더 큰 소리로 중얼거리셨다. 짜증이 나면, "기도는 혼자 속으로 조용히 하셔"라고 어머니를 구박했다. 마음의 여유가 있을 때는 "요즘은 초고령화 사회여서 죽기도 쉽지 않아. 그러니 죽을 생각 말고 즐겁게 살 궁리를 하셔"라며 어머니를 달랬다. 실제 나는 어머니가 백 살까지 살지도 모른다고 생각했다. 식사도 잘하셨고 특별히 아픈 곳도 없었기 때문이다. 그러면서 나는 언제 끝날지 모르는 이 돌봄의 시간을 꾸역꾸역 견디고 있었다. 그런데 어떤 징조도 없이 벼락처럼 어머니의 죽음을 맞이한 것이다.

그러나 그것은 단지 사고였을까? 늘 그리워하던 손주가 여름휴가를 맞아 해외에서 돌아왔고, 그 손주와 저녁을 맛있게 드시고 이야기도 잘 나눈 후 주무시러 방에 들어갔다가 크게 넘어져서 사실상 그 순간 모든 것이 끝났던 것은, 어쩌면 '이제 다 되었다. 그만 가련다'라는 어머니의 의지는 혹시 아니었을까? 그러고도 중환자실에서 6일을 더 버티신 것은, 너무나 황망한 자식들에게 마음의 준비를 할 시간을 주려던 배려 아니었을까? 이런 은유와 해석이 아니라면 나같이 평범한 사람은 죽음의 저 도저한 우연성과 비의미성을 감당하기 힘들다.

임종을 앞둔 어머니 면회는 딱 20분, 비닐 옷과 비닐장갑을 장착한 채로만 허용되었다. 비닐의 이질적인 촉감 때문에 어머니의 몸이 차가운지 아직 따뜻한지 가늠이 안 되었다. 중

환자실 밖으로 쫓기듯 나오자, 이번에는 경찰에서 '변사팀'과 '과학수사대'가 왔다. 사망의 종류가 '병사'가 아니고 '외인사'였기 때문이다. 과학수사대는 집에 와서 현관부터 어머니가 거주하던 안방까지 샅샅이 사진을 찍었고, 손주는 경찰서에 가서 두 시간이 넘게 '사건' 경위에 대해 진술했다. 어머니 입관 시, 수의 위에는 십자가 장식포가 덮였는데, 상조회가 준비한 관보에는 '극락왕생'이라고 새겨져 있었다. 애도의 시간과 법적 시간, 영적 시간과 비즈니스의 시간이 혼란스럽게 뒤섞이고 있었다. 죽음의 시간은 아이러니 그 자체였다.

그래도 손녀딸이 "할머니 정말 보고 싶을 거야, 할머니 정말 고마웠어"라며 애절하게 우는 모습이, 남동생 친구의 진심으로 애통해하는 모습이, 나의 글을 통해 어머니를 알고 있던 공동체 친구들의 조문(弔問)이 큰 위로가 되었다. 그들의 슬픔으로 나는 이 비현실적이고 혼종적이고 분열적이고 아득한 시간을 통과할 수 있었다.

중환자실에서의 어머니 마지막 면회 때, 나는 어머니 귀에 속삭였다. "엄마, 마지막 10년 나랑 함께 살아서 좋았지? 그 10년 늘 바쁜 딸 뒤꽁무니만 바라보게 되어서 자주 외로웠지? 엄마 미안해. 이제 편안해지세요." 걷잡을 수 없이 눈물이 쏟아졌다. 죄책감 때문이 아니었다. 평생 고단하고 신산했던 그녀의 삶이 마음 아파서였고, 각자의 사랑이 서로에게 닿을 수 없었던 어긋남의 시간이 사무쳤기 때문이었다.

이제 나는 장례를 마치고 텅 빈 집에 혼자 남아서 하루는 어머니 옷을 정리하고, 다른 날은 일 년 뒤까지 예약되어 있던 어머니 병원 일정을 캘린더 앱에서 삭제한다. 매일매일 그녀의 소멸을 확인하고 확증하고 실감한다. 나는 저강도의 미만한 슬픔 속에 잠겨 있다.

4

양생을 현대적으로 다시 쓰는 일은 그것을 이론화하는 작업이라고 생각했었다. 푸코의 '자기 배려'라는 개념이 하나의 모델이었다. 그런데 포스트휴먼 시대의 양생에는 이제 비인간까지도 담겨야 하는 게 아닐까? 나는 무차별적이고 전방위적으로 공부를 해나갔다. 장애학, 신유물론, 동물권, 페미니즘 등이 새롭게 혹은 다시 내 시야에 들어왔다. 양생의 범주가 너무 크니까 하위 카테고리가 필요하다는 생각도 들었다. 질병, 나이듦, 죽음, 돌봄 등으로 양생의 영역을 쪼개 보기도 했다. 나는 양생의 이론화라는 막대한 포부를 갖고 좌충우돌 중이었다.

그런데 여든둘의 이모가 "언니 없으면 이제 나는 어떻게 살지?"라며 중얼거릴 때, 외숙모가 "형님, 예뻐해 주셔서 고맙습니다"라고 흐느낄 때, 회한과 비통 속에서 남동생이 "엄마, 고마워"라는 말을 마지막으로 토하듯 짧게 뱉어 낼 때, 곧 실버타운에 홀로 입주한다는 어머니의 깨복쟁이 친구가 디지털 방명록에 "사랑하는 친구 혜담아… 우리 나중에 만나자"라는 글을 담담히 남겼을 때, 나는 양생이 개념이나 규정이 아니라 질문이라는 것을 깨달았다. 장례의 시간뿐 아니라 삶 전체가 알 수 없는 시간의 점철이다. 우리는 정말 한 치 앞도 내다볼 수 없다. 그러니 다만 매 순간 곡진하게 물어야 한다. 어떻게 살 것인가? 다시 한 발을 어떻게 내디뎌야 할 것인가? 양생은, 그런 질문의 길이다.

5

여기에 실린 글은 모두 어머니 덕분에 쓴 것이다. '양생'의 문제의식 속에서 『경향신문』에 '한뼘 양생'이라는 코너명으로 칼럼을 연재했고, 나이듦과 죽음에 대한 사유를 넓히기 위해 관련 책과 영화의 리뷰를 썼다. '간병블루스'는 말 그대로 어머니 돌봄의 기쁨과 슬픔에 관한 이야기이다. 이제 어머니는 없다. 어머니의 묘비명은 "고단했지만 좋은 날도 많았다. 모두 행복하기를!"이다. 사는 동안 힘껏 살아보겠다.

2024년 9월

이희경

1부

몸과 일상

병뚜껑을 열지 못한다고?

발단은 한 회원이 홈페이지에 올린 생활 글이었다. 3년 정도 느슨하게 저강도 필라테스를 했더니 선명한 복근까지는 아니어도 제법 힘이 붙어 예전보다는 병뚜껑을 좀 쉽게 딸 수 있다는 이야기였다. 문제는 거기에 줄줄이 붙은 댓글이었는데, 이슈는 운동이 아니라 병뚜껑이었다. 한 친구는 방아쇠수지증후군 때문에, 다른 친구는 약해진 악력 때문에 병뚜껑을 못 딴다고 했다. 압권은, 잼을 샀는데 뚜껑을 못 열어 남편 퇴근을 기다렸고, 생수병 뚜껑을 못 열어 지나가는 사람에게 부탁했다는 어떤 회원의 고백이었다. 결국 젊은 회원 한 명이 '다용도 만능 뚜껑 따개'를 구매해 모두에게 안기면서 이 소동은 일단락되었다.

다행히 나는 아직 생수병 정도는 연다. 대신 회전근개파열로 인해 칼을 들고도 사과를 반으로 자르지 못하며, 김치찌개용 참치캔을 따지 못하고, 요가할 때 점점 안되는 동작이 늘고 있다. 거기에 목디스크에 따른 방사통으로 늘 견갑골 주변이 뭉쳐 아프고 손목까지 저릿저릿해서 노트 필기가 어렵다. 아이 낳아 키우고, 살림하고, 공부하고, 활동하고, 어머니까지 부양하면서 '열일' 했던 내 근육은 마치 오래 입은 옷처럼 나달나달 삭고 터지고 뚫어져 끊어지기 일보 직전이다.

"꼬부랑 할머니가 꼬부랑 고갯길을 / 꼬부랑 꼬부랑 넘어가고 있네"라는 옛이야기 '꼬부랑 할머니'는 단순하고 반복적인 입말이 주는 리듬감과 재미 때문에 동요로 그림책으로 오랫동안 사랑받았다. 그러나 현실의 꼬부랑 할머니가 동화책 속 꼬부랑 할머니처럼 따뜻하고 푸근하고 해학적인 존재인가는 생각해 볼 문제이다. 왜냐하면 허리가 굽는 실제 이유는 골다공증으로 인한 연속 골절 혹은 오랜 밭일 등으로 인한 척추변형의 결과이기 때문이다. 어머니도 몇 달 사이에 2번과 1번 요추가 부러졌는데 두번째 골절은 알아차리지도 못하는 상태에서 벌어졌다. 의사는 기침만 해도 뼈가 부러진다고 나중에야 경고했다. 그리고 이런 척추질환은 다시 협착, 좌골신경통 등으로 이어지면서 격심한 만성통증을 유발한다.

알려진 대로 이런 근골격계 질환은 주로 여성에게 일어난다. 남성보다 상대적으로 뼈가 가늘고 골밀도가 낮은 데다

임신, 출산, 가사노동으로 인해 평생에 걸쳐 뼈와 주변 근육이 스트레스를 받고, 갱년기에 이르러 에스트로겐 호르몬 감소로 뼈 손실이 가속화되기 때문이다. 2023년 4월 농촌진흥청이 발표한 '2022년 농업인 업무상 질병 현황 조사'에서도 여성이 남성보다 유병률이 높았고 70대는 50대와 비교하면 2.5배 정도 더 아팠으며 질병의 98%가 근골격계 질환이었다.

나는 일흔 살이 되어도 청바지에 툭 걸친 카디건이 그렇게 잘 어울릴 수가 없는 영국 여배우 샬럿 램플링을 동경하고, 〈스트릿 우먼 파이터〉라는 댄스 예능 '덕질'을 하면서 나도 저렇게 춤추고 싶다는 꿈을 꾼다. 하지만 벌써 회전근개파열, 목디스크, 무지외반증, 연골연화증 등 뼈와 근육이 빠르게 손상되고 있는 나는 격렬한 댄스가 그림의 떡이라는 것을 잘 안다. 그리고 샬럿 램플링처럼 되기보다 우리 엄마가 갔던 길, 여성들의 최빈도 노화 경로──즉 지팡이, 보행기, 마지막엔 휠체어에 의존하는 노년이 될 가능성이 높다고 생각한다.

철학자 장 아메리는 늙는다는 것은 점점 더 세계를 잃어버리고 자기 몸에 갇히는 것이라고 말한다. 몸은 더 이상 자신과 세계를 매개해 주는 것이 아니다. 그에 따르면 몸은 헉헉거리는 숨소리, 염증에 시달리는 관절이고, 세계와 공간을 우리에게 막아 버리는 장애물이다. 이렇게 "몸은 감옥이 된다".장 아메리, 『늙어감에 대하여』, 김희상 옮김, 돌베개, 2014 그는 서늘한 어조로 어떤 진실, 필라테스나 만능 뚜껑 따개로는 노화에 저항할 수 없다는 사실을 냉정하게 말하고 있다.

얼마 전 병뚜껑을 못 따는 친구와 사과를 못 자르는 내가 함께 〈나이듦연구소〉를 만들었다. 슬로건은 "다른 노년의 발명"이다. 그렇다고 우리가 노화에 저항하겠다는 야무진 의지나 세상을 깜짝 놀라게 할 노년 담론을 만들겠다는 원대한 포부를 가진 것은 아니다. 다만 우리는 늙은 여성의 몸을 비가시적인 것, 익명으로 만드는 세상에서, 늙어가는 몸에 대해 말하기, 더 디테일하게 말하기, 더 잘 말하기를 수행하고 싶을 뿐이다. 그렇게 할 수만 있다면 우리는 고통을 삭제하지 않고서도 몸의 감옥에 갇히지 않는 방법을 찾아낼 수 있지 않을까? '다른 노년의 발명'은 점점 하찮아지는 몸을 가지고도 여전히 세상과 교섭하기를 원하는 나와 친구들의 절박한 실존 과제이다.

천 개의 폐경기,
너의 이야기를 들려줘

몇 년 전 복고열풍을 불러왔던 화제의 드라마 한 장면. 갱년기를 겪고 있던 주인공의 엄마는 매사에 짜증이 나고 우울하다. 그러다가 남편에게 하는 말, “나, 사형선고 받았다. 하느님이 내보고 여자로 그만 살란다. 당신, 이제 내캉 의리로 살아야 하는디 괘않겠나?” 시대착오적으로 보이지만 1990년대 중반까지도 폐경기는 여성성 상실, 여자로서 끝이라는 식의 통념이 지배적이었다. 이제 그런 낙후된 이야기를 하는 경우는 드물다. 광고에서처럼 “얼굴이 붉어지길래 부끄러우냐고” 묻는 일은 자신의 무지를 고백하는 것과 다름없다. 폐경기는 여성호르몬이라 불리는 에스트로겐이 감소하면서 생겨나는 자연스러운 신체적 변화 과정일 따름이다.

폐경기 이슈는 수십 년 사이에 가치판단의 영역에서 앎

과 의료라는 과학적 영역으로 전환되었다. 안면홍조, 수면장애, 다한증, 과다월경, 우울증 등은 늦기 전에 적극적으로 개입하여 예방 혹은 치료해야 한다(고 주장된다). 그런데 과연 좋아진 일일까? 우리는 또다시 전문가가 제공하는 의학 정보와 온갖 갱년기 건강식품에 포위되어 버린 건 아닐까? 여성이 남성의 성적 욕망의 대상에서 의사의 치료 대상으로 위치만 바뀌었을 뿐 자기 몸과 주체적인 관계를 맺지 못하고 있다는 점은 예나 지금이나 마찬가지이다.

우리는 폐경기를 공부하기 위해 4회짜리 짧은 세미나를 만들었다. "삶의 진정한 지혜는 폐경기에 찾아온다"라고 말하는, 이 분야에서는 정평이 나 있는 크리스티안 노스럽의 『폐경기 여성의 몸 여성의 지혜』이상춘 옮김, 한문화, 2011를 텍스트로 정했다. 그러자 30대에서 60대에 이르는, 비혼과 기혼을 망라한 스물다섯 명의 사람이 전국 각지에서 줌으로 접속하였다.

그런데 막상 세미나가 시작되자 나는 좀 당황했다. 산부인과 의사인 노스럽의 책은 자신의 이혼 이야기로 시작되고 있었다. 사적인 발화와 공적인 정보가 교차하고 전문가의 견해와 개인적 감정이 혼재된 글쓰기! 그런데 그런 식의 스토리텔링이 오히려 묘한 매력을 풍겼다. 솔직히 자기의 삶을 해석하지 못하는 갱년기 정보가 무슨 쓸모가 있겠는가? 에스트로겐과 프로게스테론 호르몬의 상관관계를 안다고 해서, 조골세포와 파골세포의 역할을 파악했다고 해서 자기 경험과 감정을 이해할 수 있는 것은 아니다. 호르몬과 신체적 변화, 그리고 감정의 기복까지 연결해, 분산된 경험을 맥락적으로 엮어 내야 한다. 폐경기를 주체적으로 겪는다는 것은 그렇게 자기 삶을 새로운 이야기로 다시 쓰는 일일 게다. 우리는 노스럽을 따라 자기 이야기를 해나가기 시작했다.

누군가는 아직 젊은 나이인데도 요실금이 생겨서 고통이 심하다고 했다. 유방암 치료를 위한 호르몬 처방 때문에 일종의 강제 폐경을 경험하게 되면서 아무 때나 열과 땀이 나는 등 자기 몸을 스스로 조절할 수 없는 무기력한 상황에 빠져 버렸다는 사람도 있었다. 오버사이즈 생리대로도 감당할 수 없는 과다출혈이 40일씩 계속된다는 고백도 나왔다. 우리 모두 이미 겪었거나 앞으로 겪을 일이었다.

신체적 증세만이 문제는 아니었다. 분노 조절이 잘 안 되어 어디서나 쌈닭이 되어 간다는 고백, 사춘기 아들과 거의 매일 세계대전급 전투를 벌이고 있다는 토로, 툭하면 섭섭하고 억울한 감정에 사로잡힌다는 실토가 이어졌다. 그런데 말을 나누다 보니 감정 역시 호르몬의 변화와 무관한 것은 아니지만 호르몬 수치만으로 설명할 수 없는 더 다양한 요소들과 연관되어 있었다. 뭐 하나 변변히 이룬 것이 없는 삶의 이력,

이혼이나 자녀의 독립 같은 가족관계의 재편, 끝없는 노동에도 불안한 경제적 상황이 우리를 짓누르고 있었다.

이야기는 누에가 실을 잣듯이 이어져 갔는데 이야기의 둥근 원 속에서 자신의 이야기는 다른 사람의 이야기를 통해 때론 교정되고 때론 풍성해졌다. 감정의 기복을 의지로 극복하겠다는 사람은 호르몬의 물질적 영향력을 받아들였고, 우울증 약에 의존하고 있는 사람은 세상에 대한 해석을 바꾸고 익숙해진 삶의 패턴을 바꿔야만 치유될 수 있다는 사실을 알아차렸다. 그 과정에서 우리는 때론 공감하고 때론 안쓰러워하면서 서로에게 애틋한 존재가 되어 갔다. 이야기만으로 생면부지의 사람들 사이에 연대의 감정이 만들어진다는 사실에도 감탄했다. 폐경기 세미나는 끝났다. 그러나 군대 이야기, 정치 이야기, 입시 이야기가 넘쳐나는 세상에서 여성들의 폐경기 이야기는 여전히 너무 적은 게 아닐까? 우리에겐 더 다양한 폐경기 이야기, 그 천 개의 이야기가 필요하다.

몸의 일기를 쓴다

얼마 전 후배가 74세의 딩크족 노부부에 대한 다큐멘터리 한 편을 소개했다. 핵심은 '느림'이었다. 70대가 되면 '후다닥' 밥을 차리는 게 불가능한 몸이 된다는 것이다. 노년 코하우징* 프로젝트를 추진하는 나에게 후배는 "그냥 넓은 집에서 친구들과 다같이 사세요. 70대, 80대가 되어서 각자 공간을 갖는 게 의미가 있겠어요?"라고 말했다. 사실 그 프로젝트에서 비용이나 건축법 못지않게 고민이 된 것은 '늙은 몸'에 대한 구체성이었다. 건물 안에 엘리베이터가 필요할까? 몇 살까지 운전할 수 있을까? 늙은 몸이 도통 가늠되지 않을 때 나는 다

* 입주자들이 독립된 주거 공간을 가지면서 동시에 공용 공간에선 공동체 생활을 하는 협동 주거 형태.

니엘 페나크의 『몸의 일기』조현실 옮김, 문학과지성사, 2015를 다시 읽는다.

51세 때는 "날렵한 걸음걸이, 유연한 발목, 견고한 무릎, 탄탄한 장딴지, 튼튼한 엉덩이"를 가진 자기 몸에 우쭐한다. 그러나 딱 1년 후에는 논쟁을 하던 중 단어가 생각나지 않아 극도로 낙담한다. 55세에는 검버섯이 돋았고, 59세에는 스스로 가려운 곳을 정확히 찾아 긁는 데서 희열을 느낀다. 60대에는 어지럼증·사라진 성적 욕망·심해진 건망증, 70대에는 이명·시도 때도 없이 나오는 방귀·전립선비대증·휴대용 소변 주머니와 더불어 산다. 80대에는 바지 앞 지퍼를 잊고 잠그질 않는 일과 낮잠이 일상이 된다.

이 소설의 시작점. 보이스카우트 캠프에 참가한 열세 살 주인공은 친구들 장난으로 나무에 묶여 숲에 버려졌고 겁에 질려 똥을 쌌다. 극도의 수치심 속에서 주인공은 결심한다, 두려움에 지지 않기 위해 '몸의 일기'를 쓰겠다고. 몸이 무엇을 할지 미리 아는 것은 불가능하지만 몸의 모든 것에 대해 기록한다면, 몸에 휘둘리는 일은 없지 않을까?

열일곱이 되어서도 주인공의 생각은 변함없다. 아직도 몸은 속속들이 익숙하지 않았고, 발전된 의학이 자기 몸에 대한 낯선 느낌을 없애 주진 못했기 때문에 "루소가 산책길에 식물채집을 했던 것처럼" 자기 몸을 관찰하고 채집하겠다고 생각한다. 그렇게 주인공은 열셋부터 여든여덟까지 몸이 벌이는 사건, 몸이 보내오는 온갖 신호를 기록한다.

알다시피 몸은 인식의 근거이고 권력관계의 현장이다. 따라서 두려운 몸, 빼기는 몸, 유능한 몸, 늙고 병난 몸, 심지어 잊힌 몸까지 오로지 몸이 겪는 몸의 생애사를 기록한 이 소설은, 다른 한편으로는 훌륭한 정치적 에세이이자 인류학적 자기 관찰지이기도 하다. 문제는 이것이 남성 몸에 대한 이야기라는 것이다. 저자의 말대로 세상은 온통 건강과 '피지컬'에 대해 이야기하지만, 여성의 몸·늙은 몸·장애인의 몸·성소수자의 몸에 대해서는 여전히 지나치게 적게 말한다. 세상 n개의 몸에 대한 디테일에 우리는 무지하다.

나도 몸에 대해 생각한 지는 얼마 되지 않았다. 어릴 때 음식을 씹지 않고 물고 있었고, 청소년기에 첫 생리와 더불어 관능적 쾌락에 눈을 떴고, 청년 시절 고문으로 온몸이 단풍나무처럼 변한 적도 있지만, 그 어느 때도 몸이 탐구 주제였던 적은 없다. 나는 언제나 몸이 아니라 정신, 이념, 의지가 나인 것처럼 살았다. 하지만 틀렸다. 몸이 나에게 협조하지 않는 순간이 벼락처럼 온 후 나는 비로소 몸이 나라는 것을 뒤늦게 깨달았다. 나는 이제 몸의 일기를 쓴다.

시네필을 자처하는 내가 영화관에서 까무룩 졸았을 때의 당혹감, 여권 사진에 포토샵은 필요 없다고 '보디 포지티브'

를 흉내 내지만 깊어져 가는 M자 탈모 앞에서의 속수무책 두려움, 임플란트라는 이물질에 적응하는 고통, 앉았다 일어설 때마다 저절로 터져 나오는 '아이고'라는 곡소리를 나는 쓴다. 나는 매일매일 내 몸과 경합하고 복종하고 분노하고 화해한다. 나는 내 몸과 분투 중이다.

『몸의 일기』 주인공은 일기를 딸에게 남겼다. 나는 그럴 생각이 없다. 나는 그것을 내가 몸을 끌고 가는 것도 아니고, 몸이 나를 끌고 가게 하는 것도 아닌, 그 어딘가의 균형점을 찾기 위해 쓴다. 저자의 말처럼 "흐릿함에서 벗어나기, 몸과 정신을 같은 축에 유지하기" 위해 나는 쓴다. 자기 배려의 기술로서 몸의 일기. 아직은 이것으로 충분하다.

필사하는
새벽

6시, 눈을 뜬다. 아직 어둡다. 천천히 일어나 거실로 나가 물을 끓인다. 뜨거운 물 100밀리리터를 컵에 따르고 냉장고에서 찬 물을 꺼내 같은 양을 그 위에 붓는다. 창문을 열고 새벽 공기를 마시면서 잠시 물이 섞이길 기다린다. 겨울 기운은 완연히 가셨다. 그래도 공기는 선뜻하다. 천천히 『동의보감』에서 말한 그 음양탕을 마시고 방에 들어와 책을 편다. 오랫동안 읽고 쓰는 일을 해왔고 이제 텍스트의 맥락을 파악하고 핵심을 요약하는 일은 숙련공에 가까워졌지만 읽기의 아름다움과 설렘을 느꼈던 적은 언제인지. 나의 읽기는 여전히 도장깨기의 여정에 머무는 것은 아닐까?

얼마 전부터 다른 읽기를 시작했다. 아침마다 조금씩 천천히 읽고 좋은 구절을 또박또박 베껴 쓴다. 요즘 읽는 책은 아메리칸 원주민 출신의 식물학자 로빈 월 키머러가 쓴 『향모를 땋으며』노승영 옮김, 에이도스, 2021이다. 오늘은 '감사에 대한 맹세'라는 부분을 읽는다. 지금도 원주민 학교에서는 국기에 대한 맹세 대신에 감사 연설로 한 주를 시작한다. 감사는 모든 것의 근원인 땅에서 시작해서 물로, 물의 변형인 폭포와 비, 안개와 개울, 강과 바다로 나아간 후 물고기, 딸기, 콩과 옥수수, 단풍나무, 새를 언급하고 다시 바람과 우레, 천둥, 해와 달, 별에 이른다. 그들에게 충성해야 할 것이 있다면 그것은 국경도 없고 사고팔 수도 없는 바람과 물이다.

존재하는 모든 것은 선물이며 그것은 호혜적 관계를 통해 순환한다는 것이 아메리카 원주민의 오래된 지혜였다. 그러나 조지 워싱턴은 뉴잉글랜드 지역에 거주하던 원주민, 오논다가족을 절멸시키라고 명령한다. 일명 초토화작전! 수만 명이 살해당하고 자녀들은 강제로 기숙학교에 보내졌다. 옷도 언어도 의례도 금지되었다. 세상과의 호혜적인 관계 방식을 빼앗기자 식물들이 사라지고 호수는 오염되고 세계가 찢겼다. 그 갈라진 틈으로 이제 윈디고가 출현한다. 윈디고는 아메리카 인디언 전설 속의 괴물이다. 먹으면 먹을수록 굶주림에 시달리는 녀석. 세상은 공포와 탐욕으로 뒤덮인다.

그러나 이 책은 고발에 관한 책이 아니라 복원에 관한 책이다. 모욕당하고 추방당했던 할아버지의 손녀이자 모든 것을 빼앗긴 포타와토미족의 후예인 저자는, 그래도 땅에 대한 존경과 감사의 마음을 조상으로부터 물려받았다. 고향이든 보호구역이든 땅은 여전히 그들의 약, 도서관, 먹여 살리는 원천이었다. 그리고 발치에 지천으로 뿌려져 있는 산딸기는, 선물과 상품은 다르다는 것, 공짜인 선물은 혼자 몽땅 쓸어 담지 않아야 한다는 자제심을 가르쳤다. 그렇게 이끌린 식물들. 그러나 지도 교수는 인간과 식물의 포옹 따위는 과학이 아니라고 말한다. 식물은 '스승'도 아니고 '당신'도 아니고 '그것'이다. 그렇게 대상으로 만들고, 대상을 부분으로 나누고, 그 부분을 요소로 환원시키는 것이 그녀가 대학에서 배운 과학이었다. 그러나 어린 시절부터 숲에서 자라고 땅에 대한 책임을 배운 그녀에게 과학은 종 경계를 건너는 방법, 다른 존재들을 최대한 온전히 아는 방법일 따름이었다.

나 역시 원주민의 후예다. 나의 먼 조상들도 어디로부터인가 이주해 왔지만 자기가 도착한 그 장소를 "자녀들의 미래가 여기 달린 것처럼" 돌보고 가꿨을 것이다. 감나무에 까치밥을 남기고 음식을 먹기 전에 고수레를 했을 것이며, 욕심이 동티를 불러온다는 것을 단단히 새기면서 살았을 것이다. 그런데 우리는 왜 이렇게 빨리 잊어버렸을까?

저자에 따르면 의례란 '기억하기를 기억하는 방법'이다. 그녀의 조상들은 창조신화에 나오는 첫 식물, 향모를 기르고 땋으면서 세상에 대한 감사의례를 드렸다. 저자는 토박이 지혜(영성)와 과학을 엮어서 새로운 이야기를 만들고 있다. 상처 난 세상, 망가진 세상조차 여전히 우리를 먹여 살리고 있다면 우리는 절망 대신 기쁨을, 종말론적 저질 수다 대신 세상의 복원에 대한 책임을 선택할 수 있다.

오늘 아침, 여전히 전쟁은 계속되고 숲은 불타고 북극곰은 죽어가고 꿀벌은 사라지고 사람들은 모욕당한다. 나는 상심하나 무력하다. 그래도 다시 천천히 읽고 또박또박 쓴다. "감사를 표현하는 것은 순진무구해 보이지만, 혁명적 개념이기도 하다. 소비사회에서 만족은 급진적 태도이다." 눈물 한 방울이 또르르 흐른다. 이제 나의 읽기와 쓰기는 기도, 명상, 의례가 된다. 어쩌면 아직 완전히 늦은 것은 아닐지도 모른다. 나는 힘을 내서 하루를 시작한다.

숨

숨쉬기에 문제가 있다는 것을 최근에 확실히 알았다. 축농증이나 비염을 앓고 있는 것도 아닌데 코가 아니라 자꾸 입으로 숨을 쉬고 있었다. 얼마 전에는 운동 코치가 내가 숨을 잘 못 쉰다고, 정확하게 말하면 숨, 특히 날숨이 짧다는 지적을 한 적도 있다. 거슬러 올라가면 세월호 직후 백팔배와 명상을 할 때도 나는 내 호흡이 짧고 불안정하다고 생각했었다. 아, 나는 왜 숨쉬기조차 제대로 못하는 것일까?

『장자』에 나오는 도를 체득한 사람, 진인(眞人)은 잠을 자도 꿈꾸지 않고, 깨어서도 근심이 없다. 그는 먹을 때는 맛있는 것을 구하지 않고, 대신 숨 쉴 때는 깊고 고요했다. 거의 숨쉬기만으로도 생명을 유지한다는 이야기인데, 그럴 수 있는 이유가 보통 사람은 목구멍으로 숨을 쉬지만, 진인은 발뒤꿈치로 숨을 쉬기 때문이다. 나는, 한편으로는 어림없다는 것을 알면서도, 늘 시비 호오에 끌려다니지 않고 완벽한 평정심을 지닌 진인의 상태를 꿈꿨다. 그렇다면, 비슷하게라도 되려면, 가장 먼저 해야 할 일은 얕고 짧은 나의 숨쉬기를 어떻게든 바꿔 보는 것이었다. 이후 나는 틈만 나면, 운동할 때든 산책할 때든 나름의 호흡 수련에 열중했다. 그러던 어느 날, 갑자기 어지럼증이 오면서 쓰러질 뻔했다. 투머치 호흡! 숨을 잘 쉬어 보겠다며 호흡을 무리하게 인위적으로 조절하다 부른 화였다.

내 이야기를 들은 친구는 웃으면서 호흡명상의 대가, 부처님 말씀을 들려주었다. 부처님은 단 한 번도 숨을 잘 쉬어야 한다거나 날숨이 중요하다 같은 이야기를 하신 적이 없다고 했다. 다만 숨을 내쉴 때는 내쉰다는 것을 알아차리고, 들이쉴 때는 들이쉰다는 것을 알아차리고, 길게 숨을 쉴 때는 그러고 있다는 것을, 짧게 숨을 쉴 때는 또 그러고 있다는 것을 알아차리라는 이야기를 하셨을 따름이라는 것이다. 한마디로 호흡은 방편일 뿐 수행의 핵심은 내 눈앞에서 무엇이 생겨나고 지나가는지를 무심히 지켜보는 일이라고 했다. 그러다 보면 희로애락의 온갖 감정은 결국 사라지고, 또 그렇게 자신을 비우면 이른 아침에 연꽃잎이 저절로 한 잎 한 잎 열리듯 타자를 향해 나를 완전히 개방하는 것이 가능하게 된다는 뜻이라고, 나는 이해했다.

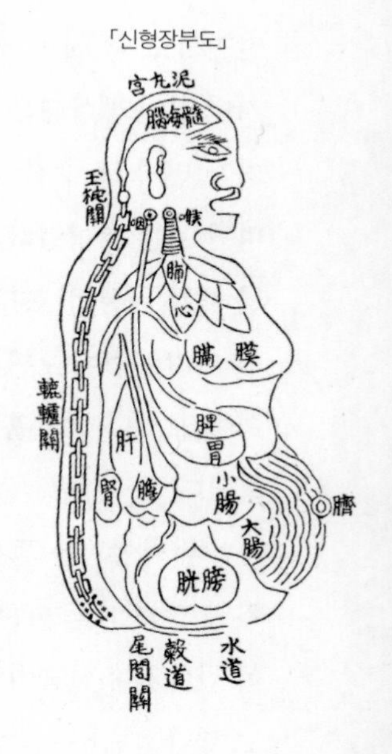

「신형장부도」

동서를 막론하고 고대 양생의 지혜에서부터 현대 의학에 이르기까지 숨을 생명의 기본으로 여기는 까닭은 어쩌면 아낙시메네스의 말처럼 공기가 모든 것의 근원이기 때문일지도 모른다. 어떤 생명도 공기의 유동 속에서 탄생하고 소멸한다. 물질의 상이한 상태를 매개해 주는 것도, 보이지 않는 향기나 소리를 전달해 주는 것도 공기이다. 만물과 함께 공기의 순환에 참여하는 것, 그것이 호흡, 우리의 숨이다. 『동의보감』의 첫 장에 나오는 「신형장부도」몸의 형태와 오장육부를 그려 놓은 그림 역시 배꼽 주변의 출렁이는 주름을 통해 우리가 세상 만물과 보편적 호흡을 공유하고 있다는 사실을 드러낸다.

그런데 근대에 들어 우리는 나와 타자 사이의 참된 공유인 보편적 호흡을 잃어버렸다. 식물철학자인 마이클 마더는 『식물의 사유』이명호·김지은 옮김, 알렙, 2020라는 책에서 이것을 "근대 인간은 자신의 숨을 없앴습니다"라고까지 표현한다. 우리는 다른 존재들, 특히 식물들로부터 많은 것들을 무상으로 받았지만 돌려줄 수 있는 것보다 더 많은 것들을 전용했고, 결국 주변 세계에 돌려준 것은 "오염과 '에너지 생산'의 치명적 부산물뿐"이었다는 것이다. 그것의 결과는 오늘날 미세먼지, 코로나, 폭염 같은, 숨구멍이 막히는, 질식의 문제로 우리에게 되돌아오고 있다.

어떻게 숨의 공유를 되살릴 수 있을까? 마이클 마더는 "자연경제를 제도화하는" 문제를 넘어서 우리가 언제나 만물에 빚지고 살고 있다는 사실, 다른 존재(마더에게는 특히 식물)의 관대함을 통해서만이 숨을 쉴 수 있다는 사실을 깨달아야 한다고 말한다.

생각해 보니 나도 그런 경험이 있었다. 오래 걷다 보면 처음에 머리를 어지럽혔던 온갖 잡념도, 마음 가득 쌓였던 분노와 우울도 저절로 사라지면서 그저 숨과 발걸음이 하나가 되는 순간이 온다. 내가 숨을 쉬는 게 아니라 공기가, 바람이, 숨이 나를 통과한다고나 할까. 잠시나마 견고했던 자아라는 정체성이 사라지면서 내가 만물과 연결되어 있다는 느낌이 들고 평안과 안식이 찾아온다. 부처님도 말씀하셨듯이 생명은 늘 중생(衆生), 생명'들'로만이 존재한다. 그 '들' 사이에서, 그 연결의 작은 공간 속에서만 우리는 비로소 숨통을 틔운다. 우주에 혼자 쉬는 숨은 없다.

건강이
신神이 되어 버린 사회

조인성, 이성민, 김남주, 황정민, 이병헌, 비, 공유, 전지현, 지성, 이정재, 송중기, 유재석, 정우성… 이들의 공통점은? 얼마 전에 치러진 백상예술대상과 관련이 있냐고? 아니다. 힌트를 하나 더 내보자. 여기에 BTS, 트와이스, 손흥민, 임영웅, 박재범, 김신록, 그리고 아이유를 추가한다면 공통점은? 하하, 정답은, 약 광고를 하는 톱스타 혹은 라이징 스타라는 것이다. 분위기도 많이 바뀌어 얼마 전 난 흑백영화 같은 30초짜리 광고를 보고 깜짝 놀란 적이 있었는데, 그것은 바로 관절 영양제 광고였다.

아, 그런데 싸잡아 약 광고라고 하면 문제가 있을지도 모르겠다. 정확히 말하면 광고에 등장하는 비타민, 유산균, 오메가3, 진통제, 자양강장제, 뇌 영양제, 눈 영양제 등이 모두

의약품은 아니다. 오히려 지금 광고 시장을 주도하는 것은 일반의약품과는 구별되는 소위 건강기능식품이다. 의약품은 "질병의 예방과 치료"가 목적이고, 건강기능식품은 몸의 '기능'을 유지하는 데 도움을 주는 것이라지만 나 같은 일반인은 그냥 인터넷으로 살 수 있는 것(건강기능식품)과 살 수 없는 것(의약품)으로 구분하는 게 이해하기 더 쉽다. 어쨌든 이 건강기능식품 시장은 2022년 현재 6조가 넘는 규모로 성장했다고 한다.

흥미로운 점은 이 시장의 확대를 견인하는 것이 바로 '얼리케어신드롬'(Early care syndrome)이라는 분석이다. 즉 예전에는 자식들이 부모님을 위해 홍삼이나 비타민 등을 구매했다면 이제는 자신의 건강에 '갓생' 투자하는 MZ헬스케어족이 꼼꼼한 정보분석을 통해 스스로 '영양제 N종'을 산다는 것이다.(『경향신문』 2023년 4월 11일자) 얼마 전 외국에 사는 아들이 잠시 귀국하면서 ○○제약의 프로폴리스와 밀크씨슬을 사 간다고 해서, 평상시 그답지 않은 디테일에 놀란 적이 있다. 그런데 아들의 친구들도 술자리 대신 헬스장이나 단백질 음료를 더 좋아한다고 하니 건강에 진심인 게 꼭 아들만은 아닌 모양이다.

그러나 '갓생' 트렌드만으로 이런 '셀프메디케이션' 현상을 설명할 수 있을까? 지난 2월 28일, 대통령은 바이오헬스

분야의 세계 시장 규모는 약 2,600조 원에 달한다고 하면서 바이오헬스 산업을 제2의 반도체 산업으로 육성하겠다고 했다. 다음 날 보건복지부 장관도 디지털 헬스케어를 신성장동력으로 육성하겠다는 칼럼을 발표했다. 청진기와 임상적 진단 대신 신체를 데이터로 만들고, 이것을 바이오센서 등으로 모니터링하고, 디지털 앱을 통해 원격 상담과 처방을 받는 세상을 열겠다는 것이다. 조만간 나의 소셜미디어에서는 최근 검색한 양말과 포기김치 광고 대신에 내가 스스로 입력한 혹은 병원에서 제공한 나의 헬스 정보가 빅데이터로 처리되어, 매일 내가 먹어야 하는 음식과 영양제, 취약한 신체 부위와 건강검진 시기를 알려 줄지도 모르겠다.

의료가 아픈 사람이 아니라 건강한 사람을 대상으로 하여 새로운 소비시장을 창출하는 방식으로 작동하는 것을 미국 의사 아널드 렐만은 의산복합체의 전략이라고 불렀다. 전쟁이 무기를 필요로 하는 게 아니라 무기 만드는 군산복합체가 소비시장으로 전쟁을 필요로 하듯, 의산복합체도 개개인의 건강에 대한 소박한 염려, 주어진 삶에 최선을 다해 보자는 작은 다짐 등을 몽땅 집어삼켜 우리 모두를 건강 이데올로기의 신봉자, '데이터교'(유발 하라리)의 신도, 제한 없는 소비자로 만든다.

이 과정에서 완벽하게 지워지는 것은 인간은 예외 없이

생로병사를 겪는 유한한 존재이며 이것은 결코 의료적 차원으로 환원될 수 없다는 사실이고, 건강을 지키지 못하는 것은 의료기술의 부족 때문이 아니라 빈곤, 차별, 주변화, 일자리 부족 등의 사회적 불평등의 결과라는 사실이다. 힐튼호텔 옆쪽방촌 동자동 주민은 대부분 건강이 나쁘고, 고혈압, 관절염, 당뇨병, 정신질환 등을 앓고 있지만 적절한 의료적 돌봄을 받지 못해 기대수명도 낮다.정택진, 『동자동 사람들』, 빨간소금, 2021

그러나 문제는 『병든 의료』권호장 옮김, 사월의책, 2022의 저자 셰이머스 오마호니의 말처럼 지금의 건강주의가 어떤 강압과 강제가 아니라 의료와 헬스케어가 늘어날수록 선(善)이라는 폭넓은 사회적 합의에 기초한 것이며, 스스로 디지털 사회의 능력 있는 구성원이라는 확신에 찬 거대한 인구집단의 자발적 협력으로 유지된다는 점이다. 그렇다면 과연 무의식이 되어 버린 이 건강-신을 배반하는 이교도가 될 수 있을까? 디지털 사회의 능력 있는 구성원인 내가 나에게 던지는, 자신 없는 질문이다.

요가하는
마음

난 요가 마니아다. 특별한 장비 없이 요가 매트 한 장과 그것을 깔 작은 공간만 있으면 되는 단출함이 마음에 들었다. 그래서 나는 친구들이 갱년기 극복 프로젝트로 댄스 스포츠를 예찬하거나 헬스장에서 체계적인 PT를 받을 것을 권유했을 때도 의연히 요가 중심주의 노선을 고수했다. 그렇다고 요가 생활이 늘 소박했던 것은 아니다. 나는 요가계의 샤넬이라고 불리는 고가의 M사 매트를 휴대용까지 두 개나 가지고 있으며, 여행 중 숙소 베란다에서 바다를 배경으로 나무자세를 하는 모습을 찍어 주변에 은근히 뻐기기도 한다.

하지만 내 요가 아사나(동작)에는 딱히 계보나 족보가 없다. 요가원에서 시작한 것이 아니라 주로 공동체에서 동아리 형태로 요가를 배웠기 때문이다. 물론 나의 요가 사부들은 각자 스승이 있었다. 첫 요가 사부는 감옥에서 정치범들에게 요가를 배웠다고 했다. 몇 년 후 나를 가르쳤던 또 다른 사부는 인도에서 정식으로 시바난다 요가를 배워 온 학구파였다. 아무튼 나의 잡종적인 요가의 뿌리는 '하타' 요가나 '아슈탕가' 요가가 아니라 월 1만 원 회비를 내던 '만 원 요가'였다.

하지만 나는 그때 요가의 정수라고 할 만한 것들을 많이 배웠다. 수련은 남들과 비교하는 게 아니라 어제 나의 동작보다 단 1mm라도 더 나아지는 것이라는 점, 동작은 힘이 아니라 호흡을 통해 하는 것이라는 점을 알게 되었다. 송장자세라고 불리는 사바 아사나(Sava asana) 역시 단순한 휴식이 아니라 『장자』에 나오는 '고목사회'(枯木死灰)*처럼, 그 자체가 요가 수련의 기본이자 궁극인 무위(無爲)와 해탈의 경지인 것도 그때 깨달았다. 그 이후 나는 더 이상 시르사 아사나(물구나무자세)나 바카사나(까마귀자세)에 목매지 않는다.

어원적으로 요가는 'yuj'(묶다)에서 파생된 말로, 몸과 마음의 합일, 집중, 삼매를 의미한다. 그러니까 역으로 말하면 우리 대부분은 평상시 몸과 마음이 분리된 상태로, 몸은 습관에 따라 움직이고, 마음은 과거에 끌려다니거나 미래로 내달

* 고목사회(枯木死灰)는 말 그대로는 마른 나무와 식은 재라는 뜻이다. 『장자』에서는 몸과 마음이 완전히 평정한 상태를 의미하기 위해 이 용어를 사용한다.

리면서 산다는 뜻이기도 하다. 그래서 우리는 매번 다이어트에 실패하고, 누군가를 미워하고, 마음에도 없는 말을 하고, '바쁘다 바빠'를 외치는 한편 끊임없이 또 다른 일들을 도모하는 산만함에서 벗어나지 못한다.

그럼 어떻게 해야 "여긴 어디? 나는 누구?"라는 미망에서 벗어나, 생활인의 의무도 다하면서 동시에 완벽한 평정에 이를 수 있을까? 삼매이기도 하고 삼매에 도달하는 기술이기도 한 인도의 세 가지 요가 전통 중 카르마(행위) 요가에서 그 답을 찾을 수 있을 텐데, 핵심은 행위에 마음을 담는 것이다. 그리고 그것을 위해 일상 전체를 리추얼로 만드는 것이다. 그래서 인도에서는 잠에서 깨는 순간 하루를 선물받은 것에 감사하고, 땅 위에 첫발을 디디면서 대지에 감사하고, 신 앞에 서기 위해 매일 아침 목욕을 하고, 신에게 꽃과 향, 그리고 첫 음식(밀크티)을 바친다고 한다. 리추얼은 일상에 성스러움을 부여하는 행위, 세속에서의 영성 탐구, 일상 속의 수행이다.김영, 『바가와드 기타 강의』, 북튜브, 2023

요즘 나는 제주에 내려가 사는 친구가 이끌어 주는 아침 줌(zoom) 요가 동아리에서 수련한다. 작년에 좀 게을렀던 탓에 근육들이 모두 굳어서 되는 동작이 별로 없지만, 그래도 한 시간 동안 오롯이 내 호흡에 집중하는 경험은 근사하다. 그리고 호흡을 따라 몸의 구석구석 내적 시선(마음)을 보내면 눈동자에도 근육이 있다는 사실을, 나에게 골반과 허리가 있었다는 사실을 새삼 알아채게 된다. 호흡을 통해 몸과 마음을 리드미컬하게 일치시켰던 한 시간의 마무리는 가빠진 호흡을 천천히 수습하고 몸의 긴장을 완전히 털어 내는 것이다. 손을 모아 합장을 한다. 창밖에는 아침놀이 물들면서 동이 튼다. 비로소 하루를 시작할 준비가 되었다. 이제 어머니의 아침상을 차리고, 친구들의 글에 댓글을 달며, 책을 읽거나 글을 쓰거나 회의를 하거나 홍보 포스터를 만들 것이다. 이 모든 일에 곡진히 마음을 담을 수 있을까? 모든 행위가 리추얼이 되기를 바라며 오늘도 나마스테!

공자님의
잠옷

얼마 전 『논어』를 공부한 친구들의 에세이 발표가 있었다. 그 중 한 친구의 글이 인상적이었는데 이유는 주제가 인(仁)도 효(孝)도 군자(君子)도 아닌, 공자님의 잠옷이었기 때문이다. 자기는 집에서 일상복 차림으로 설거지도 하고 청소도 하다가 밤에는 그 옷을 입은 채 그냥 잔다고 했다. 심지어 술을 마시거나 너무 피곤한 날엔 퇴근 후 씻지도 않고 소파에 쓰러져 잠들어 버린단다. 당연히 다음 날 아침이 어수선해지면서 연초에 세운 그 어떤 '아침 루틴'도 공염불이 되었다고 했다. 그러다 『논어』의 "공자님은 주무실 때 반드시 잠옷을 입으셨다"라는 문장에서 벼락 맞은 듯, "아, 이게 군자의 도이고 양생의 기술이구나"라는 깨달음이 왔다는 것이다.

공자님의 잠옷 이야기는 『논어』의 「향당」 편에 나온다.

거기에는 공자님의 일상에 대한 자질구레한 에피소드들이 미주알고주알 나열되어 있다. 예를 들면 다홍색과 주황색으로는 평상복을 만들지 않았다거나 더울 때는 얇은 베옷을 입었는데 반드시 속옷을 갖추어 입었다거나, 제철 식자재로 만든 음식을 꼭 어울리는 소스와 함께 드셨다거나, 검은 옷엔 검은색의 염소 가죽옷, 흰옷엔 흰색의 사슴 가죽옷을 '깔맞춤'하여 입었다거나 하는 내용이다.

『논어』의 매력은 "군자불기"(君子不器, 군자는 특정한 그릇이 아니다) 혹은 "조문도석사가의"(朝聞道夕死可矣, 아침에 도를 깨우치면 저녁에 죽어도 좋다) 같은, 짧지만 강렬한 감응이 있는 아포리즘에 있는데 그런 것이 없는 공자님의 시시콜콜은 솔직히 지루했다. 「향당」 편의 공자님은 성인이라기보다는 그냥 까탈스러운 노인네처럼 보인다.

그런데 친구는 다시 읽게 된 『논어』에서 공자님이 잠옷을 입고 주무셨다거나 시체처럼 널브러져 주무시지는 않았다거나 하는 이야기가 마음에 와닿았다는 것이다. 아마도 우리가 머리를 쥐어뜯으면서 고민했던 동양고전의 그 도(道)가 거창한 이념이나 명분 같은 게 아니라 일상의 동선을 단순하게 구성하고 에너지를 정밀하게 분배하는 것과 같은 기본기의 문제임을 깨달았기 때문일 것이다. 돌아보니 달려왔을 뿐, 그저 닥치는 대로 정신없이 살고 있다는 통렬하고 씁쓸한 깨달음! 공자가 지천명이라고 칭했던 나이 오십에 친구는 제대로 '현타'를 맞았다.

중국의 가장 오래된 의서 『황제내경』(黃帝內經)에서는 양생의 기본기가 춘하추동, 혹은 음양과 같은 자연의 리듬에 맞춰 일상을 구성하는 데에 있다고 말한다. 특히 하루의 양생과 관련하여 자시, 오시, 묘시, 유시의 네 개의 매듭을 제대로 겪는 게 중요하다. 11시부터 새벽 1시까지의 자시는 겨울과도 같아서 음기가 극에 이르면서 양기가 출현하는 시점인데, 이때는 숙면을 통해 기운을 감추고 보존해야 한다. 『황제내경』에 따르면 수면도 일종의 수련이다. 오전 11시부터 오후 1시까지의 오시 역시 음양이 교대하는 시기인데, 이때도 짧은 낮잠을 자는 게 좋다. 오전 5시에서 7시까지의 묘시와 오후 5시에서 7시까지의 유시는 하루의 봄, 가을과 같은 시점인데, 체력 단련은 이때가 좋다고 한다.

그런데 오늘날 우린 이런 계절의 차서(次序), 시간의 리듬을 잃어버렸다. 철학자 한병철도 오늘날의 위기는 시간의 위기, 즉 방향과 리듬을 상실한, 가볍고 휘발되는 원자적 시간성의 도래 때문이라고 말한다. 이제 세상은 온통 불야성(不夜城)이고 우리는 아무 때나 OTT 서비스를 이용하면서 너나 할 것 없이 "조급한 불면의 밤"을 보낸다. 한병철은 피로사회의 대안으로 시간의 향기를 되찾을 것을 제안하는데, "오직 종결의 시간적 형식들만이 나쁜 무한성에 맞서서 지속을, 즉 의미 있는 충만한 시간을 창출한다. 잠, 숙면 역시 결국은 종결의 형식일 것이다".한병철, 『시간의 향기』, 김태환 옮김, 문학과지성사, 2013

그날 우리는 때아닌 잠옷 논쟁에 휩싸였다. "나 잠옷 없는데, 꼭 잠옷이 필요해?", "잠옷은 아니더라도 잘 때 입는 옷은 따로 있어야 하는 거 아냐?", "집에서 입는 옷 입고 자면 왜 안 되는데?" "아니, 요리하고 청소하던 옷을 입고 잔다는 게 말이 되나?" 한바탕 유쾌한 소동은, 한 달에 한 번 열리는 공동체 장터에서 잠옷 아나바다를 하자는 것으로 급마무리되었다. 하지만 그 누구도 잠옷이 진짜 문제라고 생각하진 않았다. 중요한 것은 때를 알고 철을 제대로 겪는 것. 그렇게 연륜이 쌓이면서 지혜롭게 늙어가는 일 아닐까? 그러기 위해서라도 "새들도 아가양도 명석이도"(드라마 〈이상한 변호사 우영우〉 8회 대사) 모두 자는 밤엔, 우리도 만사를 제치고 달게 잠들자.

다이어트,
정답을 못 찾았어요

“또 단식이야? 배 안 고파?” 후배에게 기어이 한마디를 했다. 매년 일삼아 단식하더니 이제 매일 하는 간헐적 단식에 돌입했다고 해서이다. 차별금지법 제정을 위해서도 아니고 단지 살을 빼기 위한 단식이라니, 불편한 마음이 들었다. 후배는 볼멘소리로 항의했다. 뚱뚱하지 않은 사람은 그렇게까지 해서라도 몸무게를 잡아 두려는 사람들의 안간힘을 이해하지 못한다는 것이다. 하긴 뚱뚱함이 천형처럼 여겨지는 지금 세상에서 남녀노소 불문하고 다이어트에서 자유로운 사람이 얼마나 될까? 내가 관여하고 있는 〈일리치 약국〉*에서는 이

* <문탁네트워크>에서 양생의 화두를 가지고 만든 마을 약국. 병원처방전은 취급하지 않으며, 상담을 통해 최소한의 약을 처방한다. 약사와 마을 사람이 함께 몸을 탐구하는 호모큐라스들의 네트워크를 비전으로 삼고 있다.

문제를 탐구해 보기로 했다.

일단 난 두 가지 사실에 좀 놀랐다. 하나는 많은 엄마가 딸의 식욕을 통제하고 운동을 강요하면서 자식의 몸매를 관리하고 있는 현실이었다. 또 하나는 이번에 우리와 함께 공부한 열여섯 영주(가명)가 전해 준 학교 풍경이었는데, 요즘 아이들은 미디어가 전파하는 "마르고 탄탄하며 동시에 굴곡이 있는" 몸매를 선망하기 때문에 강박적으로 다이어트를 하고 있다는 것이다.

문제는 '인싸'의 필수조건인 마른 몸을 얻기 위해 아이들은 점심도 굶어 가면서 다이어트를 하지만 만족할 만한 성과를 내지 못해 끝없이 좌절하고 있다는 사실이다. 생물학적으로 우리 몸은 기아에 견딜 수 있는 방식으로 진화해 왔기 때문에 굶으면 굶을수록 세포들은 더 축적하려고 안간힘을 쓴다. "다이어트는 살찌게 하는 가장 빠른 방법"린다 베이컨, 『왜, 살은 다시 찌는가』, 이문희 옮김, 와이즈북, 2016이라는 역설이 생기는 이유이기도 하다. 다른 한편으로 영주처럼 조금이라도 통통한 몸을 가진 친구들은 금방 놀림의 대상이 되고, 자존감이 바닥을 치게 되고, 곧바로 자기혐오에 빠진다고 했다.

우리가 함께 읽은 록산 게이의 『헝거』노지양 옮김, 사이행성, 2018는 바로 이 문제, 뚱뚱한 몸이 직면하는 모욕과 수치심, 자기혐오를 다루고 있다. 아이티계 미국인인 그녀는 열두 살에 집단 성폭행을 당한다. 누구에게도 말할 수 없는 수치심과 고통에서 도피하기 위해 그녀는 음식에서 값싼 위로를 찾았으며, 더 안전해지기 위해 자기 몸을 불렸다. 이제 그녀는 키 192센티미터에 몸무게 262킬로그램의 거구가 되었다. 그러자 그녀의 몸은 공적으로 전시된다. 피트니스 센터에서 사람들은 그녀가 운동기구에 올라갈 때마다 불안해하면서 힐끔거린다. 의학적 담론 속에서 그녀는 초고도비만이라는 통계와 수치로 축소된다. 노골적 낄낄거림과 은밀한 경멸이 어디서나 그녀에게 퍼부어졌다.

그러나 그 책은 록산 게이가 살을 빼고 자기혐오에서 벗어난 "승리의 이야기가 아니다". 자기 몸을 있는 그대로 긍정하라는 뻔한 이야기도 아니었다. 모든 사람의 몸은 어떤 맥락 속에 있기 때문에 날씬한 사람의 "너는 뚱뚱하지 않아. 있는 그대로 너의 몸을 사랑해"라는 말도 누군가에게는 엄청 빈정상하는 일일 수 있고, 반대로 뚱뚱한 사람의 "나는 외모에 큰 관심이 없어"라는 말도 모욕에 대한 분노를 감추기 위한 완고함의 표현일 수 있다. 록산 게이는 정치적 올바름보다 더 필요한 것은 각자의 맥락, "가장 추하고, 가장 연약하고, 가장 헐벗은 부분"이라도 자기 몸에 켜켜이 쌓여 있는 사연과 감정을 천천히 드러내는 용기라고 말하고 있었다.

록산 게이를 따라 우리도 자기 몸을 말하기 시작했다. 다리를 5센티미터만 늘려 준다면 영혼이라도 팔고 싶었던 내밀한 욕망, 성적 대상이 되는 게 싫기도 하지만 동시에 관심받고 싶다는 모순된 감정, 에브리데이 다이어트를 통해 비쩍 마른 몸을 유지하지만, 한편으로는 자신이 몸에 갇혀 살고 있다는 생각에 괴롭다는 토로가 이어졌다. 그러나 몸에 갇혀 있는 이야기뿐 아니라 몸에서 벗어나는 이야기도 우리 안에는 있었다. 열여섯 영주는 자기혐오에서 벗어날 수 있었던 계기로 남들 앞에서 떨지 않고 말을 해낸 작은 경험을 들었다. 한때는 먹는 것에도 죄책감을 느껴 좋아하던 요리도 딱 끊었지만 작은 성취들이 쌓이고 글쓰기나 요리처럼 자기에게 즐거운 일들을 다시 하게 되면서 자연스럽게 "난 괜찮은 사람인 것 같다"라거나 "뚱뚱하면 뭐 어때?" 같은 생각이 들었단다. 공동체의 한 후배는 몸에 대한 다른 관점을 가진 책이나 사람들을 가까이했던 게 도움이 되었다고 말했다. 난 이런 미시적인 이야기들이 좋았다.

한 달간의 집중탐구에도 불구하고 정답을 찾진 못했다. 다만 우리는 모두 자기 몸과 관련하여 매우 모순적인 관계를 맺고 있다는 것, 다이어트는 생각보다 복잡한 세계라는 사실만을 확인했다. 지금으로서는 이것으로도 족하다.

더 이상 어깨동무를 할 수는 없어도

회전근개파열이라는 진단을 받았다. 병원에 간 이유는 아침 필사를 계속하던 어느 날부터 등살이 심하게 바르더니 어깨를 거쳐 팔꿈치, 손목까지 저렸기 때문이다. 사실 몇 달 전부터는 티셔츠를 입고 벗을 때마다 오른쪽 어깨와 연결된 팔뚝 윗부분에 '찌르르' 통증이 왔었다. 원인을 물었더니 의사의 짧은 답, "퇴행이에요". 그러면서 팔이 저리는 건 어깨가 아니라 목 때문일 수 있다고 한다. 내친김에 목 엑스레이도 찍었다. 이번엔 퇴행성 목디스크란다. 노화된 디스크 찌꺼기가 옆으로 삐져나와 신경을 누르고 있어 통증이 심한 것이라고 했다.

몇 년 전부터 모든 치아에 문제가 생기면서 임플란트 시술과 잇몸치료를 번갈아 받고 있다. 세월호 3주기 때 3주간

매일 백팔배를 하다가 무릎이 손상되었다. 작년에는 무지외반증이 생겼고 골감소증 진단도 받았다. 요즘처럼 병원을 자주 간 적이 없고 지금처럼 퇴행이라는 말을 집중적으로 들었던 적도 없다. 이제 "머리 어깨 무릎 발 무릎 발"의 모든 곳이 삐걱댄다.

내 소식을 접한 후배 한 명이 "선배, 혹시 야구하세요?"라고 놀려 대며 슬며시 최신판의 스트레칭 책을 건넨다. 늙어가는 내 몸을 응원하는 것이리라. 그런데 나는, 팔자주름이 깊어 가고 이어 M자 탈모가 발견되었을 때도 받지 않았던 타격을 이번엔 좀 받았다. 무지근하게 혹은 쿡쿡 쑤시듯 진행되는 이 방사통이 절대 해결되지 않으리라는 좌절감이 생겼고 살림과 공부, 육아와 부양을 오가며 쉬지 않고 몸을 '막' 써 버린 내가 좀 불쌍해졌다.

철학자 장 아메리에 따르면 우아하게 늙어가는 사람은 없다. 예컨대 얼굴 노화 어플을 적용한 연예인의 사진에 댓글로 달리는 "늙어도 여전히 예쁘네요" 같은 노년은 없다. 배와 엉덩이가 늘어지고 눈이 처지고 주름이 깊어지며 무엇보다 온몸이 아프다. 그리고 그 아픔은 몸이 세계의 일부가 아니라 누구와도 나눌 수 없는 자신만의 것이라는 것을 자각하게 만든다. 한때 우리와 세계를 매개해 주던 몸은 이제 "오히려 무거운 숨결, 아프기만 한 다리, 염증으로 시달리는 관절로 세계와 공간을 우리에게 막아 버리는 장애물이다. 이렇게 해서 몸은 감옥이 된다".장 아메리, 『늙어감에 대하여』, 김희상 옮김, 돌베개, 2014.

올해 여든여덟인 어머니를 보면 몸이 감옥이라는 말이 무엇인지 실감이 된다. 황반변성으로 눈이 잘 안 보이고, 보청기를 껴도 다른 사람의 말이 잘 안 들리게 되자 어머니의 세계는 축소되었다. 몇 년 전 낙상으로 허리뼈가 심하게 부러진 이후에는 자가 보행조차 불가능하다. 요즘 어머니는 종일 거실 소파에 앉아 '뽁뽁이'(포장 에어캡)만 누르고 계신다. 손가락 움직임이 뇌 건강에 좋다니 그나마 다행이라고 생각하지만, 몸을 움직일 때마다 '아야~ 아야!'라면서 내지르는 어머니의 낮고 짧은 비명에, 나는 속수무책이다. "그래도 엄마는 연세에 비해 건강한 편이야" 같은 위로의 말을 해보지만 어머니에게 가서 닿진 않는다.

어깨가 고장 난 직후 우리 공동체 안에 모종의 사조직이 있다는 것을 알게 되었다. 오십견이 생긴 친구 셋과 유방암 수술 후 재활하는 친구 한 명, 이렇게 넷이 '어깨 오케이'라는 자조 모임을 만들어 은밀히 움직이고 있었다. 나도 그 모임에 가입했다. '어깨 오케이'라는 이름보다는 '어깨동무'가 더 낫지 않겠냐고 제안했더니 돌아온 답이 걸작이었다. "어깨동무가 안 돼요. 팔이 거기까지 안 올라간다니까요." 아뿔싸! 이제 우린 어깨동무가 안 되는구나. 하긴 나도 '스우파'(스트릿우먼

파이터) 덕질을 하면서 '왁킹'(Waacking; 주로 팔을 회전하면서 추는 춤)에 매료되어 그걸 한번 배워 볼까 생각했는데 이젠 완전히 물 건너갔다.

의사는 결국 수술을 해야 할 것이라고 했다. 그때까지 어깨를 '잘' 쓰라고 했다. 너무 안 써도 근육이 굳어 버리고 너무 막 쓰면 쉬이 닳아 버린단다. 세상에서 가장 어려운 어깨 '중용'의 길이 내 앞에 놓여 있다. 메시지가 울린다. "오늘은 아파트 팔돌리기 운동기구에서 10분 운동했음"—친구의 명랑한 전언이다. 한 친구는 아예 공동체 안에 도르래 어깨 운동기구를 설치해 놓고 오가는 틈틈이 도르래를 돌리는 진풍경을 연출한다. 나도 스포츠 밴드를 집어 들고 어깨운동을 시작한다. 생각해 보니 어깨동무를 하지 못해도 팔짱을 끼거나 손을 잡을 수는 있지 않겠는가? 늙는다는 것은 서글픈 일이지만 쓸쓸한 채 다정한 연대도 가능할 수 있다. 취약한 몸들의 따뜻한 연대를 상상한다. 처서가 지났다. 찬바람이 불기 시작한다. 내가 늙어 버린 여름도 지나가고 있다.

2부

생명과 돌봄

사전연명의료의향서를 작성했다

사전연명의료의향서를 작성했다. 어머니가 먼저 의지를 보이셨고, 이참에 나도 함께 진행했다. 어머니의 경우, 몇 년 전엔 아들, 즉 내 남동생이 펄쩍 뛰는 바람에 흐지부지되었는데 이번엔 자식 모두 어머니 노화에 대한 경험치가 함께 쌓인 탓인지 아무도 반대하지 않았다. 그런데 문제는 엉뚱한 곳에서 불거졌다. 내 아이들이 펄쩍 뛴 것이다. 내가 사전연명의료의향서를 작성했다는 소식을 전하자 각자 독립해 살고 있던 남매는 서로에게 "엄마를 좀 말려 봐"라면서 당황해했고 급기야 그런 결정을 왜 엄마 혼자 내리냐며 항의했다. 어이가 좀 없었다. 얘네들 MZ세대 맞아? 하지만 어디부터 어떻게 설명해야 할까? 나는 그냥 "얘들아, 이거 트렌드야"라고 답해 버렸다.

어디서 끊어 읽어야 하는지도 좀 헷갈리는 사전연명의료의향서. 법적 용어이고 근거는 2018년 2월부터 시행되고 있는 「연명의료결정법」(호스피스·완화의료 및 임종과정에 있는 환자의 연명의료결정에 관한 법률)이다. 19세 이상이면 누구나, 자신이 '임종과정에 있는 환자'가 되었을 때를 대비해, 연명만을 위한 의료적 행위, 즉 심폐소생술, 혈액투석, 인공호흡기 착용, 항암제 투여, 수혈 등을 받지 않겠다는 의향을, 사전에 문서로 작성해 놓는 것이다. 먼저 보건복지부가 정한 기관에 직접 가서 상담받아야 하는데, 나와 어머니가 그렇게 해서 서류를 작성했고, 그것은 연명의료 정보처리시스템의 데이터베이스에 보관되어 법적 효력이 유지된다.

이제 연명치료 중단은 합법화되었다. 그러나 실감의 영역에서 무엇이 연명이고 무엇이 연명치료가 아닌가를 판단하는 문제는 쉬운 일이 아니다. 친구는 며칠 전 오랫동안 요양병원에 계시던 어머니를 집으로 모셔 왔다. 잠정적이라고 생각했던 어머니의 '요양'생활이 생각보다 길어지면서 욕창, 옴 피부병에 이어 이유를 알 수 없는 감염이 이어졌기 때문이다. 항생제를 독하게 쓰니 식사도 잘 못하고 의식도 흐릿해졌다. 여든일곱 어머니의 몸무게는 겨우 33킬로그램. 이렇게 되면 누구라도 이것이 '요양'일지 아니면 '연명'에 불과할지 헷갈리지 않을까?

최근 후배는 식물인간 상태로 27년째 누워 계신 어머니의 치료를 둘러싸고 심한 갈등에 빠졌다. 이미 콧줄 급식도 불가능해져서 위에 구멍을 뚫고 뱃줄로 급식하는 어머니인데, 이번에는 의사가 더 이상 주삿바늘을 찌를 핏줄을 찾기 어렵다고 중심 정맥에 관을 삽입하는 시술을 하자는 제안을 해왔다. 그 시술 자체는 간단한 것이라 치더라도 이런 식의 연명치료를 계속해야 하는지는 확신이 서지 않는다.

그러나 현행법상 '임종과정 환자'가 아니면 소위 식물인간 상태라도 콧줄을 떼는 것은 불법이다. 법 제정과정에서 수분과 영양의 강제 공급을 중단하는 일을 존엄하게 죽을 권리에서 배제해 버렸기 때문이다. 요양병원에서 콧줄을 낀 노인들이 고요히 줄지어 누워, 살았다고도 죽었다고 볼 수 없는 상태에서 하루하루 연명해 가는 모습은 우리 시대 늙음과 죽음의 가장 흔한 풍경이다.

2022년 6월 「조력존엄사법」이 발의되었다. 정확하게는 위의 연명의료결정법 개정안이다. 핵심은 의사가 판정하는 '임종과정 환자'가 아니더라도 자신의 판단으로 삶을 마감하겠다는 말기 환자의 의지가 있다면, 의사가 극약을 처방하는 것과 같은 방법을 통해 환자의 자유 죽음을 도울 수 있게 하는 것이다. 근거는 성인의 76%가 안락사에 찬성한다는 서울대병원 등의 여론조사 결과이다.KBS 뉴스 2022년 5월 24일

물론 이 데이터를 해석하는 데에는 신중해야 한다. 우리 아이들의 반응에서 알 수 있는 것처럼 대부분의 사람에게 죽음은 여전히 터부이고 웰다잉에 대한 고민과 토론은 너무 빈약하다. 오히려 이것은 사는 것이 죽는 것보다 못한 '헬조선'의 상황을 징후적으로 보여 주는 것일 수도 있다. 스위스의 세계적인 조력존엄사 단체 디그니타스(Dignitas)의 대표는 "조력존엄사를 허용하려면 모든 국민이 최고의 의료서비스를 누릴 수 있는 공공의료시스템과 통증완화의료 제도도 동시에 갖춰져 있어야 한다"라고 말한다.유영규 외, 『그것은 죽고 싶어서가 아니다: 논쟁으로 읽는 존엄사』, 북콤마, 2020

그럼에도 불구하고 봇물은 이미 터졌다. 91세의 장뤼크 고다르의 조력자살이 보여 주는 것처럼 고령화 사회는 돌이킬 수 없으며 아프지 않아도 "삶이 고갈되었다"라고 생각하는 사람은 늘어날 수밖에 없기 때문이다. 좋은 죽음에 하나의 정답은 없겠지만 각자 자기의 좋은 죽음에 대해 생각하고 떠들 때가 왔다.

숲세권의 공동 주민,
도롱뇽과 나

요 몇 달 나의 최대 관심은 도롱뇽이었다. 사연은 이러하다. 3년 전 어느 날, 친구들과 일삼아 다니던 동네 산의 그 뻔한 등산로가 좀 지겨워진 우리는 다른 샛길로 접어들었고, 고즈넉한 그 오솔길에서 아주 작은 웅덩이 하나를 발견하게 된다. 거기엔 "여기 도롱뇽이 살아요"라고 적힌 팻말이 꽂혀 있었다. 들여다보니 과연 올챙이처럼 생긴 도롱뇽 새끼들이 오글거리고 있었다.

특히 올해는 도롱뇽 알부터 목격하는 행운을 누리게 되었는데 3월의 웅덩이에는 한천처럼 투명하되 모양은 꼭 순대같이 생긴 타원형 알집이 열 개 가까이 생겨나 있었다. 한동안은 그 속에 점처럼 박혀 있던 알들이 타원형이 되고, 또 거기서 머리, 몸, 꼬리의 형태가 생겨나 꼬물거리는 모습을 보는 낙에 살았다. 그리고 5월 초순, 아가미까지 생긴 도롱뇽 새끼들은 드디어 알집을 뚫고 나와 꼬리를 흔들며 힘차게 헤엄치기 시작했다. 야호!!

그 후엔 약간 심드렁해졌다. 봄 가뭄이 심했고 밭작물이 타들어 간다고 농부들이 애면글면했지만, 몹시 바빴던 나는 강 건너 불구경 식이었다. 이 가뭄 때문에 도롱뇽 웅덩이가 위기에 처할 수 있다는 것도 알아채지 못했다. 그러다가 산에 다녀온 친구로부터 가뭄에 웅덩이 진흙 바닥이 드러났고, 누군가 귀인이 그곳에 생수통을 가져다 놓아 오가는 사람들이 물을 붓고 있다는 사실을 듣게 되었다.

『장자』의 이야기 하나가 생각났다. 길 위에서 죽어가고 있는 붕어가 나그네에게 물 한 모금을 청한다. 그 사람은 월나라 오나라 왕을 만나 양쯔강의 물길을 터서 너에게 도달하게 해주겠다고 호기롭게 대답한다. 그러자 붕어는 "지금 저는 늘 함께 살던 물을 잃어버렸어요. 있을 곳이 없어요. 물 한 모금만 있으면 됩니다. 차라리 건어물 가게에서 저를 찾으시는 게 더 낫겠습니다"라며 발끈한다. 물 한 모금 절실한 자에겐 명분이나 정책 따윈 소용없다. 오직 즉각 행동뿐! 그날 이후 나는 거의 매일 물을 지고 산에 올라가 웅덩이에 물을 부었다.

하지만 가뭄은 지독했다. 아무리 부어도 물은 웅덩이에

머물지 못하고 바짝 마른 땅속으로 빠르게 스며들었고 도롱뇽 새끼들은 속절없이 죽어갔다. 결국 6월 초쯤, 앞에 말한 그 도롱뇽 귀인은 그 아이들을 1km 정도 떨어진 다른 웅덩이로 옮기겠다는 결단을 내렸다. 그날 그분과 내가 살려서 이사시킨 도롱뇽 새끼는 겨우 여덟 마리였다.

새집은 옛집에 비해 웅덩이도 좀 크고 산에서 약수가 흘러나와 물 마를 걱정은 없어 보였다. 여기서라면 잘 살아갈까? 이후에도 거의 매일 산에 올라 그 웅덩이를 살폈지만, 새끼들은 잘 보이질 않았다. 대신 근처 벤치에 앉아 담소를 나누는 어르신들, 물 먹으러 온 청설모와 새들을 매번 마주쳤다. 아뿔싸, 이 웅덩이는 애당초 청설모와 새들의 쉼터였구나. 은밀하고 호젓하고 얕은 웅덩이를 선호하는 도롱뇽에게 여기는 너무 많은 시선에 몸 둘 바 모르겠는 '한데'나 다름없었다. 나는 갑자기 헷갈렸다. 불가피했지만 정말 잘한 일이었을까?

얼마 전 전원주택을 지어서 이사한 친구는 텃밭에 출몰해 기껏 가꾼 작물을 다 뜯어 먹는 고라니 때문에 머리가 아프다고 했다. 탄천에 출몰한 너구리가 주인과 산책 중이던 강아지를 물어뜯었다는 뉴스도 있었다. 하지만 이 모든 것은 원래 이곳의 주인이 그들—도롱뇽, 너구리, 고라니였다는 것을 말해 준다. 우리가 그들이 살던 곳을 침탈하여 '숲세권'이라는 새로운 인간 중심의 부가가치를 만들어 낸 것이다.

야생동물과 우리 모두 동등한 생명으로 살아갈 권리가 있지만 이제 서식지가 겹치게 되면서 각자 자기 영토에서 자기 방식대로 살아가는 것은 이미 불가능해졌다. 우리는 자주 마주치고 종종 긴장 상태에 놓인다. 공존할 수 있을까? 동화책 『고라니 텃밭』김병하, 사계절, 2013에서는 '고라니가 망친 텃밭'에서 '고라니를 위한 텃밭'으로 나아가는 작은 실천적 지혜를 우리에게 건넨다. 지구상에서 가장 취약한 집단 중 하나인 양서류, 도롱뇽과의 공생은 나에겐 좀 더 어렵게 느껴진다. 그들의 헌 집이 마구잡이로 사라져 가는 현실에서 집을 수리해 주는 게 맞는지, 새집을 자꾸 마련해 주는 게 맞는지도 가늠이 안 된다. 어쨌든 이 숲세권의 풋내기 주민인 내가 오래된 주민인 도롱뇽의 살 권리를 함께 책임져 줘야 한다는 사실은 분명하다. 무엇이든 해야 하지 않을까? 장마가 끝나면, 내 관심조차 스트레스를 줄까 봐 걸음을 자제했던 새집 도롱뇽의 안위부터 좀 살피러 가 봐야겠다.

사순이가 남긴 질문

사순이가 죽었다. 사설 농장에서 20년간 사람들의 볼거리로 살다 죽었다. 길이 2미터, 무게 150킬로그램의 몸으로 네 평 남짓한 사육장에 평생 갇혀 살다 죽었다. 어느 날 잠시 열린 문틈으로 첫 외출을 나섰다가 1시간 10분 만에 죽었다. 처음 흙을 밟고 농장에서 20미터쯤 떨어진 숲속으로 걸어가 가만히 앉아 있다 죽었다. 발견 즉시 사살된 이유는 사순이가 '맹수'라는 점이었다. 그는 지구에 250마리 정도만 남은 멸종위기 2급의 '판테라 레오'(Panthera Leo)종 암사자였다. 2023년 8월 14일 오전 8시 34분, 경북 고령군 숲에서 벌어진 일이다.

사순이 소식을 접했을 때 나는 얼룩말 세로처럼 사순이도 동물원에서 탈출한 줄 알았다. 그런데 개인 농장에서 살았다니 그런 일이 어떻게 가능했을까? 현행 「야생생물법」(야생생물보호및관리에관한법률)에 의하면 사순이 같은 멸종위기종은 동물원에서만 사육할 수 있다. 다만 사순이는 이 법이 제정된 2005년 이전에 개인이 사육하고 있어서 법의 적용 대상이 아니었다고 한다. 하지만 처음 그곳으로 오게 된 경위는 여전히 오리무중이다.

질문은 꼬리에 꼬리를 문다. 그렇다면 멸종위기종이 아닌 야생동물은 개인이 키워도 된다는 것일까? 지금까지는 가능했다고 한다. 소설 『어린 왕자』나 만화 〈포켓몬스터〉에 나오는, 특이하고 귀여운 야생동물, 즉 사막여우, 아홀로틀 등은 인터넷상에서 비싼 가격으로 거래된다. 너구리, 도마뱀, 미어캣 등을 보고 만질 수 있는 야생동물 카페도 전국적으로 수십 개나 된다. 하지만 2022년 말 「동물원수족관법」과 「야생생물법」이 전면 개정되어 이 법이 시행되는 2023년 12월부터는 개인이 야생동물을 사육하는 일도, 야생동물과 직접 접촉하여 쓰다듬거나 먹이를 주는 행위도 금지된다.

그렇다면 동물 카페에 있던 그 동물들은 이제 어디로 갈까? 혹시 동물원일까? 갈비뼈가 훤하게 드러날 정도로 말라서 일명 '갈비사자'라고 불리던 스무 살 늙은 수사자는 김해 부경동물원에서 7년간 창문 하나 없는 실내의 시멘트 바닥에서 갇혀 살다 올 7월 구조되었다. '갈비사자'가 살던 동물원은 사순이가 살던 개인 농장과 별다른 것이 없었다. 새로 알게 된 사실은 우리나라 동물원 중 지자체 등에서 운영하는 공공 동물원은 20개에 불과하고 나머지 수백 개는 영리 민간 시설이라는 것이다. 2021년 『어린이 과학동아』에 따르면 관리 사각지대에 놓여 있는 150개의 동물원을 포함하여 우리나라 동물원은 총 345개이다.

어릴 때는 (지금은 창경궁으로 복원된) 창경원에 동물원이 있었다. "코끼리 아저씨는 코가 손이래, 과자를 주면은 코로 받지요"라는 동요 가사가 현실에서 펼쳐졌고, 아이들은 손뼉 치며 즐거워했다. 동물 전시 이전에 인간 전시가 먼저였다는 사실을 알게 된 것은 훨씬 후였다. 1906년에는 콩고의 피그미족 남성이 뉴욕의 한 동물원에 전시되었고, 1907년의 도쿄 권업박람회에서는 다른 볼거리와 함께 조선인 남녀 한쌍이 전시되었다. 1958년 브뤼셀 만국박람회에서는 콩고인들을 현지 마을처럼 꾸며 놓은 곳에 모아 놓고 백인들이 바나나를 던지며 조롱했다.

우생학과 인종주의적 에토스 속에서 흑인, 장애인, 피식민지인을 우리에 가둔 그때처럼, 지금 우리는 쾌락과 돈벌이를 위해서 동물을 전시한다. 동물권 단체들은 동물의 고통을 양분 삼아 돈을 버는 동물원을, 이제 야생동물과 멸종위기종을 보호·보존하는 '생크추어리'(sanctuary)로 변모시키자고 제안한다.

마지막 질문이 남았다. 사순이의 시체는 어떻게 되는 것일까? 관련 법규에 따라 야생동물의 사체는 박제되거나 소각된다고 한다. 2018년 대전 오월드 사육장에서 탈출해 4시간 반 만에 사살된 여덟 살 퓨마 뽀롱이의 경우, 박제를 고려했다가 '퓨마를 두 번 죽이지 말라'는 시민들의 원성 때문에 결국 '소각'되었다. 사순이도 비슷하게 처리될 것이다. 절차에 따른 소각이 죽은 동물을 마구잡이로 유기하거나, 다른 동물의 먹이로 제공하는 일 따위를 막는 방법일 수도 있겠지만 난 여전히 그것이 동물의 죽음을 존중하는 방식일지 의구심이 든다.

「반려종 선언」을 쓴 도나 해러웨이는 "종간 상호의존성은 지구에서 세계를 사는 게임의 이름이고, 그 게임은 응답과 존중의 하나여야만 한다"고 말했다.『해러웨이 선언문』, 황희선 옮김, 책세상, 2019 이번에 나의 응답은 사순이가 남긴 질문을 따라가며 뒤늦게나마 야생동물의 사육 현실을 학습한 것이었다. 사순이를 애도하며 동물원 대신 다양한 생추어리가 생기길 기원하며 이렇게 반려종 걸음마를 뗀다.

무심하고 민감하게, 나와 식물 이야기

입춘이 지나자 군자란 꽃대가 올라오기 시작했다. 봄이구나. 마음이 분주해졌다. 베란다에 설치해 놓았던 비닐하우스를 해체하고 겨우내 그 속에서 최소한의 물로 옹색하게 버틴 화초들의 상태를 살폈다. 마른 잎들은 털어 내고 화분의 흙들을 보충하고 알비료도 조금씩 올려주고 오래간만에 커다란 물뿌리개로 화초들을 샤워시켜 묵은 먼지를 털어 냈다. 다음엔 한쪽으로 밀쳐놓았던 높고 낮은 화초 받침대를 늘어놓고 실내에서 월동했던 스노우사파이어와 율마까지 데려다 모든 화초가 골고루 햇볕을 받을 수 있게끔 자리를 잡아 줬다.

이렇게 쓰니, 내가 마치 원예의 달인, 그린핑거스 같지만 사실 난 초등학교 입학 전까지 봉숭아와 채송화도 직관한 적이 없는, 좀 더 나이를 먹어서도 익지 않은 방울토마토와 포도송이를 구별하지 못했던 전형적인 아스팔트 키드 출신의 식물맹이다. 게다가 뭘 만들거나 키우는 데 젬병인 똥손이다. 그런데 몇 년 전 어머니 긴 간병생활에 몸과 마음이 너덜너덜해졌을 때 나는 숨구멍이라도 내는 심정으로 어느 날 갑자기 창고처럼 쓰던 작은 베란다를 치워 정원을 만들었다.

가까운 곳에 큰 농원이 있다는 것은 초보 식물러에게 큰 행운이었다. 난 풀 방구리에 쥐 드나들듯 그곳을 드나들면서 작은 포트에 담긴 가격이 저렴한 화초들을 사기 시작했다. 흔하디흔한 제라늄, 철쭉, 메리골드 같은 것들이었다. 하지만 야생초들이 그러하듯 그 별것 아닌 것들도 십수 개 모아 놓으니 색깔과 향기가 꽤 그럴듯해 영화 〈마담 프루스트의 비밀 정원〉 부럽지 않았다. 매일 아침 베란다에 나가 창문을 열고 화초의 상태를 살피고 물을 주는 그 단순한 노동도 안식이 되었다. 그러다가 "와, 싹 난다" 혹은 "오매, 꽃봉오리 맺혔네"라는 짧은 감탄의 순간들이 쌓이면서 식물에서 받는 위로도 점점 커졌다. 식물은 나의 반려였다.

내가 문제를 느끼기 시작한 것은 화초들이 죽어서가 아니라 오히려 죽지 않고 해를 넘겨 살아남기 시작하면서부터였다. 사올 때는 곧은 가지에 흐드러지게 피어 있던 수국은 해를 넘긴 다음 해엔 절대로 예전의 수국처럼 크지 않았다. 줄기는 삐뚤빼뚤했고 무성해진 잎을 중간중간 따 주었는데도 새로 올린 꽃은 색도 크기도 초라했다. 수선화와 프리지어의 알뿌리를 잘 갈무리해 심어 놓았지만, 이듬해 다시 자라기 시작한 애들은 개화기를 넘겨서도 꽃을 피우지 못하고 파처럼 키만 크고 있었다. 내 정원은 더 이상 수려하지 않았고, 아무렇게나 자라나는 혹은 점점 못생겨 가는 식물들만 늘어나고 있었다.

"개에 홀딱 빠진 과학자 겸 페미니스트" 도나 해러웨이는 반려견 카엔과 살았던 경험을 녹여 「반려종 선언」을 썼다. 그녀는 반려종은 홀로 되는 것이 아니고 적어도 두 개의 종이 공구성적 관계를 맺어야 가능하다고 하면서 자신은 '어질리티'라는 개와 인간의 협동 스포츠를 통해* 서로를 끊임없이 훈련시키면서 반려종이 되어 갔다고 한다. 어쩌다 식물러가 된 나도 반려종이 될 수 있을까? 포유동물처럼 표정이 있는 것도 아니고 스스로 움직이지도 않는 식물과도 '어질리티'가 가능한 것일까?

나는 열심히 가지치기, 비료 주기, 물 주기, 분갈이 등 내가 할 수 있는 일을 다했다. 그런데 햇볕과 바람이 부족한 것은 장소가 갖는 구조적인 문제였고 내가 최선을 다해 식물의

* 도그 어질리티(dog agility)는 개와 핸들러라고 불리는 사람이 팀을 이루어 점핑, 터널, 시소 등의 장애물 코스를 정확하고 빠르게 통과하는 것을 목표로 하는 스포츠이다.

생장에 개입한다고 하더라도 멋진 수형, 풍성한 잎과 꽃이라는 결과를 가져오진 않았다. 하지만 그 이야기는 어쩌다 나와 인연을 맺어 0.8평 내 베란다 정원으로 오게 된 식물들이 완전한 자연도 아니고 인공도 아닌 그곳에서 나의 노력과 무관하게 어떤 식으로든 살기 위해 분투하고 있다는 뜻이기도 했다.

난 요즘 내 정원이 더 이상 "보기에 아름답기"를 원하지 않게 되었다. 식물들이 나의 시각적 대상이기를 멈추면 나의 책이나 노트북, 손때 묻은 작은 지갑처럼 나와 함께 살면서 세상을 구성하는 수많은 것 중의 하나가 된다. 그러나 이 '소중한 타자'들은 세심하고 정성스럽게 돌봐야 하지만 동시에 소유할 수도 통제할 수도 없는 존재들이다. 나는 내 정원에서 이상하게 자라고 있는 수국, 긴기아난, 철쭉들을 바라본다. 이 소중한 식물 타자들에게 좀 더 민감해지고 헌신적이 존재가 되려고 노력한다. 내가 좀 더 가드닝에 솜씨가 있었으면 좋겠다는 바람도 있다. 그러나 동시에 내가 어떻게 하든 그들도 이 공간에서 자신의 방식으로 살고 죽을 것이라고 생각한다. 무심하고 민감하게, 내 식물들과 오래 함께 살아갔으면 좋겠다.

내년에는 나도 '페스코'를!

최근 공동체 공론장에 낯선 단어, '페스코'가 등장했다. 11월 한 달 동안 진행한 '잡식가족의 딜레마'라는 프로젝트에 참여한 젊은 남성 회원 한 명이 자신을 페스코라고 밝혔기 때문이다. 페스코는 '페스코 베지테리언'의 준말이고, 소·돼지·닭 등의 고기는 먹지 않되 우유·치즈·달걀, 그리고 해산물은 섭취하는 채식주의의 한 종류를 뜻하는 말이란다. 알고 보니 채식에도 여러 등급이 있었다. 완전 채식인 비건부터 락토, 오보, 페스코, 폴로 그리고 상황에 따라 육식도 하는 유연한 플렉시터리안까지.

나는 오랫동안 잡식주의자의 정체성을 지니고 있었다. 잡식이 인간의 본성에 더 가깝다고 생각했기 때문은 아니다. 그보다는 트렌드가 되어 가는 채식이, 유기농처럼, 처음 시작과 달리 건강 이데올로기에 포섭되었고, 중산층 가족의 식탁에만 허용되는 계급적인 것으로 변질된 게 아닌가, 라는 의심을 버리지 못했기 때문이다. 나는 적게 먹고 소박하게 먹고 쓰레기를 남기지 않는 방식으로 함께 먹는 게 더 중요하다고 생각해 왔다. 실제 공동체에서 탁발에 의존해 식탁을 차리게 되면 자연스럽게 채소 중심의 식단이 꾸려진다. 그러다 가끔, 즉 공동체 김장 울력 날, 다같이 둘러앉아 김장 쌈에 수육을 곁들여 막걸리 한잔하는 기쁨을, 혹은 외부 손님을 초청하는 인문학 축제 때 제육볶음을 메뉴에 추가하는 정성을 문제 삼을 필요는 없다고 생각해 왔다.

그러던 내가 좀 변했다. 몇 가지 계기가 있었다. 요 몇 년 나는 스쿨미투를 감행했던 젊은 청년들을 만나 왔는데 한편에선 이들을 응원했지만 다른 한편에서는 이들이 사소한 일에도 지나치게 예민하다는 생각을 떨쳐 버리기 어려웠다. 그러나 점차 이들이 성차별뿐만 아니라 종차별에도 매우 민감한, 일종의 우리 사회 차별 오염 지표 생물이라는 것을 깨달았다. 문제는 나의 낡아 버린 감수성이었다. 오래전 나와 내 친구들에게 "너희 페미니스트들은 사소한 것도 문제 삼아서 너무 피곤해"라고 말하던 남성들의 자리에 어느덧 내가 앉아 있었다.

〈나의 문어 선생님〉크레이그 포스터 제작, 2020이라는 다큐멘터리도 충격적이었다. 영상 속 그 작은 문어는 놀라울 정도로 창의적인 변신 기술을 가지고 있었고, 천적 상어에게 다리 하나를 뜯긴 이후에도 눈물겨운 분투를 통해 결국 살아남아 종 번식을 한다. 리쾨르는 반만 맞았다. 인간만 이야기적 존재가 아니다. 살아 있는 모든 생명에겐 각자의 이야기가 있다. 이제 나는 문어를 더 이상 문어 '숙회'로 여기지 못한다. 마지막으로 『훔친 돼지만이 살아남았다: 축산업에서 공개구조 된 돼지 새벽이 이야기』향기·은영·섬나리, 호밀밭, 2021가 있다. 그 책을 읽은 날이 생생히 기억난다. 올해 1월 첫 일요일, 우연히 그 책을 집어 들게 되었는데 단숨에 읽었고 책을 덮은 다음 좀 울었다. 나는 그날, 훔쳐서 구조한 돼지 '새벽이'를 돌보는 그 생크추어리가 우리 사회 반차별투쟁의 최전선이자 우리를 구원할지도 모르는 마지막 성지라고 생각했다.

그런데도 올해 내내 수십 가지도 넘는 이유를 대며 비건 결심을 미루고 있었다. 늙은 엄마와 살면서 고기 없는 식탁을 차릴 수 있을까? 비건의 단백질 섭취를 도와주는 대체육은 정말 윤리적인 것일까? 공장식 축산을 피하려다가 실리콘밸리의 거대 실험실 식품 기업에 먹거리 통제권을 송두리째 넘겨주는 것은 아닐까? 소식좌인 내가 가끔 즐기는 소소한 쾌락, 그러니까 맥주에 곁들이는 치킨 몇 조각까지 금해야 할까? 그러다가 최근 머스크의 동물실험 기사를 읽고 다시 정신이 번쩍 났다. 브레인 칩 기술을 개발하는 실험 과정에서 원숭이는 뇌가 파괴당하거나 트라우마에 시달린다. 실험 속도를 높이라는 머스크의 압박 속에서 폐사된 동물이 원숭이 280마리 포함 총 1,500마리나 된다. 이쯤 되면 이건 홀로코스트나 일본 731부대의 생체실험과 다를 게 없지 않은가? 인간이 동물을 대하는 방식은 나치가 유대인을 대하는 방식, 제국주의자가 식민지 민중을 다루는 방식과 정확하게 동형적이다.

올해 내내 우리 사회에서는 장애인, 노동자, 여성 등 동료 시민에 대한 차별과 모욕, 조롱이 끊이지 않았다. 우크라이나 전쟁의 폭력과 살육도 계속되었다. 최악은 우리 모두 점점 이 모든 일에 무감각해지고 있다는 사실이다. 또 새해가 온다. 세상이 달라질까? 나는 한 가지 결심을 해본다. 어떤 폭력도 반대하며, 모든 생명은, 그것이 원숭이든 돼지든 닭이든, 애도할만한 가치를 동등하게 갖고 있다는 신념을 표현하기 위해, 또 무뎌지는 나의 감수성을 계속 갱신하기 위해 비건을 실천하는 것이다. 아직 초보니까 '페스코'부터 시작할 작정이다.

'노라' 서포터즈를 구성하다

'노라'라는 별명의 공동체 회원이 있다. 입센의 희곡 『인형의 집』 주인공, 자아를 찾아서 집을 박차고 나간 노라를 떠올렸지만, 아니라고 했다. 노라는 '놀아라'의 준말이란다. 공부하는 공동체에서 대놓고 놀자고 선동하는 그녀는, 별명만큼 늘 활력 넘치고 유머가 풍부하며 순발력이 좋아 친구들에게 인기가 많은, 공동체 '인싸'이다. 그런데 그녀가 덜컥 암에 걸렸다.

임파선 전이가 진행된 삼중양성 침윤성 유방암 3기. 초기 진단한 의사는 "좋지 않다"라고 했다. 아무리 암이 흔해진 세상이라지만 이건 날벼락이다. 대학병원 의사는 노라에게 선항암 6회, 이후 수술, 그다음 표적 항암 12회의 치료과정을 제시했다. 1년의 대장정이었다. 연로하신 부모님께는 비밀로 했다. 아이들은 엄마를 걱정하겠지만 자식은 원래 부모에게 무심하다. 그렇다면 남편 혼자 아내의 돌봄을 떠맡아야 한다. 우리는 당장 노라 서포터즈를 구성했다.

선항암은, 예상대로 끔찍했다. 책에 쓰여 있는 대로 메스꺼움, 구토, 설사, 눈썹과 머리카락 탈모, 몸 여기저기 극심한 통증 등 어느 하나도 그녀의 몸을 비껴간 것은 없었다. "몸의 구멍이라는 구멍은 콧구멍에서 똥구멍까지 다 헐어요." 어느 날 그녀가 나에게 한 말이었다. 나중에는 이런 이야기도 했다. 극심한 고통을 겪을 때면 그만 모든 것을 끝내고 싶은 극단적 생각이 들기도 했다고. 서포터즈의 활동은 바로 그 선항암 18주 기간에 집중되었다. 서포터즈는 매일 아침 단톡방에서 그녀의 안부를 물었다. 먹지도 자지도 못한 그녀에게 지난밤은 얼마나 아팠는지 물어보고, 그녀의 이야기를 들어주면서 그녀의 마음을 토닥거렸다. 그리고 화요일마다 공동체의 다른 회원들이 만들어 준 음식을 들고 꼬박꼬박 그녀의 집을 방문했다. 노라의 컨디션이 좋은 날은 함께 산책을 하고 그렇지 않을 때는 죽치고 앉아 수다를 떨었다.

우리만 그녀에게 간 것은 아니었다. 그녀도 우리에게 왔다. 3주 간격의 항암치료 동안 상대적으로 살 만해지는 3주차에는 꼭 공동체로 출근해서 세미나도 하고 회의도 했다. 우리는 그녀의 눈썹이 점점 빠지는 것을, 꽃 피는 봄이 와도 두꺼운 겨울 외투를 벗지 못하고 춥다며 벌벌 떠는 모습을, 손톱

이 다 빠져 물건을 잘 집지 못하는 사태를 목격했다. 난 따뜻한 말을 건네기도 했고, 머리통이 잘생겼다고 농담하기도 했지만, 발등에 떨어진 일들을 처리하느라 눈인사만 하고 쌩하니 지나친 날도 많았다. 그래도 그녀가 공동체에 나온다는 사실, 그 하나가 이상하게 안심이 되었다.

얼마 전 우리는 그녀의 표준치료가 무사히 끝난 것을 기념하는 작은 파티를 열었다. 회원 한 명이 조용필의 「바람의 노래」를 불렀다. "나의 작은 지혜로는 알 수가 없네. 내가 아는 건 살아가는 방법뿐이야. 보다 많은 실패와 고뇌의 시간이 비켜갈 수 없다는 걸 우린 깨달았네." 모두가 흐느끼기 시작했다. 회원 자녀의 돌잔치도 열어 보고, 다른 회원의 스몰웨딩도 함께 치러 봤지만, 우리도 우리가 친구의 항암 완수 파티를 열 줄은 몰랐었다.

그다음 서포터즈 한 명이 편지를 낭독했다. 노라가 가발을 사지 않고 아낀 돈, 다인실에 입원하면서 남긴 돈을 공동체 특별회비로 낸 일이 얼마나 신선했는지를 언급했다. 노라에 대한 걱정으로 가득 찬 서포터즈에게 오히려 환우 카페 유머까지 들려주며 웃게 만들었던 일도 떠올렸다. "지난 1년 돌이켜 보니, 정말 놀랄 노라였어요. 존경합니다!" 마지막으로 노라의 차례. "이제, 우정에 대해 진심으로 실감하게 되었습니다. 이 친구들과 평생을 함께 가겠구나, 라는 생각도 확실

해집니다. 그리고 제가 받은 도움을 절대 잊지 못해요. 저도 나중에 누군가를 반드시 돕겠습니다."

나도 어머니를 돌보고 있지만 독박 가족 돌봄은 지겹고 괴롭다. 그런데 가족을 넘어 우정의 네트워크 속에서 병든 친구의 돌봄을 함께 감당하기로 하자 타자를 돌보는 일은 우리에게 배움을 일으켰다. 상호의존의 현실을 더 깊이 깨닫게 했고, 돌봄 과정에서 벌어지는 불편한 감정을 성찰하게 만들었고, 그럼에도 불구하고 서로에 대한 감사와 존경의 감정이 우리를 성숙시켰다. 친구가 암에 걸리는 불행으로 인해 우리는 돌봄이라는 우정의 새로운 용법을 발명해 냈다. 이제 늙고 병드는 일이 속수무책으로 닥쳐오겠지만, 우리는 가족 안으로 숨는 대신 타자를 향한 조건 없는 돌봄의 증여 네트워크 속으로 나아가게 되지 않을까? 나는 점점 더 그런 자신감이 생기고 있다.

간호사, 간병인, 요양보호사, 그리고 나 보호자

2023년 봄 야당 단독으로 통과시킨 간호법을 윤석열 대통령은 거부했다. 이유는 의사들이 극렬하게 반대하기 때문에 그냥 통과시키면 직역 간의 갈등이 확대된다는 것이었다. 그런데 지금은 정부가 주도하여 간호법을 통과시키려고 한다. 의대 증원으로 촉발된 의료 공백을 해소하기 위해 지금은 관행처럼 의사 업무의 일부를 대신하는 소위 PA간호사의 법적 근거를 하루 빨리 마련하려고 하는 것이다. 그런데 이번에는 야당이 미적지근하다. 급할 게 없다는 태도이다. 1년 사이에 입장이 바뀐 여야도, 툭하면 파업을 하는 의사집단도 모두 제 밥그릇만 챙기는 것처럼 보여 엄청난 피로감이 몰려오고 외면하고 싶은 마음이 든다. 하지만 그럴 수 없다. 왜냐하면 나는 이 문제에 깊이 연루되어 있기 때문이다. 나는 늙고 병든 어머니의 직접적인 돌봄 제공자이다.

어머니는 몇 년 전 심한 요추 압박골절로 4개월 넘게 두 군데의 2차 병원과 한 군데의 요양병원에서 입원 치료를 받으셨다. 그리고 모두가 아는, 그 간병생활이 시작되었다. 어머니의 수면·식사·용변·목욕 시중 등 생존과 관련된 24시간 돌봄, 재활을 위한 병원 내 이동, 환자 상태에 대한 모니터링과 의료진에 보고하기… 가족에게 요구되는 일은 끝이 없었고 나와 동생들은 감당하기 힘들었다. 결국 간병인을 고용했다.

그러면서 생긴 질문. 간병은 꼭 가족이 해야 하나? 그러면 돌봐 줄 가족이 없는 사람은? 혹은 간병인을 고용할 경제적 능력이 없는 사람은? 혹시 병원 내의 환자 돌봄은 간호사가 해야 하는 일 아닐까? 그런데 내가 경험한 간호사의 환자 돌봄 업무는 바이탈 체크와 투약 정도였다. 더 많은 시간을 병동 관리 같은 행정업무에 쓰는 것 같았다. 나는 간호사 출신 친구들에게 물었다. "간호의 정의가 뭐야? 간호와 간병은 어떻게 달라?" 그들이 말하기를, 교과서적으로 간호는 간호사정(assesement), 간호계획, 간호수행 등으로 이루어진다고 했다. 다시 말해 간호는 '질병' 자체가 아니라 '질병에 걸린 사람'의 몸과 마음, 환경을 총체적으로 돌보는 일이란다. 그렇다면 병원 안에서 소위 간병이라는 이름으로 행해지는 일들은 사실상 간호의 영역 아닐까?

오랜 입원으로 섬망이 심해지자 어머니를 퇴원시켰다. 그리고 노인장기요양보험 서비스를 신청, 3등급을 받았다. 하루 3시간씩 요양보호사가 집에 오게 된 것이다. 그러나 와상환자에 가까운 어머니에게 주 5회 하루 3시간의 돌봄 제공은 너무 부족했다. 더 큰 문제는 사회복지체계에서의 요양보호 제공은 어떠한 의료적 처치와도 연계되어 있지 않다는 사실이었다. 어머니가 여러 날 설사를 하고 거의 탈진상태가 되었을 때 나는 동네의 모든 의원에 전화해서 방문 진료를 요청했지만 모두 거절당했다. 하여 이번에는 두번째 질문, "요양보호라는 일상적 돌봄과 간호라는 의료적 돌봄은 왜 분리되어 있을까?"

지난 몇 년간 나는 '보호자'라는 이름으로, 입·퇴원 서류에 사인하는 것과 같은 법적 대리인 업무부터 어머니 약을 챙기고 골다공증 주사를 놓는 것과 같은 간호사급의 업무, 식사를 살피고 목욕을 시켜 드리는 등의 간병인 혹은 요양보호사급의 업무를 넘나들었다. 그리고 제도적 서비스 사이의 틈을 메꾸기 위한 수십, 수백 가지의 자질구레하고 노동집약적인 돌봄노동을 수행했다. 아서 프랭크는 『아픈 몸을 살다』메이 옮김, 봄날의책, 2017에서 돌봄 제공자는 환자의 질병을 함께 겪는 벗, 목격자, 증인이 되어야 한다고 말하지만, 돌봄에 대한 그런 이상과 뼈를 갈아 넣는 것과 같은 돌봄 현실 사이의 간극은, 나, '보호자'에게는 너무 크다.

이제 세상이 많이 바뀌었다. 1인 가구가 전체 가구 중 가장 많다.(2022년 현재 35.5%) 수술 후 퇴원해서 집에 가도 아무도 없다는 이야기이다. 또한 아주 빠르게 초고령화 사회로 진입하는 중이다. 노화인지 질병인지 명확히 구별되지 않는 몸으로 꽤 오랜 시간을 살아 내야 한다는 이야기이다. 병원 중심의 의료돌봄 체계로는 감당하기 힘든 세상이 열린 것이다. 따라서 이제 병원에 입원하면 '보호자'가 없어도 상관없는 간호간병통합서비스가 전면적으로 제공되어야 한다. 그리고 집에 있는 고령자나 환자에게는 방문 진료와 방문 간호, 방문 간병이 연계되는 '지역사회 통합돌봄'이 제공되어야 한다. 돌봄을 탈 가족화하는 사회, 전문적인 돌봄 인력을 양성하고 적절하게 대우하는 사회가 성숙한 시민사회다. 이번에는 제대로 된 간호법이 제정되어 더 성숙한 돌봄시민사회를 향한 첫 걸음을 내딛기 바란다.

K-장녀의 '독박 돌봄기'

올해 초 독립선언을 했다. 정확히는 더 이상 어머니를 모시지 않겠다는 선언이었다. 어머니를 부양한 지난 9년 동안 내가 어떻게 버텼는지 뻔히 아는 동생들은 군말이 없었다. 나의 대안은 4남매가 더 확실히 돌봄을 분담하고 책임지는 것이었다. 돌아가면서 한 달씩 어머니 모시고 살기. 그리고 병원 케어는 신경외과, 정신과, 심장내과, 척추센터 등으로 나누어 담당하기. 이것에도 동생들은 이견이 없었다.

작년 초에도 나는 "돌봄을 하는 자도 돌봄이 필요하다"라며 한 달에 일주일은 돌봄 휴무를 갖겠다고 말했다. 내가 우울증에 걸려 나가자빠질까 봐 걱정하던 동생들은 동의했고, 한 달에 일주일씩, 돌아가면서 어머니 식사를 책임지고, 병원을 모시고 가고, 복지사·요양보호사 등 다른 돌봄 관련자들과 필요한 소통을 하고, 어머니 말벗을 해드리기로 했다.

첫 휴무는 달콤했다. 식사는 두 끼만 간단히 먹었고, 친구가 빌려 준 작은 시골집에서 어떤 방해도 없이 책을 내처 읽었다. 그러다 졸리면 산책하거나 낮잠 자거나 맥주 한잔을 곁들여 영화를 봤다. 집중해서 글을 쓸 수 있어 생산성도 높았다. 온라인으로 진행한 세미나, 강의 이외의 시간엔 완벽한 침묵을 즐겼다. 평화였다. 그러나 이 시스템을 안정시키는 것은 쉽지 않았다. 동생들한테는 출장, 수술 등 계속 일이 생겼고, 병원 케어가 서툴러 어머니 불만이 쌓여 갔다. 나는 휴무 기간을 점점 줄였고, 병원은 다시 내가 전적으로 모시고 다녔다. 한 달에 한 번씩 어딘가를 예약해서 가는 일도 여간 번거로운 게 아니었다. 일상을 유지하면서 돌봄 부담에서 벗어나려면 독립밖에 없었다. 다행히 어머니 상태는 안정적이었다.

그런데 올해 초부터 어머니가 다시 나빠졌다. 1월엔 정신과 약을 바꾸면서 종일 처짐, 식욕부진 등의 부작용이 생겨 한동안 고생했는데 5월 초엔 갑자기 가슴 통증을 호소했다. 특별히 넘어지거나 부딪힌 적이 없어 처음에는 담이 들렸다고 생각했다. 그런데 시간이 지나도 차도가 없었다. 혹시 갈비뼈가 부러졌나? 엑스레이, 심지어 MRI까지 찍었지만, 골절은 발견되지 않았다. 그렇다면 혹시 심장 문제? 심장초음파도 이상이 없었다. 하지만 어머니는 강력한 마약성 진통 패치를 붙이고도 아파 죽겠다며 하루 종일 엉엉 우셨고, 곡기도 거의 끊으셨다. '노인 금쪽이'가 따로 없었다.

그런데 어머니가 최초로 가슴 통증을 호소한 날은 남동생 내외가 오래전부터 계획했던 장기 유럽 여행을 떠나던 날이었다. 연이어 나도 돌봄 휴무를 썼다. 그러니까 어머니 흉통의 원인이 주보호자인 딸과 외아들이 동시에 자신의 곁에서 사라진 듯한 모종의 불안과 긴장, 즉 심리적인 것일 가능성도 있었다. 노인 우울증 증세는 육체적으로 더 많이 발현된다는 사실도 뒤늦게 떠올랐다. 나는 집에 더 오래 머물렀고, 어머니와 수시로 눈을 맞췄고, 아프다고 하면 과하게 위로했다. 칠십 먹어서 색동옷 입고 부모 앞에서 재롱을 피웠다는 춘추시대 노래자(老萊子)처럼, 한동안 나는 그렇게 살았다. 그리고 어느 날, 거짓말처럼 어머니 흉통이 한순간에 사라졌다. 동시에 내 독립도 영원히 물 건너갔다.

베이비붐 세대인 나와 내 친구들은 일을 하면서 동시에 아이도 키우느라 뼛골이 빠졌었다. 하지만 덕분에 "한 아이를 키우려면 온 마을이 필요하다"라는 담론을 만들고, 공동 육아 등의 실험도 할 수 있었다. 그런데 느닷없이 닥친 부모 돌봄 앞에서 우리 대부분은 속수무책이고 각자도생 중이다. 이런 초고령화 시대를 예측할 수도 없었고, 나이듦 따위를 생각하거나 준비할 시간이 없었기 때문일 것이다. 어쩌면 우리가 책임감과 인내심이 강한 K-장녀여서 그럴지도 모른다. 그렇다 치더라도 돌봄과 관련하여 평생 독박을 쓰고 있다는 불쾌감이 사라지지는 않는다.

며칠 전 받은 부고 속 고인의 연세는 96세였다. 얼마 전 돌아가신 후배 아버지는 99세였다. 80대 중반인 나의 어머니도 지금 컨디션이라면 족히 십 년은 훨씬 넘게 사실 것 같다. 그런데 나는 어머니의 장수를 기원하는 마음 한편, 내가 칠십이 넘어서까지 어머니를 돌보면서 이 집 방 한 칸에서 늙어 버릴까 봐 겁이 난다. 동시에 이런 마음을 들켜 버릴까 더욱 두렵다. 내가 겪은 지난 9년간의 부모 돌봄은 스릴러나 호러에 가까웠는데 나에게는 이것을 명랑 홈드라마로 바꿀 비책이 없다. 요즘 어머니는 다시 말갛게 웃으신다. 나는 웃지도 울지도 못하면서 매일매일 돌봄 '존버' 중이다. 언제 끝날지 아무도 모른다.

아들 돌봄 시대가 오고 있다

노인은 병원 순례가 일상인지라 나 역시 어머니를 모시고 병원에 가는 일이 점점 잦아진다. 그때마다 자연스럽게 다른 보호자들을 관찰하게 되는데, 좀 티격태격한다 싶으면 영락없이 우리처럼 모녀지간이다. 상대적으로 며느리들은 거의 눈에 띄지 않는다. 반면에 병원 수발을 하는 아들은 많아졌다. 어머니 휠체어를 밀고 와서 접수하는 젊은 아들, 초고령의 아버지를 부축하며 천천히 걸어가는 고령의 아들도 보인다. 일본은 이미 가족 내 돌봄의 3분의 1을 남성이 담당한다.

우리나라는 아직 남성 돌봄에 대한 공식 통계가 없지만 내 주변엔 이런 사례가 적지 않다. 우선 60대 은퇴자인 지인은 은퇴와 동시에 파킨슨병에 걸린 장모를 아내와 함께 집에서 돌본다. 흔히 ADL(Activities of Daily Living)이라고 부르는 식사, 보행, 용변, 목욕 등의 일상 돌봄은 아내가 맡고 있지만, 하루가 다르게 깜빡깜빡 인지가 저하되는 장모님의 말벗을 해드리고, 화초를 함께 가꾸는 등의 정서적 지원은 자기 몫이라 여긴다. 물론 기꺼이 수행하지만 그렇다고 은퇴 이후 꿈꿨던 제2의 인생이 미뤄지고 있는 것에 대한 답답함이 없는 것은 아니다.

50대 직장인인 다른 지인 역시 2년간 어머니를 돌봤다. 이웃에 살던 어머니의 치매가 심해지면서 낮에는 다행히 주간보호센터 서비스를 이용할 수 있었지만, 밤에는 다른 대안이 없었기 때문이다. 그는 매일 어머니 집으로 퇴근해서 어머니를 씻기는 등의 ADL 돌봄을 수행했다. 그런 자신에 대해 아내와 자녀들은 불만이 없었고, 멀리서 사는 여동생도 종종 부모 돌봄을 분담했지만 고립되었다는 느낌, 자기 일상이 사라진 것에 대한 괴로움은 컸다.

40대 프리랜서인 후배는 외동아들이다. 그는 아버지가 돌아가신 직후부터 어머니의 주 부양자가 되었고, 결혼해서 분가한 이후에도 집수리, 보험업무 등 본가의 대소사를 맡아서 했다. 그러다 어머니의 낙상과 골절, 입원 이후에는 간병까지 떠맡게 된다. 이성(異性) 어머니의 기저귀를 갈고 용변 뒤처리를 하는 일은 쉽게 익숙해질 수 있는 것이 아니어서 당황했고, 간병인을 구한 이후에는 엄청난 간병비 때문에 난감

했다. 그는 장차 어머니가 더 늙고 병들면 어떻게 될지 몹시 두렵다.

물론 며느리 돌봄 시대를 물려받은 것은 딸들이다. 2020년 통계에 따르면 딸의 돌봄은 18.8%로 며느리의 돌봄 10.7%를 훨씬 상회한다. 나 같은 K-장녀의 독박 돌봄 이야기들이 차고 넘친다는 뜻이다. 그리고 "아내가 집안일을 하지 않는다면 아들의 간병은 성립하지 않는다"히라야마 료, 『아들이 부모를 간병한다는 것』, 류순미·송경원 옮김, 어른의시간, 2015는 말처럼, 남성 돌봄 이면에는 여전히 여성의 그림자 노동이 숨어 있다. 돌봄의 젠더불평등은 여전하다.

하지만 우리가 아들 돌봄에 주목해야 하는 이유는 첫째, 이런 저출산 고령화 비혼 시대에 그것의 확대가 명약관화하기 때문이며, 둘째, 그럼에도 불구하고 그것이 전통적인 남성 역할에 대한 사회적 압력 때문에 공론장에서 논의되기 쉽지 않아서이다. 일본의 사회학자 우에노 지즈코는 남성의 돌봄은 그들이 자신의 상황에 관해 이야기하지 않고, 타인에게 도움을 구하지 않으며 타인의 개입을 꺼린다는 점에서 블랙홀 같다고 한다. 다행히 이런 일을 먼저 겪은 일본에서는 다양한 대안이 나오고 있다. 2009년에는 '남성 돌봄 전국네트워크'가 만들어졌고, 2014년에는 한 치과의사가 '남성돌봄교실'을 열었다. 그 홈페이지에 들어가 보았더니 머리가 허옇게 센 중년 남성들이 진지하게 음식 먹이는 법, 기저귀를 가는 법, 자세 바꿔 주는 법, 양치시키는 법 등을 실습하고 있었다.

우리도 남성 돌봄 시대에 대한 준비가 필요하다. 무엇보다 아들의 이야기가 더 많이 세상 속으로 나와야 한다. 남성 돌봄의 이야기는 며느리의 돌봄, 딸의 돌봄, 영케어러의 돌봄과 겹치면서도 또 다를 것이다. 그 이야기를 잘 듣고, 공감하고, 배우고, 또 질문하면서 우리 사회의 돌봄 과제를 함께 해결해야 한다. 돌봄 사회는 남녀 모두 '보편적 돌봄 제공자'(낸시 프레이저)가 되어야만 우리 곁으로 다가올 미래이다.

영초언니에게
한발 가까이

지난 주말 요양원에 있는 선배를 보러 갔다. 작년 말 첫 방문 이후 3개월 만이다. 눈이 보이지 않는 선배 옆으로 바짝 다가가 인사를 건넸다. "언니~", "언니~", "나, ○○야", "나, ○○야", "○○이 왔어요", "○○이 왔어요" 반향어를 사용하는 것은 지난번과 마찬가지였다.

한때 운동권의 대모라고 불렸던 선배가 아들 하나를 데리고 캐나다로 이민을 떠난 것은 20여 년 전이다. 그리고 몇 년 되지 않아 교통사고를 당해 불운하게도 뇌를 크게 다쳤고, 운동기능뿐 아니라 시력·언어능력·기억력을 완전히 상실했다. 사람들은 그녀가 "바보가 되었다"라고 했다. 난폭한 행동을 일삼는다고도 했다. 다행히 몇 차례의 큰 수술을 통해 의식이 좀 돌아왔는데 그 이후엔 그녀가 종일 먹을 것만 찾는다는 소식이 들려왔다.

이후 나는 한국으로 돌아온 선배와 가끔 전화 통화를 했다. 그녀의 기억은 과거 어느 시점에 고정되어 있었고 대화는 세 문장 이상을 이어 가지 못했다. 하지만 온종일 라디오 음악방송을 듣고 있다는 선배의 목소리는 늘 밝았다. 명민했지만 예민하고, 다정하기보다는 시니컬했던 그녀였는데, 기억이 사라진 이후 명랑해졌다는 게 아이러니하게 느껴졌다. 그러나 만나러 가는 것은 차일피일 미뤄지고 있었다. 그러다 다시 뇌 발작이 왔고, 완전히 식물인간이 되었다는 이야기를 듣게 된 것이다. 아, 죽기 전에 얼굴 한번 봐야겠구나.

이동형 침대에 누워 있는 선배는 콧줄을 끼고 있었고, 팔과 다리는 굽어 있었으며, 주먹을 꽉 쥔 채였다. 무슨 말을 해도 그것을 반사적으로 따라 하는 반향어만 내뱉었다. 눈물이 핑 돌았다. 무엇보다 어떻게 소통해야 할지 알 수 없었다. 나는 거의 아무 말 대잔치를 벌였다. 그런데 어느 순간 반향어 사이로 짧은 응답이 돌아왔다. “좋아하는 음식이 뭐였지?”라고 묻자 “냉면”이라고 답하는 게 아닌가. 나는 비밀의 문 열쇠를 발견한 느낌이었다. 선배에게도 프루스트의 ‘마들렌’ 같은 게 있을 수 있겠구나. 나는 주의 깊게 선배의 옛 동료, 옛집 등 마음 깊이 저장되어 있을 법한 어떤 순간이나 이미지들을 자극해 봤다. 여전히 반향어가 대다수였지만 ‘기억나’, ‘좋아’,

'보고 싶어' 같은 응답도 간간이 이루어졌다. 더 놀라운 것은 그 과정에서 요양원 직원이 절대 불가능하다고 사무적으로 말한, 그 꽉 쥔 주먹이 꽃잎 벌어지듯 펴졌다는 사실이다.

올리버 색스는 『아내를 모자로 착각한 남자』에서 소위 지적장애인이라 불리는 사람들의 임상 사례를 모아 놓은 챕터에 '단순함의 세계'라는 이름을 붙였다. 우리는 보통 추상적인 개념을 사용하지 못하거나 명제의 방식으로 말하지 못하면 인간 이하라고 생각하거나, 죽은 것이나 진배없다고 여긴다. 그러나 올리버 색스는 그들을 상상을 뛰어넘는 나라를 여행한 사람들이라고 말하면서 그 이상한 나라는 생기 있고 정감 넘치며 상세하면서도 단순하다고 한다. 그곳에서 소위 지적장애인들은 천진난만함, 투명함, 완전함, 존엄이라는 마음의 질을 가지고 있다는 말도 덧붙인다. 우에노 지즈코도 존엄사라고 불리는 안락사에 반대한다면서 "'존엄한 생'과 '존엄하지 않은 생'의 경계선은 어디일까?"라는 질문을 한다. 살아 있을 가치가 있는 삶과 그렇지 않은 삶의 구분은 결국 우생학의 패러다임이다.

그녀는 식물인간으로 덜 실존하는 것이 아니라 단순함의 세계에서 온전히 실존하고 있다. 문제는 그러한 실존을 존엄하게 대하는 환경과 관계가 존재하느냐 여부이다. 그녀를 사랑했던 어머니는 작년에 돌아가셨고 보살피던 언니는 풍을 맞았다. 이제 그녀 곁에는 자기 살기도 바쁜 아들 하나가 달랑 남아 있을 뿐이다. 난 직감적으로 이제 내가 그녀에게 더 다가가야 할 시점이라고 느낀다. 선배와 내가 친해진 계기가 한때 이념을 공유했기 때문이었고, 멀어진 이유가 각자 먹고 사는 데 바빠서였다면, 이제 우리는 돌봄의 이야기를 다시 써 나가는 동료로 새롭게 만나야 하는 게 아닐까? 그녀의 이상한 세상은 아마도 내 세상을 더욱 풍부하게 만들 것이므로.

"다음에 올게", "언제?", "여름에 올게." 인사를 하고 나오는데 선배의 얼굴에 주름이 하나도 없다는 것이 새삼 눈에 띄었다. 모든 성인의 공통된 가르침이 지나가 버린 과거도 오지 않은 미래도 집착하지 말고 오로지 현재만 살라는 것인데, 선배가 그렇게 사는 것일까, 그래서 주름이 없나, 라는 생각이 설핏 스치면서 슬며시 웃음이 나왔다. 아 참, 그녀의 이름은 서명숙 작가의 『영초언니』문학동네, 2017의 주인공, 천영초이다.

3부

공동체와 연대

우리들의 글쓰기, 자기돌봄과 상호돌봄

인문학 공동체도 추수를 한다. 단 가을이 아니라 겨울에, 나락 대신 에세이로. 그리고 농부의 가을걷이가 그러하듯 우리 에세이도 일 년 공부를 정직하게 반영한다. 누군가는 여문 글을, 누군가는 쭉정이를 얻게 된다. 하지만 막판 뒤집기도 언제나 가능한 법이라, 에세이 철이 다가오면 얼굴이 누렇게 뜬 채로 머리를 쥐어뜯으며 뒤늦게 스퍼트를 올리는 학인들로 공동체가 후끈 달아오른다.

하지만 일 년 동안 성실했든 슬렁거렸든, 공부의 마지막 단계, 글쓰기는 예외 없이 어렵다. 우리 중엔 형식을 갖춘 글을 평생 한 번도 안 써 봤다는 사람도 있고, 들여쓰기나 문단 나누기 같은 기본 용어조차 낯설어하는 사람도 있다. 하지만 글쓰기의 어려움이 이런 숙련도에 있는 것은 아니다. 정말 어려운 것은, 책을 단순히 요약하는 것도 아니고 책과 상관없는 감정을 토로하는 것도 아닌 글, 우리가 읽은 책에서 길어 올린 개념을 통해 삶을 다시 써 나가는 글을 짓는 것이다.

우리의 방법은 수차례에 걸친 합평이다. 누구나 다른 사람의 글을 읽으면 '소감'이 생긴다. "재밌어요"라거나 "잘 읽혀요"라는 반응이 나오면 일단 반은 성공한 것이다. 최악은 "어려워요"인데, 그건 액면 그대로 내용이 어렵다는 말이 아니라 글이 두서없고 주제가 불분명하다는 이야기이다. 피드백을 받는 사람에게도 친구들의 질문은 도움이 된다. 내가 대충 뭉개고 넘긴 부분이나, 상투적인 생각과 표현이 드러난 부분, 논리적인 연결이 취약한 부분을 친구들은 귀신같이 찾아내 지적하기 때문이다. 글이 혼란스러운 것은 기술 부족이 아니라 삶이 산만하거나 생각하는 걸 귀찮아하기 때문이라는 것을 우리는 차츰 알게 된다. 그렇게 묻고 답하면서, 함께 토론하면서, 글은 고쳐지고 또 고쳐진다. 글쓰기에 관한 한, 우리의 지적질은 우리의 힘이다.

한 친구는 「굿바이 엄마」라는 제목의 글을 통해 16년째 식물인간으로 누워 있는 어머니에 대해 썼다. 읽고 있는 모든 책에서 어머니를 떠올리던 그녀는, 그러나 말이든 글이든 제 생각을 표현하는 것을 힘들어했다. 두려움, 지루함, 죄책감 등의 온갖 감정이 턱 밑까지 꽉 차 있어서 '엄마' 하면 눈물부터 나왔기 때문이다. 그러나 이번에는 에세이를 완성했다. 그녀는 "생명은 죽음을 포함하는 것"이기 때문에 이제 "죽어가는 엄마를 지켜볼 용기"를 낸다고 했다. 치유의 글쓰기였다.

다른 친구 한 명은 두려움을 주제로 글을 썼다. 가난과 아버지의 폭력에 대한 공포와 두려움, 중학교에 들어갈 무렵 성적 지향이 남들과 다르다는 것을 확실히 알았을 때 느꼈던 혼란과 두려움. 그에게 두려움은 취약함이었고 극복의 대상이었다. 그러나 파커 J. 파머의 책과 그의 '온전함'이라는 개념이 새로운 통찰과 영감을 주었다. 직장인인 그가 꼬박 한 달을 붙잡고 끙끙거리며 완성한 짧은 에세이에서 그는 "두려움이 때론 삶의 추동력이 되었다"라는 것을, 자기에게 두려움과 함께 온전히 자신을 지켜 낼 힘이 있다는 것을 알게 되었다고 썼다. 글쓰기를 통해 자기 삶을 다시 해석해 낸 순간이었다.

유난히 각별했던 오빠를 암으로 잃은 직후 『장자』 에세이를 쓴 또 다른 친구의 글도 인상적이었다. 삶은 부득이한 것투성이지만 죽음을 포함한 부득이한 그 모든 것들을 감당할 수 있으면 자유롭게 된다는 장자의 말을 새기면서 그녀는 오빠의 마지막을 회상했다. 말기 암인 상태로 발견되어 수술이 소용없다는 것을 알면서도 오빠는 가족의 한이 될까 봐 수술도 받고 항암치료도 받았다. 그리고 거동을 못하기 직전까지 직장생활의 루틴을 지켰다. 그런 오빠의 태도에서, 그녀는

『장자』에 나오는 사생존망(死生存亡)이 하나라는 것을 아는 수많은 현인의 모습을 발견한다. 오빠를 잃은 것은 더할 나위 없는 슬픔이지만 오빠의 마지막 모습은 그녀에게 위로가 되었다. 그녀에게 글쓰기는 가장 강력한 애도의 형식이었다.

아카데미의 학회 같기도 하고, 방송연예대상 같기도 하고, 추수감사절 같기도 한 에세이 팀 발표를 우리는 지난 연말 열한 번이나 치렀다. 어떤 팀은 서너 명이 발표했지만, 다른 어떤 팀은 열 명도 넘는 학인이 종일 발표했다. 우리는 자신의 글을 발표하고 친구의 글을 들어주는 의례를 통해 서로의 삶에 개입하고 응원하면서 한 해를 마무리했다. 글을 통해 삶의 길을 다시 내는 과정에 오은영과 강형욱 같은 전문가의 진단과 조언, 처방은 필요 없었다. 평범한 사람들의 곡진한 글쓰기는, 그 자체로 가장 강력한 자기돌봄, 상호돌봄의 수단이었다.

마르지 않는 공동창고, 무진장

한없이 크고 많다는 뜻의 무진장(無盡藏). 원 출전이 『유마경』으로 부처님의 끝없는 자비심과 공덕을 일컫는 말이다. 여기서 유래하여 중국 남북조 시대에는 가난한 중생들에게 낮은 이자로 돈을 빌려주는 '무진장'이라는 구제적 금융기관이 생겨나기도 했다. 우리 공동체에도 그와 유사한, '마르지 않는 공동창고, 무진장'이 있다. 시작은 7년 전이었다. 당시 우리 안에는 갑작스러운 파산, 실직, 질병 등으로 삶이 취약해진 회원이 여럿 생겼다. 뭔가 공동의 대책이 필요했다. '다른 앎'은 '다른 밥'으로 나아가야 했다.

처음 떠올린 모델은 마이크로크레딧이나 신용협동조합 같은 것이었다. 공동기금을 마련하여 돈이 필요한 친구들에게 담보나 이자 없이 돈을 대출하면 좋지 않을까? 그런데 논의하면 할수록, 상환 날짜를 꼭 정해야 할까? 대출의 기준과 절차가 꼭 필요할까? 라는 질문이 생겼다. 서로의 처지를 이미 아는데, 급전이 필요하다고 하면 묻지도 따지지도 말아야 하는 게 아닐까? 결국 우리는 대출-상환의 형식이 아니라 누구라도 여유 있을 때 입금하고, 언제라도 필요하면 출금하는 방식의 공동통장을 만들기로 했다.

스물네 명의 회원, 삼천만 원의 출연금으로 2017년 4월 창립총회를 열었을 때 우리는 사적 소유를 넘어 돈을 섞는다는 이 이상하고 야릇한 실험에 좀 흥분했다. 그런데 열기는 금방 냉각되었다. 한동안 입금도 출금도 일어나지 않았다. 그리고 생각지도 못했던 문제들이 드러났다. 우선 가정경제와의 충돌. 주로 기혼여성회원들이 어려움을 토로했다. 집에서는 남편과 '무진장' 입금에 관한 생각을 공유하기가 어려워 남편 눈치를 보게 된다고 했다. 반대로 '무진장'에서는 가족주의에 빠져 있다는 비난을 받을까 두렵다고 했다.

출금도 마찬가지였다. 공식적으로 출금의 기준 따위는 없지만 각자에게는 심리적 가이드라인이 있었다. 대학생 자녀의 학비를 출금하는 것은 떳떳한데 초등학생 자녀의 영어학원 출금은 눈치가 보인다고 했다. 입금은 하지 못하고 출금만 하는 것도 속이 부대낀다고 했다. 사회학자 김찬호의 말대로 "돈은 개인의 가장 깊은 곳에 감춰 두는 문제"였고, 우리는

"돈에 대한 나의 느낌이나 욕망도 솔직하게 털어놓지 않는다". 돈은 생각보다 훨씬 내밀한 문제였다. 돈을 섞기 위해서는 돈에 대한 자신의 온갖 지질한 욕망과 상념부터 털어놓고 섞어야 했다.

하지만 『장자』에 나오는 '철부지급'(轍鮒之急) 에피소드처럼 목마른 붕어에게 가장 필요한 것은 물 한 모금이다. 우리는 '무진장'에 대한 서로 다른 감각들을 천천히 조율해 가는 한편 생활비 문제로 곤란을 겪는 친구에게 월 50만 원 정도의 기본소득을 일정 기간 정기적으로 지급하는 마중물 제도를 마련했다. 더 나아가 공동체 식당에서 밥을 먹을 때, 마을약국에서 쌍화탕이나 비타민을 살 때, 마을 청년들이 운영하는 동네서점에서 책을 살 때, '무진장'의 공동지갑을 이용했다. 돈이 섞이고 삶이 섞이고 이웃과의 관계도 조금씩 더 돈독해졌다.

돈을 쓰는 기술이 늘면 돈을 모으는 기술도 늘어나야 한다. 이 기술은 유머가 넘치는 친구들이 이끌었다. 한 친구는 얼마 전 슈퍼문을 보았다며 인증샷과 더불어 만 원을 입금한다고 알렸다. 그러자 줄줄이 슈퍼문 입금 챌린지가 벌어졌다. 다른 친구 한 명은 입금을 37,320원, 139,930원, 99,909원 식으로 한다. 매달 10만 원 자동 이체 같은 방식으로는 우리의 '무진장'을 돌볼 수 없다는, 늘 들여다보고 애써야 한다는 메시지를 그렇게 남긴 것이라 짐작한다.

우리 '무진장'은 규모가 매우 작아 대안경제 실험이라고 말하기에는 민망하다. 하지만 각자의 실감은 구체적이고 적실하다. 몇 년간 마중물 기본소득을 받아 왔던 한 친구는 '무진장'은 자기에게 비빌 언덕이라고 했다. 사람에 대한 믿음이 생겼다고도 했다. 다른 한 친구는 "여유 있는 친구들이 주변에 있어서 참 다행이다"라는 생각이 든다고 했다. 동시에 돈을 더 잘 써야겠다는 생각, 더 잘 살아야겠다는 생각이 든다고 했다. 출금을 주로 하든 입금을 주로 하든 '무진장'이라는 공동통장을 함께 돌보는 행위는 우리가 호모 에코노미쿠스로 살지 않겠다는 다짐, 시시한 존재가 되고 싶지 않다는 바람을 드러낸다. 요즘 다들 형편이 어려워 바닥이 보이는 잔고가 마음 쓰이지만, 그럼에도 불구하고 내년에도 후년에도 '무진장'이 무궁하게 마르지 않는 마음의 창고, 재화의 창고로 유지되기를 간절히 바란다.

자기 힘으로
이동한다는 것에 대하여

어머니와 합칠 집을 구할 때 가장 많이 신경 쓴 것은 두 세대가 살기에 적합한 구조인가 여부였다. 주변 환경이 조용하고 전망이 좋으면 더할 나위가 없겠고. 다행히 이런 것들이 웬만큼 충족된 곳을 얻을 수 있었는데 그곳이 비교적 높은 지대에 있다는 것, 따라서 노인이 걸어서 이동하기 좀 힘들다는 사실은, 당시엔 내 안중에 없었다. 문제를 느낀 것은 한참 후였다. "나를 이 꼭대기에 처박아 놓고…"라는 지청구가 빈말이 아니라는 것, 어머니의 우울증이 깊어진 것이 소일거리가 없기 때문이고, 또 그것은 자기 힘으로 이동하기 힘들게 된 사정과 관계있다는 것이 점차 분명해지고 있었다. 어머니는 예전 살던 곳에서 누렸던 이동권, 즉 혼자서 미장원에 가고, 한의원에 들르고, 약국에서 약사와 수다를 떨고, 돌아오는 길에 팥

칼국수 한 그릇 사 먹는 행위가 주는 기쁨과 활력을 잃어버린 것이었다.

난 전세 기한이 만료되면 다음번엔 반드시 평지에, 근린생활시설 지척에 집을 얻겠다고 마음먹었다. 그러나 그러기 전 어느 봄날, 오랜만에 걷겠다는 의욕을 내신 어머니가 동네 병원에 다녀오다 기어코 아파트 경사로에서 넘어져 정신을 잃고 말았다. 이후 오랜 투병이 이어졌고 이제 어머니는 휠체어를 탄다. 그리고 나는 그것을 밀면서 이 도시가 온통 문턱 투성이라는 것을 뼈저리게 실감한다. 어머니가 다니는 치과 건물의 경사로는 어찌나 짧고 가파른지 휠체어로 그곳을 오르내릴 때마다 나는 괴력을, 어머니는 45도 각도로 기울어진 몸을 허공에서 지탱해야 하는 신공을 발휘해야 한다. 안과가 있는 또 다른 건물은 1층에 장애인 화장실이 있는데 늘 잠겨 있다. 어쩌다 더운 여름날, 나가기 싫다는 어머니를 겨우 설득해 외출해서 냉면이라도 먹을라치면 나는 휠체어를 밀면서 식당 안에서 "죄송합니다"라는 소리를 열 번도 넘게 해야 한다.

나는 용인시 장애인편의증진센터에 전화해서 위의 두 건물이 1997년 제정된 「장애인·노인·임산부 등의 편의증진 보장에 관한 법률」을 위반하고 있는 게 아닌지 문의했다. 경사로가 가파른 건물은 그 법 시행령이 정해 놓은 의무 기한인

2005년 이전에 준공된 건물이어서 자기들로서는 방법이 없다고 했다. 장애인 화장실 문이 잠겨 있는 문제는 구청 민원 사항이니 그쪽에 연락하라고 했다. 난 구청 민원 콜센터에, 다시 구청 건축지도팀에, 또다시 건축관리팀에, 다시 사회복지과에 전화를 돌렸고 결국 같은 이야기, 자신의 업무가 아니니 알아보고 연락을 주겠다는 답변을 들었다.

1984년, 당시 서른셋의 가장, 액세서리를 만들어 납품하던 손 기술자, 휠체어를 타던 김순석이 스스로 목숨을 끊었다. 유서는 서울시장 앞으로 남겨졌다. "왜 저희는 골목골목마다 박힌 식당 문턱에서 허기를 참고 돌아서야 합니까. 왜 저희는 목을 축여줄 한 모금의 물을 마시려고 그놈의 문턱과 싸워야 합니까. 또 왜 횡단보도를 건널 때마다 지나는 행인의 허리춤을 붙잡고 도움을 호소해야만 합니까. (……) 시내 어느 곳을 다녀도 그놈의 턱과 부딪혀 씨름을 해야 합니다."정창조 외, 『유언을 만난 세계: 장애해방열사, 죽어서도 여기 머무는 자』, 오월의봄, 2021 그 때로부터 근 40년이나 지났지만 세상은 별로 달라지지 않았다.

오래전 "나는 김포공항에만 내리면 장애인이 된다"라는 제목을 단 기사를 읽은 적이 있다. 미국에 사는 젊은 교포 청년의 이야기였는데 자기 거주지에서는 장애인이라는 것을 의식하지 못하고 생활하다가 한국에만 오면 매 순간 자기가

장애인이라는 것을 느낀다는 이야기였다. 나는 신체적 손상이 활동의 무능력이 되는 것은 자연스러운 귀결이 아니라 사회적 배치의 산물이라는 것을 그때 비로소 알게 되었다. 페미니스트 철학자 주디스 버틀러는 그것을 간명하게 "장애(disability)는 손상(impairment)이 사회적으로 조직된 결과"라고 말한다.

오세훈 서울시장이 전장연전국장애인차별철폐연대은 사회적 약자가 아니라고 했다. 사실, 전장연도 자신들이 사회적 약자이니 배려해 달라고 말한 적이 없다. 전장연은 일관되게 시민권, 즉 누구나 공적으로 출현할 권리, 사회적 장소에 나와 자신의 삶을 살 권리가 있다고 이야기하고 있을 뿐이다. 나 역시 그들이 사회적 약자여서 동정하는 것이 아니다. 지금 휠체어를 미는 당사자로, 나아가 더 늙어서도 요양원이나 요양병원에서 고립되는 것이 아니라 자기 집에서 살면서 내 힘으로(아마 적절한 도움이 필요하겠지만) 이동하는 노인-시민으로 살기를 원하기 때문에 전장연의 꺾이지 않는 마음을 응원하고 지지하고 연대한다. 나의 해방은 그들의 해방과 긴밀히 연결되어 있다.

일삼아
연대!

시작은 '어쩌다'였다. 2011년 1월 6일 민주노총 지도위원 김진숙은 한진중공업 정리해고에 반대하며 35미터 크레인에 올라 고공농성을 시작했고, 그해 7월 나와 친구들 몇 명은 그 투쟁에 연대하는 2차 희망버스에 탑승했다. 그렇다고 대단한 대의명분을 갖고 행동한 것은 아니었다. "미안한 마음에", "친구가 가자고 해서", "희망버스라는 방식이 신선해서", 어쩌다 동참하게 되었을 뿐이다.

그런데 일 년 후 우리는 또다시 삼성반도체 백혈병 유가족의 이야기를 다룬 영화 〈또 하나의 약속〉 크라우드 펀딩에 참여하게 된다. 한 세미나 회원이 이 소식을 전했고, 어쩌면 무심히 넘길 수도 있는 이 문제를 몇몇 회원들이 적극적으로 받아 공론화시켰기 때문이다. 그들은 삼성에 취직한 지 1년

8개월 만에 급성골수성백혈병 진단을 받고 결국 2007년 3월 사망한 당시 스물셋 황유미의 존재를 우리에게 알려 주었고, 삼성반도체 작업장의 현실을 폭로하는 『먼지 없는 방』김성희, 보리, 2012 등을 읽고 토론하는 세미나를 열었다. 다음 해 개봉된 영화 엔딩크레딧 펀딩 명단에서 〈문탁네트워크〉 이름을 발견했을 때 우리는 매우 뿌듯했다. 지리멸렬한 삶에 작은 숨통이라도 틔우려고 시작한 공부였는데 진정한 구원은 내 삶 바깥에서 시작되는지도 모르는 일이었다.

그리고 '운명처럼' 밀양이 우리에게 다가왔다. 밀양에서는 2005년부터 정부와 한전의 일방적인 765kV 송전탑 건설 계획에 맞서, 평생 살아온 땅과 집을 지키기 위한 주민들의 눈물겨운 싸움이 계속되고 있었다. 그러나 '밀양의 전쟁'으로 불렸던 그 일은 거의 알려지지 않았다. 급기야 2012년 1월 16일에 이치우 할아버지가 "내가 죽어야 이 문제가 해결되겠다"라며 분신, 사망한다. 우리가 밀양에 처음 간 것도 그해 가을이었다.

밀양투쟁은 2013년, 2014년에 가장 긴박했는데 이 시절 밀양은 멕시코의 사파티스타가 치아파스 라칸돈 정글에서 전 세계를 향해 메시지를 보냈듯이, 경상남도 끝자락에서 전국을 향해 끊임없이 메시지를 발신했다. 지난 방문으로 밀양 주민들과 이미 얼굴로 장소로 엮여 버린 우리는 도저히 외면

할 수 없었다. 우리는 밀양의 부름에 기꺼이 응답했다.

그때부터 약 8년간 밀양 지지 방문, 한전 항의 방문, 밀양 투쟁 홍보, 북콘서트, 골목집회 조직, 76.5일간의 1인 릴레이 시위, 60주 동안 매주 1회 탈핵집회참여 등을 포함하여 우리는 총 220회 정도의 연대활동을 수행하였다. 시위 용품은 책만큼이나 늘어났고, 강의실은 종종 집회 상황실로 변했고, 세미나 발제 대신 성명서를 쓰는, 말 그대로 일삼아 연대의 나날이었다.

하지만 한편으로는 질문도 깊어졌다. 우리는 왜 밀양에 가는가? 우리는 그곳 주민들이 입버릇처럼 말하는 "고마운 연대자"들인가? 우리는 밀양에 도움을 주는 시혜자이고 그분들은 도움을 받는 수혜자인가? 그렇다면 또다시 새로운 위계가 생기는 것은 아닐까? 그런데 점차 우리가 깨닫게 된 것은 밀양의 그 유명한 슬로건, "전기는 눈물을 타고 흐른다"가 의미하는 것처럼 밀양과 우리는 보이지 않는 구조로 깊이 연루되어 있다는 사실이었다. 밀양이 우리 공부를 되돌아보게 하고 우리 삶을 성찰하게 만들고 우리를 변화시켰다. 우리를 키운 것의 8할은 밀양이었다.

그러나 밀양투쟁은 이기지 못했다. '정당한 법을 집행한다'라는 공권력이 주민들의 비폭력 저항을 폭력적으로 진압했기 때문이다. 그리고 팬데믹이 닥쳤다. 우리의 연대활동도 동면에 들어갔다. 잠자던 연대세포를 다시 깨운 것은 작년부터 시작된 기후정의 집회와 전장연 투쟁이었다. 지난 4.14 기후정의파업에도 공동체에서 많은 친구가 참여했다. 세종까지 가기 어려운 친구들도 각자 자가용 타지 않기, 물건 사지 않기, 하루 단식 등의 작은 실천을 통해 파업에 동참했다. 산티아고 대신 팽목항 바람길을 순례길 삼아 한 해에 한 번은 걸어 보자는 제안에 따라 6월 첫번째 주 토요일에 팽목항으로 내려가는 친구들도 생겼다. 그리고 우리는 전장연 투쟁에 두 달에 한 번은 참여하기로 했다.

신권위주의 시대가 도래했다고 한다. 나쁜 놈들의 전성시대가 되어 간다는 이야기일 것이다. 장애인, 노인, 가난한 사람들부터 벼랑 끝 삶으로 내몰린다는 이야기이기도 하다. 어떻게 해야 하지? 나의 방법은 일삼아 연대! 정희진 작가의 말을 잠시 훔쳐 말하자면 "나쁜 사람한테 지지 않기 위해서"라도 일삼아 연대가 필요하다. 거리에서 자주 만나자.

녹색평론이
돌아왔다

『녹색평론』이 돌아왔다. 잃고 나서야 그것의 소중함을 새삼 깨닫는 것이 있는데 나에게는 2021년 휴간한 『녹색평론』이 그랬다. 구독자 수의 감소와 재정위기라니, 나도 일조했구나, 싶었다. 어느 순간부터 바쁘다는 핑계로 책을 받아 쌓아 놓기만 했으니까. 정신이 번쩍 든 나는, 서둘러 지나간 잡지들을 읽어 보고, 구독을 유지하고, 후원회원이 되어 '『녹색평론』'에 대한 충성심을 표현했다. 나 같은 사람이 많았던 것일까? 다행히 『녹색평론』은 약속대로 올여름 돌아왔다.

그리고 며칠 전 김종철 선생님의 3주기 추모회가 열렸다. 많은 사람이 모였지만 행사는 조촐하고 단정했다. 난 풀무학교 학생들의 낭독이 인상적이었다. 어떤 글을 고를까 고민했으나 선생님의 그 어떤 이야기든 내면을 돌아보게 해주는 글이라는 점을 발견했다고 했다. 그들은 "마음만으로 되겠냐고 하겠지만, 마음 없이 시작될 수 있는 것은 없을 것이다"라고 끝나는 글을 읽었다. 나는 『녹색평론』의 좋은 글을 읽을 때마다 왠지 슬픔이 차오르는데 비슷한 결일 것이다. '네'가 아니라 '내'가 저지르고 있는 짓에 대한 물음, 어리석음에 대한 안타까움. 슬픔은 우리를 겸손하게 만든다.

내가 선생님을 직접 뵌 것은 2011년 9월, 마을 도서관에서 열린 '포스트 후쿠시마' 강좌였다. 소박한 셔츠 차림으로 나타나서 두 시간 내내 서서 칠판에 수치를 쓰고 지도를 그리면서 아주 상세하고 구체적으로 강의를 하셨다. 후쿠시마 이후 핵에 대해 고민하지 않았던 것을 통절히 반성했고 그때부터 쉬지 않고 공부 중이라고 하셨다. 독일어를 몰라 핵에 관한 연구가 풍부한 독일어권의 자료를 들여다볼 수 없는 것이 고민이라고도 하셨다. 그리고 강의 끝에 우리 청중에게 "공부해야 해요. 요즘 젊은 사람들 너무 공부를 안 해. 그리고 반드시 외국어 공부를 해야 해요"라며 일갈하셨다.

니체는 쇼펜하우어를 기리면서 진정한 교육자는 너를 해방시키는 자이며 누군가를 들어 올리는 사람이라고 말한 바 있다. 그날 김종철 선생님이 그랬다. 카랑카랑한 목소리가, 꼿꼿한 자세가, 성실한 태도가, 절실한 마음이 나를 들어 올렸다. 하마터면 나는 그날 독일어 학원에 등록할 뻔했다.

그리고 2020년 6월 어느 날 느닷없이 선생님의 부고를 접했다. 황망했다. 며칠 후 배달된 『녹색평론』 173권. 선생님은 이미 가고 없는데 뒤늦게 도착한 선생님의 생생한 육성. 코로나에 관한 12개의 단상 속에는 당신의 죽음을 예언한 듯한 글도 있었다. 그날 난 사무치는 마음으로 좀 길게 울었다.

돌아온 『녹색평론』 182호의 주제는 '평화'이다. 복간호의 주제로 더없이 적절하다. 1년 넘게 계속되고 있는 우크라이나 전쟁 때문만이 아니다. 우리는 여전히 성장의 이름으로 자연, 제3세계, 여성, 장애인, 기타 약자에 대해 가차 없는 폭력을 행사하고 있지 않은가? 영화 〈수라〉황윤 감독, 2023가 보여 주었듯 우리는 개발의 이름으로 새만금을 막아 그곳의 백합 조개 수천, 수만을 제노사이드 하기도 했다. 그것의 결과가 전쟁, 코로나, 기후 위기, 혐오 등이다. 희망은 있을까?

1991년 『녹색평론』 창간호의 첫 문장도 "우리에게 희망이 있는가?"였다. 그리고 어떤 절박함으로 "우리가 『녹색평론』을 구상한 것은 지극히 미약한 정도나마 우리 자신의 책임감을 표현하고, 거의 비슷한 심정을 느끼고 있는 적지 않을 동시대인들과의 정신적 교류를 희망하면서, 민감한 마음을 지닌 영혼들과 이 어려운 상황을 극복해 나가기 위한 이야기를 나누어 보고 싶은 욕망 때문이었다"고 김종철 선생님은 썼다. 루쉰을 떠올린다. 그 역시 선부른 희망을 믿지 않았다.

하지만 절망도 역시 허망하다고 생각하며, 매일매일 한 땀 한 땀 글을 쓰고 번역하고 잡문(雜文)을 쓰면서 시대의 고름을 짜고 또 짜 나갔다. 나는 선생님이 그런 심정으로 30년간 글을 쓰고 잡지를 만들었다고 생각한다.

김종철 선생님의 딸이자 정치적 동지인 김정현 편집인은 복간호의 권두언을 "너무 늦은 것은 아닐까?"로 시작한다. 정말 너무 늦은 것일까? 잘 모르겠다. 하지만 다시 루쉰을 빌려 말하자면 희망은 있다고도 할 수 없고 없다고도 할 수 없는 게 아닐까? 『녹색평론』을 다시 집어 들었다. 그것을 읽는 것은 나에게는 절망에 지지 않는 것, 마음이 무너지지 않는 것, 존엄하게 퇴각하는 것, 마지막까지 서로를 애틋하게 보살피는 것이다. 난 『녹색평론』의 구독자이다. 『녹색평론』이 돌아왔다.

상옥과 채영을 응원하며

영화 〈두 사람을 위한 식탁〉김보람 감독, 2023을 보았다. 섭식장애를 앓고 있는 딸 채영과 그 엄마 상옥의 이야기이다. 첫 장면의 채영은 자신이 잘한 일을 칭찬해 보라는 상담사의 말에 거의 울 것 같은 표정을 짓는다. 이어 상옥의 등장. 흰머리가 섞인 부스스한 단발, 주름이 깊이 파인 얼굴, 슬픈 눈의 그녀가 담배를 피고 있다. 이어 엄마를 이해하지만 용서할 수는 없다는 채영을 끌어안고 상옥은 "아프지만 마"라고 되뇌며 흐느낀다. 나는 명치끝이 아려 온다.

상옥은 소위 386이다. 그러나 1990년대 초 소련의 멸망과 더불어 운동권이 흩어졌을 때, 가진 것 없는 싱글맘 상옥은 밥벌이에 나서야 했다. 그러나 삶의 전망 없이 과외로 근근이 생계를 꾸리는 일상은 지리멸렬했다. 상옥은 30만 원 남짓의 전 재산과 단출한 살림살이를 빨간 '마티즈'에 싣고, 아홉 살 채영이과 함께 무주에 있는 대안학교로 향한다. 월급 50만 원의 기숙사 사감으로 취직한 것이다. 다행히 그곳의 상처 많은 청소년을 돌보는 일에서 그녀는 삶의 열정을 다시 찾는다. 대신 채영은 조용히 뒷전으로 밀려난다.

그러나 돌봄을 받지 못하고 큰 것은 상옥도 마찬가지였다. 시골 가난한 집의 다섯째. 초등학교 시절 부모와 언니들은 서울로 돈 벌러 갔다. "술에 취해 낫을 들고 싸우는 삼촌들, 상습적으로 엄마의 옷을 들추던 남자 어른들, 오줌 지린 내가 가시지 않았던 할머니의 체취, 그곳에 어린 '상옥'이 있었다."박채영, 『이것도 제 삶입니다: 섭식장애와 함께한 15년』, 오월의봄, 2023 가난과 폭력, 모욕으로 인한 불안과 공포, 분노가 몸에 새겨졌다.

금주는 채영조차 "자기 엄마가 저 엄마보다는 낫다"라고 말하는 상옥의 엄마다. 흥 많고 재주 많은 이야기꾼이었지만 열여덟에 시집가서 딸만 낳는다고 구박받고, 남편의 외도를 견디며 평생 밭일하고, 치매 걸린 시어머니와 당뇨 걸린 남편을 뒷바라지하며 살았다. 그러나 한 번도 자식에게 다정한 적이 없던 엄마, 딸들이 시동생에게 추행당해도 분노하지 못하는 엄마, 대신 매끼 밥을 먹고 칫솔로 목을 쑤셔 구토하면서 식도를 망가트린 엄마를 상옥은 용서하지 못한다. 상옥은 엄마 금주의 장례식에 친구를 한 명도 부르지 않았다.

어린 채영은 늘 이모 집이나 엄마 친구네 혹은 주인집에 맡겨졌다. 남의 집 밥상 앞에서 채영은 반찬 투정을 할 수도 없었고, 냉장고를 왈칵 열 수도 없었고, 눈치를 보지 않고 동그랑땡을 먹을 수도 없었다. 어린 채영은 생각한다. 몸이 작아서 조금만 먹게 된다면 엄마가 덜 고생하지 않을까? 중학생이 되었지만 채영은 학교에서 고립감을 느끼고 자퇴한다. 그러나 쓸모없는 인간이 되지 않기 위해서는 뭔가를 해야 했다. 채영에게 그것은 식단을 절제하고 몸을 통제함으로써 자기가 자기 인생의 주인이라는 최소한의 효능감을 얻는 것이었다. 그러다 받은 거식증 진단. 이후 채영이가 세운 일상의 작은 규칙들은 모조리 거식증임을 증명하는 증세로 바뀌었다. 자책감과 우울과 만성적인 불안 속에서 거식은 폭식으로 이어지고 15년 동안 섭식장애는 '치료'되지 않았다.

그러나 "여자들이 키운 아이" 채영은 엄마와 할머니의 무기력과 불안만 물려받은 것은 아니다. 이모들과 대안학교 언니들의 강인함과 대범함도 물려받았다. 또한 서로의 고통을 해결해 주지는 못하지만 외면하지 않는, 곁을 내주는 친구들도 있었다. 채영이는 자신의 상처를 돌아보며 모녀 삼대의 이야기를 다시 쓰기 시작한다.

할머니의 구토와 쌀쌀맞음은 희망 없는 삶을 지탱하기

위한 갑옷이었을 것이다. 그리고 할머니가 고구마를 찌기 전 양쪽 끝을 잘라서 먹기 좋게 만들어 줬던 다정했던 한순간을 기억한다. 엄마 상옥의 공적 삶에 대한 헌신이, 자기 몸에 새겨진 무기력에 잠식당하지 않기 위한 평생에 걸친 분투였다는 것도 이해한다. 그리고 자신의 거식증이 엄마에 대한 그리움과 엄마가 떠날지도 모른다는 공포와 엄마의 부재에 대한 분노 그 사이 언저리에서 생긴 것일 수 있다고 해석한다. 그러나 채영은 이제 엄마의 사과를 바라지 않는다. 엄마가 용서를 구해야 할 사람은 자신을 돌보지 못한 그녀 자신이다.

채영은 살아남았다. 상옥도 딸의 거식증을 통해 미처 삼키지 못했던 자신의 고통과 상처를 들여다본다. 그리고 무수히 많은 여성도 가부장적 폭력 속에서 서로를 돌보고 연대하며 살아가고 있다. 그녀들은 "당신들이 불태우지 못한 마녀의 후손들"(실비아 페데리치)이다. 상옥과 채영의 삶을 응원한다. 여성들의 목소리가 더 많이 흘러넘치길 희망한다.

1월 9일
이태원특별법이 통과될까?

심란한 일은 너무 많고 되는 일은 너무 없는 시절이라, 화병 나지 않으려고 뉴스를 '끊고' 산다는 사람이 주변에 늘고 있다. 동생은 손흥민 축구 시합을 보는 낙에, 지인 한 명은 판다 푸바오를 보는 재미에 산다고 했다. 나 역시 대부분의 뉴스를 설핏 보고 대부분 흘리면서 산다. 그러다 2023년 12월 20일, 눈 내린 영하 7도의 언 땅에 이마와 두 팔꿈치, 두 무릎 등 온몸을 붙이며, 「10·29 이태원참사특별법」 국회 본회의 통과를 촉구하는 이태원 유가족의 오체투지 모습을 접하게 되었다.

그날은 이태원 참사 418일째 되는 날이었다. 그리고 그 세월은 "차라리 (친구와) 같이 죽었더라면" 어땠을까? 라는 심정으로, 회사 동료들이 불편함을 느끼지 않도록 "다섯 개의 가면을 쓰고 다니는" 기분으로, 또한 "아직도 그 시간만 되면 심장이 떨리"거나 혹은 "왜 하필 우리였을까, 조금 억울해"하면서10·29 이태원참사 작가기록단, 『우리 지금 이태원이야』, 창비, 2023, 이태원 생존자와 유가족이 겨우겨우 버텨 온 시간이다. 그들은 살아 있는 것도 아니고 살아 있지 않은 것도 아닌 상태로 418일을 살았다.

주영의 약혼자 병우도 그랬다. 난 그들을 작년 가을 KBS 다큐멘터리 〈이태원〉에서 처음 만났는데 그 둘은 2023년 9월에 결혼하기로 약속한 5년 차 연인이었다. 그들은 참사 당일 함께 웨딩드레스를 구경하고, 저녁을 먹고, 내친김에 이태원 핼러윈 축제에 가서 데이트를 좀 더 하기로 한다. 그러다 인파 속에서 서로의 손을 놓쳤고, 각자 선 채로 기절했는데 병우는 잠시 후 깨어났지만 연인 주영이는 깨어나지 못했다. 다큐 속 병우는 슬픔과 상실감과 죄책감으로 몇 번씩 울먹였다.

유가족이 특별법 제정을 바라는 이유는 오직 하나, 참사의 구조적 원인을 밝히기 위해서이다. 이런 일이 재발하지 않기 위해서는 우리 사회에 위험을 사전에 인지하고 대응하는 시스템이 있는지, 재난 시 즉각 가동되는 매뉴얼이 존재하는지, 매뉴얼이 작동하지 않았다면 그 이유가 담당자의 경험 부족 때문인지 조직의 관행 때문인지 등이 명명백백 밝혀져야 한다. 페미니스트 철학자 주디스 버틀러는 죽음이 발생했는데, 어떻게 발생했는지가 밝혀지지 않으면 '손실'의 온전한 인지는 불가능하다고 말한다. 죽음의 진상이 밝혀지지 않으면, 죽은 생명이 애도할 만한 가치가 있다는 것조차 인정받지 못하는 상태가 된다는 것이다.

한편 또 다른 희생자 김유나의 언니 유진은 앞의 책에서 "왜 사람 목숨의 경중을 나누느냐"고 묻는다. 우리 사회는 참사의 원인에 초점을 맞추는 것이 아니라 죽은 사람의 사연에 집착하면서, 어떤 사람의 사연이 얼마나 더 절절한지 얼마나 더 대단한 사람이 죽었는지에만 관심을 둔다는 것이다. 유가족의 농성, 단식, 행진, 삼보일배, 오체투지 등의 눈물겨운 투쟁은 이런 현실, 대통령실에 전달한 유족의 요구에 행안부의 '민원 처리 공문'으로 답하는 권력의 무책임과 뻔뻔함, 왜 놀러 가서 죽었냐며 죽음의 가치를 나누고 조롱하는 세태에 대한 저항이다. 버틀러의 말대로 사회가 애도를 인정하지 않을 때 애도와 시위는 함께 갈 수밖에 없다.

K-pop이 좋아 한국에 유학 왔다가 이태원 참사로 희생된 노르웨이인 스티네 에벤센의 부모님은 참사 이후 한국 정부로부터 딸이 죽은 이유에 대한 그 어떤 적절한 설명도 듣지 못했다고 했다. 그렇게 한국 정부에 실망했지만 동시에 그들은 한국의 유가족이 진실규명을 위해 연대하여 싸우는 모습에 깊이 감동하였다고도 한다.

유가족들은 슬픔과 절망의 삶 속에서도, 기약 없는 세월을 보내면서도, 가장 낮은 오체투지의 자세로 우리 사회의 구조적 폭력에 맞서 성숙하며 비폭력적인 투쟁을 전개하고 있다. 민주당은 여야 합의든 단독이든 1월 9일 「이태원참사특별법」을 통과시키겠다고 했다. 진상규명을 위한 독립적인 조사위원회의 구성과 희생자 가족에 대한 실효적 지원이 핵심이다. 특히 이태원 유가족 활동에 적극 참가하고 있는 희생자의 젊은 형제, 자매들이 이번 법 통과로 힘을 얻었으면 좋겠다. 정말 그렇게 되는지 두 눈 부릅뜨고 지켜볼 작정이다. 새해 나의 첫 미션이 생겼다.*

* 2024년 1월 9일 야당 단독으로 통과한 「10.29 이태원참사특별법」에 대해 윤석열 대통령은 거부권을 행사했다. 그러나 총선 직후인 4월 29일 대통령과 야당 대표가 회동하며 이태원특별법을 의제로 올렸고, 이어 5월 2일 여야합의로 수정법안이 국회를 통과했다.

어느 날 밀양,
그리고 잔소리와 밥

지난 주말 친구들과 함께 밀양에 갔다. 정확하게는 한때 '밀양의 전쟁'이라고 불렸던 탈송전탑 투쟁의 주역, '밀양 할매'들을 만나러 갔다. 2012년 이후 꾸준히 사람과 감과 책이 오가면서 정분을 쌓아 온 단장면의 박은숙, 권귀영 등도 보고 싶었다. 여전히 밀양에는 한전의 보상금 수령을 거부하며 버티는 100여 가구의 사람들이 남아 있지만, 할매들은 대부분 쇠잔해져 잘 모이지 못한다고 했다. 이번에 우리가 뵐 수 있던 할매도 덕촌 할매(89세), 동래 할매(82세) 두 분이었다.

140cm, 34kg의 바싹 마른 삭정이 같은 몸으로 산꼭대기 움막 농성장에서 꼬박 7개월을 살기도 했던 덕촌 할매는 이제 더 작아진 몸으로 딸네 바로 옆의 작은 농막에서 지내고 계셨다. 우리를 잘 알아보지 못했지만 "멀리서 온 연대자"에

대한 반가움은 감추지 않으셨다. 동래 할매는 우리를 많이 기다리신 눈치였다. 집에 들어서자마자 손수 농사를 지었다는 땅콩과 생강꽃차 그리고 과일을 계속 내오셨다. 하지만 위암 수술로 15kg이 빠져 너무 수척해진 나머지 더 이상 전국을 다니던 전투적 투사의 모습은 찾아볼 수 없었다. 올해도 농사를 지어 꽃차를 만들 수 있을지 모르겠다고 말하시는 목소리가 너무 힘없고 쓸쓸해서 난 좀 울컥했다.

하지만 박은숙과 권귀영이 있었다. 물론 그녀들에게도 많은 변화가 있었다. 박은숙은 아이 넷을 거의 다 키웠고, 더 이상 농사를 짓지 않는 대신 '스리 잡'을 뛰고 있었다. 하나는 밥벌이로 노인 레크리에이션 강사, 또 하나는 밀양765kV송전탑반대대책위원회, 마지막은 어르신 뜸 봉사. 그녀는 여전히 당차고 활기가 넘쳤다. 마을공동체가 산산이 무너진 후 홀로 산다는 이유로 마을에서 '왕따'를 당하던 권귀영은, 이제 더 이상 고립과 모욕을 감내하지 않는다고 했다. 무조건 마을 행사에 나가서 밥을 했고, 덕분에 보상받으라고 윽박지르던 이웃집과도 이제는 데면데면하게나마 말을 섞고 살게 되었다.

그리고 청년 남어진이 있다. 2013년 10월, 고등학생이던 그는 밀양 할매들이 포클레인 앞에서 목에 쇠사슬을 감고 있는 모습을 접하고 충격을 받아 밀양으로 향한다. 그 이후 어진이는 "매일매일 밥을 얻어먹어 버렸고, 얻어먹은 밥만큼만

밥값을 해보려고 애쓰다가" 밀양 송전탑 반대운동을 하는 사람이 되어 버렸다. 게다가 최근에는 작은 목공소도 열어 밥벌이를 하고 있다. 그런데 어진이는 요즘 좀 우울하다. 싸움의 대상은 분명치 않고 투쟁의 동력은 현저히 떨어졌기 때문이다. 그래서 자신을 "송전탑 반대운동을 하는 사람이 아니라, 운동 끝에 소멸하는 사람"이라고 소개하기도 한다. 하지만 이번에 우리가 만난 어진이는 탈송전탑 운동에서 기후정의 투쟁까지, 현장에서 버티고 사는 사람만이 갖는 구체적 식견과 통찰력을 보여 주었다.

그러나 이번 밀양행에서 가장 재미있었던 것은 박은숙, 권귀영, 남어진 사이에서 벌어지는 '티키타카'였다. 감기가 잔뜩 든 어진에게 '귀영 엄니'는 밥을 먹으라고, '은숙 엄니'는 뜸을 놓겠다고 잔소리하는데, 어진이도 만만치 않아 계속 싫다고 도리질을 해댔다. 하지만 은숙 엄니는 결국 뜸을 놓았고, 귀영 엄니는 기어코 누룽지를 먹였다. 어진이는 우리를 보고 "내가 죽으면 아마 귀영 엄니 잔소리 때문일 거예요"라고 투덜거렸지만 내가 보기에 이들은 톰과 제리 이상의 찰떡궁합이었다. 실제 요즘 밀양싸움을 전국으로 이어 가는 것은 어진이와 박은숙, 권귀영 등이라고 한다.

헤어지기 전 어진이가 밀양 맛집에서 점심을 사겠다고 했다. 우리는 기꺼이 영세 청년 자영업자의 그 밥을 얻어먹었다. 그리고 돌아오는 차 안에서 든 생각. 잔소리로 서로의 삶에 개입하고, 밥으로 서로의 삶을 돌보는 이상 밀양싸움은 결코 끝날 수 없는 것 아닐까? 할매들은 싸움의 일선에서 물러났지만, 땅을 돌보고 삶을 가꾸었던 할매들의 마음은 누군가 계속 이어 가고 있었다. 우리는 4월에 다시 만나기로 했다. 이번에는 밀양 주민들이 우리에게로 온다. 우리도 멋진 밥을 지어 놓고 기다릴 것이다.

다시,
공부란 무엇인가

새삼 '공부란 무엇인가'라는 질문을 하고 있다. 일반론이 아니라 내가 속한 작은 인문학 공동체와 나의 공부에 대한 질문이다. 신도시 주택가에서 16년 전 처음 마을인문학 공동체를 열었을 때, 세상에서는 우리를 '공주'(공부하는 주부)라고 불렀다. 당황했지만 현실이었다. 이후 '공주'에서 벗어나기 위한 고민은 "다른 공부가 다른 밥이 되려면 어떻게 해야 할까?"라는 질문으로 이어졌고, 다시 마르셀 모스, 마르크스, 폴라니 등의 공부로 연결되고, 또다시 마을작업장, 마을화폐의 실험으로 나아갔다. 이후 청년들이 오면 "청년들과 중장년 세대의 연대"라는 화두를 붙잡고, 또 밀양과 엮이면 "에너지 정의와 탈성장의 삶"이라는 질문을 중심으로 공부가 진행되었다.

마투라나와 바렐라는 진화란 자연선택이 아니라 자연표

류라고 한다. 마치 산꼭대기에서 물을 한 방울 떨어뜨리면 똑바로 흘러가다가 돌이나 나무에 걸려 진로를 바꾸기도 하고 비바람의 영향도 받으면서 불규칙하게 흐르듯이, 진화도 그렇게 진행된다는 것이다. 우리 공부 역시 정해진 목표도 고정된 중심도 없이 각자의 의지, 구체적 정세, 몇 가지 우연, 제한된 역량 등이 복잡하게 얽히면서 자연표류하듯 그렇게 나아갔다. 그러다 보니 어느새 우리는 스타플레이어 한 명 없이도 웬만해선 막을 수 없는 동네축구팀처럼 단단해져 있었다. 우리는 그것을 "공부와 밥과 우정의 공동체"라고 불렀다.

코로나 이후에 많은 것이 달라졌다. 유튜브, 비대면 플랫폼, 챗GPT의 시대가 열렸다. 바야흐로 언제 어디서나 누구나 공부에 접속할 수 있는 대중지성의 시대가 열린 것이다. 우리만 하더라도 비대면 세미나에는 부산·대전·영주·전주 등 전국 각지에서, 심지어 미국이나 홍콩·호주에서도 접속한다. 구성원의 면면도 직장인, 백수, 남성, 퀴어, 비혼 등으로 다양해졌다. 좋은 일이라고 생각한다. 반면에 이런 플랫폼을 통한 공부가 광의의 구독경제에 포섭되면서 인문학 공부조차 서비스 상품처럼 소비되는 것은 아닌가, 라는 불안과 우려도 생긴다. 혹시 우리는 지금 인문학 상품을 욕심껏 '구독'하거나, 혹은 이 플랫폼에서 저 플랫폼으로 좀 더 매력적인 공부 상품을 찾아다니는 것은 아닐까?

사사키 아타루는 『잘라라, 기도하는 그 손을』송태욱 옮김, 자음과모음, 2012에서 정보와 명령에 순응하는 나쁜 읽기의 전형으로 "하나에 대해 모든 것을 알고 있다"는 환상에 시달리는 '전문가'와 "'모든 것'에 대해 '모든 것'을 알고 있고, 또 그렇게 말할 수 있다"는 환상에 사로잡힌 '비평가'에 대해 언급한다. 과거 아카데미에서의 공부가 전문가 환상에 빠져 있었다면, 지금 기술 기반 대중지성의 시대에는 너나없이 비평가 환상에 빠져 있는 것은 아닐까?

공부하는 것은 삶을 단순하게 만드는 것이라고 생각해왔다. 공부가 구원이 되는 이유는 읽기에 집중하는 동안 '딴짓'을 덜하게 되기 때문이라는 지론을 펴기도 했다. 그런데 코로나 이후엔 나 역시 비대면으로 과잉 연결되었다고 느낀다. 유튜브와 팟캐스트 등을 하지 않아도 동물권·장애인·환경·여성단체의 소식을 뉴스레터로 받아보고, SNS도 하고, '업계 동향'을 살피느라 인문학 플랫폼들의 정보도 주기적으로 열람하고, 종종 다른 인문학 공동체의 비대면 프로그램에도 참여하기 때문이다.

대신 나는 내 공부의 화두가 희미해지고, 사색하는 시간이 줄었다고 느낀다. 나이듦과 죽음을 공부하겠다고 공언했지만, 그것이 곧 닥칠 나의 실존적 죽음과 진지하게 대결하는 것이 아니라 다만 공부의 소재를 바꾼 것은 아닌지 스스로 의

심한다. 28개나 되는 프로그램을 백가쟁명으로 펼치느라 정신없이 바쁜 공동체 친구들에게도 우리 공부가 어디로 향하는지 알고 있냐고 묻고 싶다. 나는 기로에 서 있다고 느낀다. 각자도생의 시대에 더 많이 연결되어야 한다는 당위와 플랫폼 초연결 시대에 더 치열하게 고립과 은둔을 선택해야 한다는 직감 사이에서 방황한다. 정답이 없거나, 혹은 나만 모르거나. 아무튼 공부란 무엇인가라는 새삼스러운 질문이 다시 나에게 왔다. 지금도 여전히 앎이 우리 삶의 동아줄인지, 조만간 친구들과 이야기를 해봐야겠다.

4부 나이듦과 죽음

나이듦,
상실에 맞서는 글쓰기

이자벨 드 쿠르티브롱, 『내가 늙어버린 여름』

나는, 올해, 늙어버렸다

이자벨 드 쿠르티브롱. 익숙하지 않은 이름이다. 책날개를 보니 프랑스에서 태어나 미국에서 활동한 페미니스트 작가이자 학자이다. 저자의 나이가 궁금해서 인터넷을 뒤져 봤지만 확인할 수 없었다. "1960~70년대 미국의 반문화, 페미니즘 열풍에 온몸으로 화답"했다고 하니 68세대*임이 틀림없고, MIT에서 가르치다가 2010년에 퇴직했으니 어림잡아 70대 중반쯤 되었으리라 추측한다(물론, 미국엔 고용연령차별금지법에 따라 정년제도가 없다). 그녀가 쓴, '늙음에 관한 시적이고 우아한 결코 타협적이지 않은 자기 성찰'이라는 부제가 붙은

* 1968년 5월 프랑스 학생운동을 주도했던 대학생들과 이에 동조해 시위와 청년문화를 이끌어 갔던 당시 유럽과 미국 등의 젊은 세대를 가리키는 말.

『내가 늙어버린 여름』양영란 옮김, 김영사, 2021을 펼쳤다.

첫 페이지에는 "그 여름, 그녀는 더 숨이 찼고 더 빨리 헉헉거렸다"라는 문장이, 그다음 페이지에는 "사람들은 버스나 지하철에서 점점 더 자주 그녀에게 자리를 양보했다"라는 문장이 쓰여 있었다. 그리고 연속적으로 "날이면 날마다, 온 사방의 젊은이들이 그녀의 눈에 들어오기 시작한다", "그녀에게 무슨 일이 생긴 거냐고? 나이를 먹었을 뿐이다", "그 여름에 그녀는 노인이 되었다"라는 문장이 적혀 있었다.

그러나 어떤 점에서 그 문장은 틀렸다. 나이를 먹는다고 노인이 되지는 않는다. 나이가 의식될 때 노인이 된다. 다시 말해 생물학적 나이는 특정한 배치나 계기를 통해 주관적으로 실감되지 않는 한, 숫자에 불과하다. 나이듦은 생물학적임과 동시에 특정 사건을 경유하여 형성된 주관적 감정이기 때문이다. 『내가 늙어버린 여름』의 저자 이자벨 드 쿠르티브롱은 어느 날 요가 수업을 받다가 늘 해오던 아사나 동작이 잘 되지 않았다고 했다. 그리고 어느 날 백내장 진단을 받았다. 백내장이란 노인 질환이 선고처럼 내려진 그날, 이자벨 드 쿠르티브롱은, 비로소, 늙은이가 되었다.

나는, 그동안 나이를 거의 의식하지 않고 살아왔다. 저자보다 어려서도 아니고 내공이 깊어서도 아니다. 그건 내가 10년마다 인생을 리셋하면서 매번 새롭게 바닥부터 다시 시작했기 때문이다. 그렇지 않았다면, 즉 예를 들어 내가 대학을 졸업하고 다른 동창들처럼 취업해서 커리어 우먼의 길을 갔다면, 어느 순간 "그 나이에 아직 과장이야?"라거나 아니면 반대로 "나이도 어린데 승진이 빠르네"라는 식의 사회적 연령으로부터 자유롭지 못했을 것이다. 운동권에 계속 머물렀다면 '원로' 대접을 받았을 것이고 그 경력으로 정치권에 진출했다면 이제는 공공의 적이 되어 퇴진 요구를 받는 '586'이라는 꼬리표를 영원히 붙이고 다녔을 것이다. 그러나 나는 다행스럽게도 그렇게 하지 않았고/못했고, 덕분에 다른 사람의 사회적 성취와 비교해서 내 나이를 의식할 필요가 없었다. 그런데 올해 뭔가가 변했다. 생물학적으로 60을 갓 넘긴 나는, 나이가 '의식'되기 시작했다.

계기는 올봄 모 라디오 프로그램에 출연한 일이었다. 내가 쓴 『이반 일리치 강의』 책 소개를 위해 20분 정도 전화 인터뷰를 하기로 되어 있었고 본 인터뷰 전에 앵커와 잠시 인사 겸 방담을 나누게 되었다. 그런데 그 앵커의 첫마디는 "전, 훨씬 젊은 분이라고 생각했어요"였다. 아마도 덕담이었을 것이다. 〈문탁네트워크〉도 알고 나도 이미 알고 있었다는 친근함의 표현이었을지도 모른다. 그런데 나는 그 말을 듣는 순간 당황했다. 갑자기 내 나이가 의식이 되었고, 내가 이런 데 나오기에는 너무 나이가 많은가, 라는 자의식이 불쑥 치솟았고,

하마터면 "늙어서 미안합니다"라고 말할 뻔했다.

그날 이후 난 이자벨 드 쿠르티브롱처럼 온 사방의 나보다 젊은 사람들이 보이기 시작했다. 페이스북에서 내가 유의미한 정보를 얻는 오피니언 리더들도, 신문 칼럼니스트들도, 심지어 새로 바뀐 정권에 입각하는 장관들도^^ 모두 나보다 젊었다(내가 그들의 나이를 따져 보았다는 이야기도 된다). 아, 나는 늙었구나, 라는 실감! 올해 나는, 늙.어.버.렸.다!!

우리는 몸에 갇히고 있다

"지금보다 더 젊고, 지금보다 훨씬 더 자주 여행을 다니던 때, 우리의 짐 가방엔 책이 가득했다. 그런데 지금은 약 봉투가 가득한 가방을 끌고 다닌다. 스무 살 때, 우리는 사랑에 대해 이야기했고, 서른이 되자 일에 대해서 이야기했는데, 마흔이 넘자 청소년에 대한 이해 불가능성, 커플의 어려움 등을 화제에 올렸고 (……) 예순이 되면서는 퇴직과 각종 계획(여행, 자원봉사, 요가 등)이 수다의 단골 주제가 되었다. 그리고 지금은…." 이자벨 드 쿠르티브롱, 『내가 늙어버린 여름』, 151쪽

"오늘 우리는 영화며 책, 사고와 경험치, 여행과 정치 등에

대해서 열띤 토론을 벌였다. 하지만 우리의 대화는 결국 건강 문제로 귀결되고 말았는데 (……) 한 친구는 위장 계통, 다른 친구는 눈과 시력, 또 다른 친구는 다리의 불편함을 호소한다. 각종 알레르기며 치아, 등 통증, 초기 류머티즘, 건망증, 탈모 문제를 털어놓는 친구들도 있었다. 매번, 고해성사하듯, 자신을 찾아온 새로운 증세를 고백하는 기분이다." 앞의 책, 156~157쪽

이자벨 드 쿠르티브롱이 쓴 이 구절을 읽었을 때 나는 박장대소를 했다. 너무 웃긴 나머지 참지 못하고 40년지기 친구 다섯 명이 모여 있는 단톡방에 이 내용을 퍼 날랐다. 즉각적 응답. "어, 우리네!" 우리는 '불의 연대'였던 80년대를 온몸으로 통과했던 소위 '민주화 세대'다. 쿠르티브롱이 자신의 여자 친구들과 "혁명이라고 부르던 모험을 함께"했던 것처럼 앞의 책, 151쪽 나와 내 여자 친구들은 '광주'를 함께 겪었고, "혁명이라고 부르던" 학생운동과 노동운동을 했다. 동시에 우리-여자 친구들은 운동권 내의 가부장적 기풍과 문화에 대해서도 극렬하게 저항했다. 남학생들은 우리 자생적 페미니스트들에게 "사사건건 세미나하자고 덤빌 게 분명하니 연애하기 피곤한 족속들"이라면서 조롱했지만, 그럼에도 불구하고 우리는 보란 듯이 연애도 하고 결혼도 했다. 하지만 차츰 우리

는 운동의 최일선에서 후퇴했고, 각자 가족을 꾸렸고, 다른 일을 하게 되었고, 자연스럽게 조금씩 멀어졌다.

그러다가 한 친구가 크나큰 위기를 맞았다. 남편의 외도가 있었고, 친구의 인생은 하루아침에 진창에 처박혔다. 그 사건이, 살짝 멀어졌던 우리를 다시 뭉치게 했다. 그리고 우리는 〈부부의 세계〉에 버금가는 막장드라마급의 그 외도 사건과 배신감과 후회를 오가는 친구의 격렬한 감정 변화를 8개월 가까이 함께 겪었다. 결국 친구는 이혼을 결행했고 그것을 계기로 우리는 '외박계'를 결성했다. 서로를 세상에 둘도 없는 친구라고 말하면서도 일상적으로 서로의 삶을 돌보지 않았다는 사실을 뼈저리게 느꼈기 때문이다. 우리는 한 계절에 한 번은 각자의 가족을 버려 두고 '1박 2일'로 만나기로 했고, 남편과 자식 이야기 금지를 강령으로 삼았다. 오로지 각자의 삶, 고민과 관심, 슬픔과 기쁨에 관해서만 이야기하기! 이후 30년간 나와 친구들은 쿠르티브롱과 그의 친구들처럼 "항상 웃음과 지지, 애정, 기나긴 대화, 불굴의 연대감을 소중하게 가꿔 나갔다".앞의 책, 152쪽

이제 우리는 나이를 먹었다. 그 사이 누구는 재혼했고, 누구는 사별했다. 암에 걸린 친구도 있다. 나는 이혼을 했고 어머니 부양을 떠맡았다. 그리고 한때는 한번 모이면 정치적 이슈부터 유행하는 드라마에 대한 평론까지 온갖 주제들에 대

해 밤을 새워 대화를 나누던 우리는 이제 체력이 달려 더 이상 밤을 새우지 못한다. 책이 가득한 삶, 여행을 통한 모험을 함께 즐기던 삶 대신에 "약 봉투가 가득한" 삶을 살게 되었다. 사별의 스트레스 때문이든, 부양의 간난신고 때문이든 이제 우리의 단골 주제는 삐걱거리는 '몸'이다.

"LDL 콜레스테롤이 어마어마하게 높아서, 7주 동안 빡센 운동으로 34를 뺐어"
"난 (백신) 3차 맞고 이틀 정도 몸살. 타이레놀로 잘 넘겼는데. 설사는 안 했어"
"등과 허리가 너무 아파서 침을 맞고 있어"
"이 나이에는 당이 시키는 대로 살아야 한다고. 파티(party, 政黨)가 아니라 혈당. ㅋ"
"데드리프트 35kg 도전하다가. ㅋ 디스크에 조금 염증. 몇 달 운동 금지"
"없던 두통이 생겨서 6월부터는 몸 상태 기록하는 노트를 만들었어."

올해 우리 단톡방에서 나눈 대화들이다. 코로나가 기승을 부린 몇 년간, 만나는 것조차 삼가며 단톡방에서 가끔 서로의 안부를 물었는데 근황 토크는 "매번, 고해성사하듯, 자신을 찾아온 새로운 증세를 고백"하는 데 바쳐졌다. 증세의 고백 후에는 목과 등에 좋은 경추베개를 서로 추천하고 노트북 거치대와 손목이 편한 블루투스 키보드에 대한 정보를 나눈다. '백년허리'와 '기능의학'도 올해 단골로 등장한 단어였다. 물론 가끔씩 '치커리 장아찌'나 '군자란' 이야기도 하긴 한다. 어쨌든 우리는 더 이상 일이나 세상에 대해 그렇게 자주 이야기를 나누지 않는다. 서로의 관심사나 집필 계획에 대해서도 그렇게 궁금해하지 않는다. 우리의 세계는 축소되었고 우리는 점점 몸의 감옥에 갇히고 있다.

이제 세상은 다른 세대에 속한다

얼마 전 우리 공동체가 운영하는 마을공유지 '파지사유'에서 〈플래닛 A〉라는 동물권, 환경 다큐멘터리가 상영되었다. 감독은 이하루. 소개 글에는 "외국인, 노숙인, 여성으로 살아 본 경험과 트랜스젠더퀴어 정체성을 맹렬히 드러내며 모두의 해방을 위해 싸우는 영상기록 활동가"라고 쓰여 있었다. 난 동물권이나 환경 같은 주제에도 관심이 있었지만 '트랜스젠더퀴어'라는 것을 '맹렬히' 드러낸다는 감독이 더 궁금했다. 영화를 보러 갔다.

"대안은 없다, There is no Plan(et) B"라는 의미의 〈플래

닛 A〉는 감독의 말에 따르면 “종 차별로 인한 비인간동물 대학살, 여성동물의 재생산권 착취, 난민/장애인/성소수자/성노동자 인권, 기후 위기, 자본주의와 과소비, 쓰레기 문제 등 여러 주제”를 15편의 뮤직비디오 형식으로 담고 있는 영화이다. 작업방식도 색달랐는데 OST로 사용될 컴필레이션 앨범을 먼저 만들고 전곡의 뮤직비디오 15편을 제작해 이어 붙이는 식으로 영화를 만들었다고 했다.

그러나 주제의 시의적절함, 형식의 신선함에도 불구하고 나는 영화의 표현방식이 너무 노골적이고 비인간동물의 고통에 대한 재현이 지나치게 전시적이라고 느꼈다. 수전 손택의 말처럼 이미지가 너무 자극적이면 그것은 일종의 포르노그래피가 되어 관음증적으로 타자의 고통을 소비하게 된다.『타인의 고통』, 이재원 옮김, 이후, 2004 감독한테 질문을 해볼까? 그러나 결론적으로 그날 나는 감독에게 영화에 대한 어떤 가타부타도 하지 않았다. 왜냐하면 영화가 끝난 후 감독과의 대화 시간에서 이하루 감독은 대뜸, “저는 동물해방 운동가입니다”라고 자신을 소개했기 때문이다.

‘다른 운동권의 탄생!’ 그 순간 내 기분이 딱 그랬다. 영화감독이 아니라 동물해방 운동가라고 자신을 소개하는 젊은 청년. 수십 년 전의 내가 전태일에 가슴 아파하고, 동일방직 똥물 사건과 YH무역 여성 노동자 사망에 분노하여 “저는 노동운동가입니다"라는 수행적 정체성을 획득했었던 것처럼 지금 이하루 등은 평생 A4 용지 한 장 남짓한 공간에서 계속 알만 낳다가 죽는 산란계 암평아리에, 또 평생을 스톨에 갇혀 '출산 기계'나 '비육 기계'로 살다 죽어가는 돼지의 고통에 깊이 공감하며 이 영화를 만든 것이다. 이 영화는 고발의 영화가 아니다. 어쭙잖은 타자 재현의 영화도 아니었다. 돼지와 암소와 장애인과 트랜스젠더를 가로질러 '퀴어'한 정체성을 구성하고 있는 이하루 등의 급진적이고 수행적인 활동, 그 자체였다. 나는 드디어 그 영화를, 지금의 동물해방 운동가들을 이해하게 되었다.

문제는 그다음이었다. 그렇다면 나는? 나는 그들의 세계에 속하는가? 환경문제에도 동물권에도 관심 있지만, 나는 이하루 감독의 영화 〈플래닛 A〉에 등장하는 '동물해방공동체 직접행동DxE-Korea'의 활동가들처럼, 패밀리 레스토랑에 가서 "이건 음식이 아니라 폭력입니다"라는 피케팅을 하고, 대형마트 정육 코너에 가 국화꽃을 놓고 살해당한 가축들을 애도하는 퍼포먼스를 하지는 못할 것이다. 그들과 나는 다른 정서를 가지고 있고 다른 방식으로 세상에 참여한다.

이자벨 드 쿠르티브롱은 2017년 마크롱 선거캠프에서 일했다. 나이가 들었어도 사회정의에 대한 소명 의식이 사라지지 않았기 때문일 것이다. 자기 경험이 유의미하게 사용되리라는 확신도 있었을 것이다. 그러나 캠프에 모여 있는 주로 삼십 대의 사람들과 일하면서, 공통의 명분에도 불구하고 자기 경험이 그들에게 전혀 중요하지 않게 되어 버렸다는 것을 깨닫게 된다. 그녀의 기억, 그녀의 모험은 더 이상 젊은 사람들을 매료시키지 않는다. 그녀가 전달하고자 하는 생각들은 그들 귀에 들리지도 않는다. 이 주변부로 밀려나는 경험을 저자는 더 이상 세대 차이나 세대 갈등이라고 부르지 않게 되었다. 그것은 "단순한 세대 차이가 아니라 세계의 차이"이자벨 드 쿠르티브롱, 『내가 늙어버린 여름』, 52쪽라는 것을 깨닫는다.

> "앞으로 이 세상은 다른 방식으로 세상을 바라보는 다른 세대들에 속한다는 사실을 인정하지 않을 수 없었다. (……) 공적인 영역에서의 은퇴를 기정사실로 받아들여야 할 터이다."앞의 책, 58쪽

나도 요즘 계속 '은퇴'를 생각하는 중이다.

나이듦과 상실, 그리고 글쓰기

"나는 인생의 막바지에 접어들어 이 사회, 우리가 이미 한 발

은 들여놓은 이 미래 사회에서 장애인으로 여생을 보내게 될까 봐 두렵다. (……)

나는 이제 퍼머컬처(permaculture, 영속농업)에 종사하겠노라며 브르타뉴 지방으로 떠날 나이는 지났다. (……) 어느 날 아침 이렇게 겁쟁이가 되리라고는 한 번도 생각해 보지 않았다. 내가 세상을 이해하지 못하게 되고, 그 세상 밖으로 조금씩 조금씩 밀려나게 되리라고도 물론 상상하지 못했다. 나는 어떻게 해야 수동성과 위축, 자발적 폐쇄 같은 것에 대한 두려움과 맞설 수 있는지 잘 모르겠다. 나는 (……) 내가 포기하고 항복할까 봐, 그냥 움츠린 채로 살고 싶은 욕망에 백기 투항하게 될까 봐 겁이 난다. (……) 결국 모든 소통을 단념하게 될까 봐 무섭다."앞의 책, 68~70쪽

늙는다는 것은, 그러니까 어떤 상실감, 모종의 후회, 그리고 슬픔이 엄습한다는 것이다. 무엇보다 자신이 "'두려워하기'를 시작하게 될까 봐 두렵다".앞의 책, 24쪽 이 책 『내가 늙어버린 여름』은 쿠르티브롱이 평소 자기에게 낯설었던 이런 감정들, 두려움과 상실감을 정면으로 들여다보면서 자기 자신과 차분히 대화를 해나가는 책이다.

평생 다른 사람의 시선의 노예로 살지 않겠다고 생각했지만 엉덩이가 처지고 주름이 잡히고 마치 선사시대에 살았

던 어떤 동물처럼 변해 가는 자기 몸을 차마 그대로 받아들이기 어렵다. 동시에 이렇게 자기검열을 하는 태도에 스스로 실망한다. 한때는 전투적 페미니스트였지만 이제 SNS에서 벌어지는 다양한 논쟁을 따라갈 기력도 의욕도 없다. 이제 "참여 지식인, 행동대원의 자리는 내려놓고 (……) 관찰자로서의 역할을 받아들여야"앞의 책, 89쪽 한다고 자신을 다독거리기도 한다. "책들이 나의 젊음을 해방시켜 주었으니, 어쩌면 (늙어감이라는) 이 고통스러운 통과의례도 무사히 치르도록 도와줄 수 있지 않을까?"앞의 책, 163쪽라는 생각에 노화에 관한 문학작품들을 톺아본다.

그리고 화해들. "절대 엄마처럼은 되지 않겠다고 맹세하게 만든" 그 엄마를 이제 이해하고 자신이 엄마에게 얼마나 부당했는지를 인정한다. 자기와 엄마를 두고 떠난, 상실감을 원초적으로 제공한 아버지에 대해서도 아버지만 자기를 버린 게 아니라 자기도 아버지를 버렸다는 것, 아버지도 버림받았다고 느꼈으리라는 것에 생각이 미친다. 그리고 고통스럽게 이혼했던 남편. 그런데 어느 날 헤어진 남편이 몸을 숙여 구두끈을 매는 순간 그 남자 정수리의 탈모를 목격하고 "모든 회한과 오해가 (……) 눈 녹듯이 사라져 버린다".앞의 책, 209쪽

솔직히 말하면 나는 이런 화해들 앞에서 멈칫했다. 이런 화해야말로 늙어가고 죽어가는 것에 대한 두려움의 발로가

아닐까? 다른 사람을 용서하는 게 아니라 자기를 연민하는 감상적 태도가 아닐까? 나는 여전히 죽음을 앞두고 "나를 미워하라고 해라. 나 역시 한 사람도 용서하지 않겠다"「죽음」, 『차개정잡문 말편』라고 한 루쉰의 결기에 더 마음이 간다.

앞에서도 말했지만 최근 몇 년 사이 나는 부쩍 '은퇴'에 대해 생각한다. 아니 더 정확하게 말하면 복지의 대상으로서의 노인도 아니고 자본의 먹잇감으로서의 액티브 시니어도 아닌 노년의 실존양식에 대해 고민한다. 우리 세대는 어떻게 '다른 노인'이 되어 갈 수 있을까?

얼마 전엔 모든 공적인 일에서 은퇴하고 식물생태학자로 전업해서 여생을 보내면 어떨까, 라는 생각이 들었다. 식물 세미나 때 읽은 『향모를 땋으며』로빈 월 키머러, 노승영 옮김, 에이도스, 2020에 푹 빠졌고, 로빈 월 키머러처럼 살고 싶어졌기 때문이다. 최소한의 공부가 필요하지 않을까? 나는 방통대와 사이버대학의 식물학과를 검색했다. 그런데 없었다. 이번에는 범위를 넓혀 전국의 대학을 검색했다. 식물생명과학과 혹은 식물자원원예학과, 식물·환경신소재공학과…. 아, 이건 내가 원하는 게 아닌데. 친구들은 깔깔대며 노골적으로 나를 비웃었다. 한 친구는 나에게 식물학자가 되기 위한 지름길은 공부가 아니라 경험이라면서 도시농부를 해보라고 권했다. 그러나 무릎도 아프고 허리도 신통치 않고 골감소증에 퇴행성 목디스크와 퇴행성 어깨회전근개파열이 있는 나로서는, 그것은 '미션 임파서블'에 가깝다.

다음에 나는 요즘 유행한다는 '러스틱라이프'를 꿈꿨다. 공동체 내의 공적인 일은 일주일에 3일만 하고 나머지 날들은 시골의 작은 집을 장만해 읽고 쓰고 산책하고 명상하고 사색하는 일에, 그러니까 완전히 나 자신에 몰두하는 삶을 살아보면 어떨까? 그런데 이번에도 주변의 모든 사람이 나를 말렸다. 싱글인 내가 집을 짓고 그 집을 관리하는 것은 거의 불가능하다는 것이다.

'말년의 양식(樣式)', '다른 노년의 라이프 스타일' 이런 화두만 붙들고 나는 계속 우왕좌왕 뻘짓 중이다. 그럼에도 불구하고 나이듦에 대해 사유하고 실험하는 일은 계속될 것이다.

어느 보수 꼰대의 위엄 있는 퇴장*

영화 〈그랜 토리노〉(클린트 이스트우드, 2009)

왜 내 눈엔 할머니들만 보이는 걸까?

87세의 나이에 한글을 깨쳐 "먹고 싶은 것도 없다. 하고 싶은 것도 없다. 갈 때 대가 곱게 잘 가는 게 꿈이다"라는 시를 쓴 칠곡의 박금분 할머니가 94세를 일기로 2023년 돌아가셨다. 신문 기사를 보니 당신 시처럼, 당신 바람처럼 가신 모양이었다. 다행이었다. 박 할머니 기사를 찾아 읽다가 소위 '권안자체' '추유을체' '이종희체' '김영분체' '이원순체' 등 칠곡할매체 주인공들의 짧은 글도 읽게 되었다. 폰트 개발을 위해 4개월 동안 한 명당 2,000장의 종이를 사용했다는 할머니들의

* 이 글에는 두 편의 영화가 등장하는데 모두 스포일러가 있습니다.

글씨는, 내용도 폰트도 따뜻하고 정감이 넘쳤다.

『우리가 글을 몰랐지 인생을 몰랐나』권정자 외 19명, 남해의봄날, 2019의 저자인 순천 할머니들의 그림일기도 비슷했다. 거기에도 할머니들의 살아온 이야기가 진솔하고 유머러스하게 펼쳐지고 있다. 할머니들의 삶에는 그 험난한 생애 여정에도 불구하고 '다정한' 뭔가가 있다. 노년 구술 프로젝트를 진행하는 '이야기청'의 구술작가 '육끼' 역시 주름진 할머니들을 볼 때마다 편안해지며, 그 주름이 이야기들을 품고 있는 아카이브 같다고 말한다.

> 주름이 자글자글한 할머니들의 얼굴은 묘하게 아름답다. 웃을 때마다 물결처럼 움직이는 그 주름들은 길게 이어진 밭의 이랑과 고랑을 연상시킨다. 밭을 옆에 끼고 1시간을 걸어서 학교에 다녔던 유년기의 추억 때문인가, 나는 밭의 이랑과 고랑이 만들어 내는 굴곡을 보면 마음이 편안해진다. 할머니들의 주름을 볼 때도 비슷한 안도감을 느낀다. 밭의 이랑 고랑도, 할머니들의 주름도 아주 평범하지만 들을수록 찰지고 구성진 이야기를 품고 있는 것 같다. 그러니까, 이야기들의 아카이브인 것이다. 노년들이 들려주는 이야기를 듣는다는 것은 그래서 삶의 최전선인 주름에 대한 이야기를 듣는 것이고, 동시에 이야기가 된 삶을 만나는 것이다. 노년들과 퍼더

버리고 앉아 담소를 나누는 일이 사라지면서, 이 아카이브가 품고 있는 이야기들도 잊히고 있다.

(김영옥, 「노년들의 이야기를 듣고 예술로 표현하는 '이야기청'의 총괄 기획자 육끼」, 옥희살롱×저출산·고령사회위원회의 노년성찰인터뷰 시리즈 7회)*

그런데 여기서 질문이 생긴다. 할아버지들은 어떨까? 할아버지들의 주름도 이야기를 품고 있을까? 많은 할머니가 그러하듯 할아버지들도 나이가 들면 들수록 이야기꾼이나 시인이 되어 가는 것일까? 그런데 나는 경험적으로나 자료를 통해서나 '이야기꾼 할아버지'를 만난 적이 없다. '육끼' 작가도 비슷한 이야기를 하는데 구술에 참여하는 분들의 95%는 할머니라는 것이다. 이유는 할머니들이 더 장수하기 때문이기도 하지만 할아버지들은 이야기하기보다는 가르치려는 경향이 있기 때문이라고 한다. 남자들은 늙어서도 '맨스플레인'(mansplain)**을 버리지 못하나 보다.

* http://okeesalon.org/archives/3122

** 맨스플레인(mansplain) : '남자'(man)와 '설명하다'(explain)를 합친 단어로, 어느 분야에 대해 여성들은 잘 모를 것이라는 기본 전제를 가진 남성들이 무턱대고 아는 척 설명하려고 하는 행위를 가리킨다. 『뉴욕타임스』는 2010년 맨스플레인을 올해의 단어로 선정했으며, 2014년에는 『옥스퍼드 온라인 영어사전』에 이 단어가 등재됐다. 우리나라에서는 2015년 국내에 번역·출간된 리베카 솔닛의 『남자들은 자꾸 나를 가

그렇다면, 경로당이나 교회, 절 같은 커뮤니티에서도 만날 수 없고, 영화나 다큐멘터리 같은 영상물에서도 재현되고 있지 않다면, 그 많은 할아버지는 다 어디에 가 있는 것일까?

'종삼'은 할아버지들의 성지聖地? 혹은 성지性地!

2005년경 지식인 코뮌 〈수유너머〉의 원남동 시절, 나는 이동을 위해 혹은 산책을 하느라 거의 매일 종묘공원을 가로질러 다녔다. 그리고 그곳에서 바둑을 두거나 술을 마시거나 그것도 아니면 혼자 우두커니 앉아 있던 수없이 많은 할아버지를 만났다. 분주한 도심 한복판의 외딴섬처럼, 남성 노인들이 삼삼오오 혹은 각자 무기력하게 앉아 있는 그 모습은 참으로 기괴했다. 그리고 그 풍경은 10년 후에도, 심지어 코로나 정국을 지나면서도 변함이 없다.

> 지난 8월 18일 오후 1시 서울 종로구 종묘공원을 찾았다. 이날 서울 최고기온은 섭씨 34.3도를 기록했고 폭염경보가 발령됐다. (……) 노인 70여 명이 (……) 나무 그늘 밑 인도에 은박 돗자리를 펴놓고 부채질하며 바둑을 두는 (……) 이 공터

르치려 든다』를 통해 '맨스플레인'이 널리 알려졌다.(네이버 지식백과)

는 마치 '노인 전용 출입구역'인 것처럼 청년은 한 명도 보이지 않았다. 노인 중에도 여성은 보이지 않았다. 눈에 띄는 모두가 남성이었다.(「종묘공원 노인들 "왜 그렇게 살았느냐 물어보면…"」, 『경향신문』, 2016년 10월 5일)

코로나19로 모이는 것을 두려워하던 시기였지만 아랑곳없이 더 많은 인파가 찾아왔다. (……) 백여 명의 어르신들이 (……) 신문을 보거나, 바둑을 두느라 (……) 구경꾼에게 물으니 매일 거의 비슷한 숫자가 모인다고 한다. (……) 이모(83) 어르신은 '여기 오는 사람들 대다수는 잊혀진 사람들이며, 가끔 이런 식으로 만나서 이야기라도 하지 않으면 살 수가 없다. 그마저도 친구가 있는 이들은 거의 없고, 대부분은 그냥 앉아서 사람 구경이나 하다가 가는 거지'라고 체념조로 말한다.(「탑골공원 "코에 바람이라도 넣으려고 나온다"」, 『이모작뉴스』, 2021년 7월 9일)

소위 '한강의 기적'의 주인공, 산업화 세대의 주역인 우리나라 70~80대 남성 노인들은 경로당이나 교회, 노인복지회관 대신에 종묘공원 혹은 탑골공원에 모여든다. 이유는 여러 가지가 있겠지만 우리나라 노인들이 대체로 가난하다는 것을 감안하면 무료인 지하철로 접근할 수 있는 점, 무료 급식이 제공되는 점 등의 공간적 가성비가 첫번째 요인이었을 것이다. 그러나 그것만으로 할아버지들의 '종삼' 집결을 설명하기는 어렵다. 왜냐하면 OECD 1위라는 한국의 노년 빈곤도 젠더화되어 있어, 더 가난한 것은 남성 노인이 아니라 여성 노인이기 때문이다. 2022년 현재, 국민연금 수급자 비율은 남성 54%, 여성 20%인 반면, 기초연금 수급자 비율은 남성 60%, 여성은 73%이다. "2024년 현재의 노인 빈곤율도 여성 60.3%로 남성 39.7%보다 1.5배 높다."(「빈곤 노인, 여성이 남성의 약 1.5배」, 보건복지부, 2024. 3. 7) 그런데도 '종삼' 거리에서 할머니들을 만나는 것은 매우 드문 일이다.

할아버지들이 그곳을 찾는, 경제적 이유보다 더 결정적인 것은 인정 욕망이다. 그들은 젊었을 때 열심히 일했으나 이제 "잊힌 사람"이 되어 한편으로는 "쓸모없다"라는 좌절을, 다른 한편으로는 "기관총으로 국회의원들 다 갈기고 싶다"(앞의 『경향신문』 기사)는 분노를 품고 산다. 그래서 이들은 동병상련을 할 수 있는 또래 집단을 찾아 그곳으로 모여든다. 덤으로 그곳에서는 자신을 여전히 심리적·육체적으로 위로/인정해 주는 여성도 값싸게 구매할 수도 있다.

이재용 감독의 영화 〈죽여주는 여자〉(2016)는 바로 이 탑골공원의 노년 생태계를 다루고 있는 작품이다. 주인공인 65세의 소영은 '빈곤의 노년화'와 '빈곤의 여성화'라는 중층 억

압의 최일선에서 매일매일 자기 몸을 놀려야만 연명할 수 있는 처지이다. 하지만 전쟁통에 고아가 되어 식모살이와 공장일, 그리고 동두천의 '양공주'를 거친 늙은 그녀가 할 수 있는 일은 많지 않다. 한국 사회에서 이런 여성이 밑천 없이 할 수 있는 일은 폐지를 줍는 일 정도인데 2022년 KBS의 조사에 따르면 하루 평균 열한 시간 정도 폐지를 주워 고작 9,000원 정도를 손에 쥔다고 한다.(「폐지수집노동 실태보고서: GPS와 리어카」, 〈시사기획 창〉 373회, 2022년 5월 31일) 소영의 경우, 이 정도의 돈으로는 일수를 찍어 빚을 갚아 나가고, 월세를 내기에도 빠빠하다. 물론 자존심도 좀 상한다. 그녀는 폐지를 줍는 대신 '종삼'으로 매일 출근하여 남성 노인을 상대로 건당 3만 원 혹은 4만 원에 성(性)을 판다. 다행히 그녀는 '죽여주는 여자'라는 별명답게 단골이 꽤 있는 박카스 아줌마이다.

영화에서는 그녀의 단골 세 명이 등장한다. 재우는 아내를 사별하고 급격히 삶의 의욕을 잃은 인물인데 이제 발기불능이어서 그녀의 벌이에 도움을 주지 못한다. 하지만 소영은 재우를 통해 또 다른 단골이었던 '세비로 송'의 안부를 듣는다. 두둑한 연금 덕분에 주머니가 넉넉했고 늘 맞춤 양복을 입고 다녀서 '세비로 송'(せびろ 宋)이라 불렸던 그는 "풍을 맞아" 요양병원에 누워 있다. 그는 이제 대소변 처리를 포함하여 아무것도 혼자 못한다. "죽을래도 혼자 못 죽어"라며 우는

그 노인을, 측은지심 가득한 소영이 농약을 통해 '죽여준다'. 재우의 또 다른 친구 종수는 치매를 앓는다. 그는 친구 재우에게 "내가 너도 못 알아볼 날이 올 텐데 그땐 네가 날 좀 보내 주라"고 부탁하지만 재우는 그 일을 소영에게 떠넘긴다. 결국 소영은 그를 절벽에서 밀어 떨어뜨려 '죽여준다'. 마지막 재우, 가지고 있는 돈을 몽땅 털어 소영을 데리고 비싼 밥을 먹고 좋은 호텔에 간 그는, 혼자 죽기 외롭다며 소영에게 동반자살을 제안하고 수면제를 입에 털어 넣는다. 소영은 이제 재우까지 '죽여준' 여자가 되어 버렸다.

소영의 고단하고 쓸쓸한 일상을 별다른 수사와 신파 없이 담백하게 보여 주는 〈죽여주는 여자〉는 영화적으로 많은 호평을 받았다. 제66회 베를린국제영화제 파노라마섹션 헤드프로그래머는 "〈죽여주는 여자〉는 가부장적 사회에서 그 누구보다도 자유로운 방식으로, 타인에 대한 애정과 연민을 가지고, 그들의 마지막 순간, 죽음까지 지켜보는 여성, 그 주인공의 이야기다"라고 평했고, 제20회 몬트리올 판타지아국제영화제에서는 이 영화에 각본상과 여우주연상을 안겼다.

하지만 나는 이 영화의 이데올로기에 분노했다. 나에게 이 영화는 늙은 성매매 여성이 교환관계를 떠나 "타인에 대한 애정과 연민"을 갖고 능동적으로 조력사를 수행하는 과정으로 보이지 않았다. 오히려 나는 이 영화가 아마도 평생을 부인(혹은 다른 여성)에게 의존하는 삶을 살아왔을 것이 분명한 무능력한 남성들이, 생의 마지막 순간에서까지 가장 어렵고 힘든 일을 자기보다 가난하고 약한 여성에게 떠넘기는, 가부장적 권력과 위계, 공모에 대한 영화로 다가왔다. 종수는 왜 벼랑 끝에서 스스로 한 발을 내딛지 못하는 것일까? 재우는 왜 종수를 자기 힘으로 조력사하지 못하는 것일까? 또 재우는 왜 자살하는 순간까지 외롭지 않기 위해서라는 변명을 늘어놓으며 소영을 범죄자로 만드는 것일까? 혼자서는 죽지도 못하는 극도의 무능력과 비겁함! 우리 사회 남성 노인들은, 우에노 지즈코처럼 말한다면 '싱글력'이 전무하다. 그리고 그들의 불행은 많은 부분 그것으로부터 연유한다.

〈그랜 토리노〉, 다른 할배의 탄생

영화 〈그랜 토리노〉(2009)의 첫 장면은 상징적이다. 파이프오르간 소리가 장엄하게 울리는 성당의 장례식장에서 죽은 아내의 관 옆에 서 있는 주인공 월트 코왈스키는 손자들의 옷차림과 태도가 못마땅해 시종일관 인상을 쓰고 있다. 이런 아버지에 대해 뒤에 앉아 있던 아들 둘이 뒷담화한다. "애슐리(손녀) 노려보는 표정 봤어? 어머니 장례식에서도 여전하시네", "당연하지, 아직도 50년대인 줄 알고 계시는데…." 장례미사가 끝난 후 다가와서, 죽은 부인의 부탁이었다며 월트를 돌봐 주겠다는 신부한테도 가서 다른 양(羊)이나 보살피라고 쏘아 붙인다. 이 할아버지, 고집불통에 구태의연하고 괴팍한 꼰대가 분명하다.

영화 속 월트는 〈죽여주는 여자〉의 '종삼' 노인들처럼 미국 산업화 세대의 일원이다. 그는 20대 때 한국전쟁에 참여한 경험이 있으며, 평생을 포드사에서 자동차를 조립하면서 살아왔다. 단골 이발소 가게의 주인장하고는 "미친 이태리 똥개", "자린고비 후레자식" 같은 '싸나이' 대화를 일삼아 주고받고, 술집에서는 친구들과 "멕시코, 유대인, 흑인이 술집을 갔는데 바텐더가 보더니 그랬지, '모두 냉큼 꺼져'"라는 농담을 즐긴다. 그러니까 그는 꼰대일 뿐 아니라 50년대 미국의 배타적이며 인종차별적인 가치를 내면화하고 있는 블루칼라 출신 마초이기도 한 것이다.

하지만 이 할아버지, 싱글력만큼은 만렙이다. 자식들은 홀로 된 아버지를 걱정하지만, 그는 추호도 자기 집을 떠날 생각이 없다. 평생 그러했듯이 자기 집 잔디를 손질하고, 이웃의 싱크대를 고쳐 주고, 친척의 병원 수발을 하고, 자신의 보물이자 프라이드인 1972년산 세단, 그랜 토리노를 쓸고 닦으며, 늙은 개와 함께 발코니에서 시원한 맥주를 마시는 일상을 지속한다. 다만 문제는 그의 동네가 너무 변해서 이제 백인 친구들은 다 죽거나 떠나고 그 자리에 "중국 놈들이 몰려" 오고 있다는 것이었다. 월트의 바로 옆집에도 잔디를 손보는 일 따위에는 관심이 없는 베트남계 몽족이 이사를 왔다.

이후 영화는 몽족의 남매, 똘똘한 누나 '수'와 숫기 없는 그의 남동생 '타오', 그리고 월트, 이 셋의 관계를 중심으로 전개된다. 사건은 그 동네를 주름잡는 몽족 갱 중 한 명인 타오의 사촌이 타오에게 남자가 되기 위해 그랜 토리노를 훔치라는 미션을 내리면서 시작된다. 타오의 시도는 실패로 끝났지만 그 일을 계기로 월트와 타오 사이에 일종의 채무 관계가 형성된다. 월트는 절도를 반성하는 타오에게 온 동네 집들을 수리시키고, 성실한 태도를 확인하자 그에게 건설 현장 일자리를 주선하고, 일에 필요한 개인 장비를 빌려주거나 사 준다. 또한 그가 좋아하는 여자애와 어떻게 말문을 터야 하는지도 알려 준다. 둘 사이에는 천천히 우정 비슷한 것들이 쌓여 나가기 시작한다.

그런데 문제는 몽족 갱들이 타오를 그냥 두지 않는다는 것이었다. 그들은 타오의 장비를 빼앗고 폭행하고 뺨에 담배빵을 놓는다. 분노한 월트는 몽족 갱들 집에 쳐들어가 총을 들이대면서 타오를 괴롭히지 말라고 경고하지만(이 부분에서 월트는 영락없는 더티 해리였다^^) 돌아온 것은 타오 집이 갱단에 의해 습격당하고, 타오의 누이인 수가 그들에게 납치당해

끔찍한 성폭력을 당하는 일이었다. 월트는 한국전 당시 항복한 소년병을 살해한 일이 평생의 트라우마가 된 사람이다. 그런데 이제 자신의 성급함과 무책임함 때문에 수와 타오 남매가 위험에 처했다. 월트는 죄책감에 시달린다. 게다가 타오는 격렬한 복수심에 사로잡혀 있다. 하지만 폭력은 폭력을 부를 뿐 아닐까? 월트는 이제 어떻게 할 수 있을까?

그는 일단 타오를 진정시켜 집으로 돌려보낸 후, 무심하게 잔디를 깎고 목욕하고 담배를 피우고 이발하고 양복을 맞추고 세금 납부 등 소소한 일들에 대해 묵은 고해를 한다. 그리고 타오를 따돌리고 홀로 갱들의 집으로 향한다. 그곳에서 그는 계획대로 갱들의 난사를 유인하여 그들을 감옥으로 보낸다. 월트가 치른 대가는 그의 목숨이었다. 그는 제 죽음을 통해 수와 타오, 이 두 명의 아시아계 소년의 삶을 지켰고, 수십 년 전 한국전에서의 실수에 대해 속죄했고, 그렇게 자신의 삶을 구원했다. 김도훈 평론가의 말처럼 "할리우드 역사상 가장 근사한 퇴장"이었다.

클린트 이스트우드! 이 영화의 감독이자 주인공. 내 십대 시절의 우상. 그러나 잘 알려진 대로 그는 미국 공화당원이자 정통 보수주의자이다. 하여 나의 두번째 질문. 어떻게 클린트 이스트우드는 보수주의자인 채 저런 위엄과 관용을 갖춘 '늙은 더티 해리'가 될 수 있었을까? 그의 보수주의에는 어떤 비밀이 숨겨져 있는 것일까?

"옹호를 넘어, 등 떠밀려서 그랬다는 것은 핑계다"

영국 휘그당 소속으로 자유주의에 경도되어 있던 젊은 정치인 에드먼드 버크는 당대 프랑스혁명에 경악하였다. 그에게 있어 프랑스혁명은 "이 세상에 벌어진 일 중 가장 경악스러운 일", "경박함과 잔인함이 빚어내고, 온갖 종류의 죄악이 온갖 어리석은 짓과 더불어 뒤범벅이 된 괴상한" 혼란에 불과했다.『프랑스혁명에 관한 성찰』, 이태숙 옮김, 한길사, 2017, 49쪽 그리고 그는 그것이 혁명에 대한 추상적이고 형이상학적인 접근, 사회를 이념에 따라 개조할 수 있다고 생각한 기하학적 설계주의에서 비롯된다고 보았다.

> 그들은 형이상학을 많이 가졌는데, 그것은 나쁜 형이상학이다. 기하학을 많이 가졌지만 나쁜 기하학을 가진 것이다. 비례산술을 많이 가졌지만 잘못된 비례산술을 가진 것이다. 그러나 이 모든 것이 형이상학, 기하학, 산술이 그래야 하는 것처럼 정확하다고 해도, 그들의 계획에서 그 모든 부분이 완벽하게 일치한다고 해도, 그 결과는 좀 더 그럴듯하고 구경거리가 될 뿐인 환상으로 끝나고 말 것이다. 그들이 사람들

을 대규모로 재편하는 일에서, 도덕과 관련된 어떤 것이나 정치와 관련된 어떤 것을 참조한 바는 무엇이 되었든 전혀 찾아볼 수 없다는 점은 특기할 만하다. 인간의 관심사, 행위, 정열, 이익과 관련된 것은 아무것도 발견되지 않는다. "인간적인 맛이 없다." 에드먼드 버크, 『프랑스혁명에 관한 성찰』, 289쪽

한마디로 혁명에는 이념이 있을 뿐 살아 있는 구체적 인간, 인격과 애정을 나누는 구체적 인간이 없다. 그뿐만 아니라 세상의 전통과 관습에는 인간이 오랫동안 공들여 쌓아 올린 지혜가 있으며 우리는 그런 사회의 일시적 거주자에 불과하므로 그것들을 잘 보살피고 늘 겸손하게 처신해야 한다. 다시 말해 오랜 규약과 모델들은 바꾸더라도 천천히 신중하게 조심스러울 필요가 있는 것이다. (이렇게 쓰고 보니 갑자기 공자님과 맹자님이 떠오른다.^^) 나는 버크의 이 오래된 보수주의 교의가 영화에서는 '자기의 공간을 스스로 돌보고 지키는 일', '자기의 사람(공동체)을 힘껏 돌보고 지키는 일', 그리고 '반성과 성찰을 통해 스스로를 구원하는 일'로 표현되었다고 생각한다. 보수주의는 단어 뜻 그대로 자신의 힘으로 무엇인가를 보존하는 것, 지키기 위해 돌보고 가꾸는 것을 의미한다.

'어르신과 꼰대 사이, 가난한 남성성의 시원을 찾아서'라는 긴 부제가 붙어 있는 최현숙의 『할배의 탄생』이매진, 2016은

김용술, 이영식이라는 두 명의 칠십 대 남성에 대한 인터뷰집이다. 기본적으로 두 남자의 삶을 옹호한다는 최현숙도 후기에서 "옹호를 넘어, 등 떠밀려 그랬다는 것은 핑계다"라며 그들의 성찰 없는 삶에 대해 지적한다.

> 김용술은 한편으로는 소설 「아큐정전」의 주인공 아큐처럼 생존본능과 정신 승리와 자가당착이 보이고, 다른 한편으로는 소설 「꺼삐딴 리」의 주인공 꺼삐딴 리처럼 기회주의적 변신과 위선이 보인다. 사실 우리 모두 그렇다. 김용술이 말하는 '세상 이치', '남들이 하는 식으로', '상식적으로', '다 그렇게 돌아가는 거', '그때는 다 그랬어' 등에 멈칫한다면, 우리 모두 한통속이기 때문이다. 아큐나 꺼삐탄 리의 시대를 지나고 김용술의 한창 나이도 지난 이 신자유주의 시대에 우리 모두 더하면 더했지 덜하고는 살 방법이 없다. (……) 그렇더라도 그게 다는 아니다. 살아남느라 그랬고, 있는 것마저 뺏길까 봐 그랬고, 악의 없이 남들 하는 만큼 했더라도, 세상에 침묵하고 공조하며 숟가락을 얹어 왔다. (……) 사람은 모두 자신의 등을 밀며 앞으로 나아간다. 등 떠밀려 그랬다는 말은 핑계다.최현숙, 『할배의 탄생』, 141쪽

'종삼'의 할배들도 늙은 더티 해리가 될 수 있을까? 아닐

것이다. 우리 부모 세대들, 탑골공원 할배와 광화문 태극기부대를 넘어 이제 종일 유튜브와 종편 뉴스를 시청하면서 그들의 혐오 선동에 자신의 울분을 포개는 그분들의 삶은 아마 앞으로도 달라지지 않을 것이다. 문제는 우리다. 우리는 정말 그분들과 달라질 수 있을까? 민주화 세대인 우리는 나이듦에 대한 다른 비전을 갖고 있을까? 무엇보다 내 남자사람 친구들이 '다른 할배'로 살아가게 될까? 그것을 몹시 염원하지만, 여전히 이념은 과잉이고 손끝은 무딘 내 또래의 수많은 남성을 떠올리면 사태는 별로 낙관적이지 않다. 싱글력 없고 살림에 젬병인 그들의 노년을, 그리하여 나는 진심으로, 몹시, 근심하고 있는 중이다.

만국의 늙은이여, make kin, not babies!!

김순남, 『가족을 구성할 권리』

내가 늙으면 누가 나를 돌봐 주지?

한 5년 전쯤인가? 그러니까 어머니를 돌본 지 3년 정도 되던 어느 날이었는데 떨어져 사는 아이 둘과 간만에 함께 밥을 먹게 되었다. 그 자리에서 나는 독박돌봄의 고단함을 한도 끝도 없이 펼쳐 놓았고 그 끝에 "내가 늙으면 도대체 누가 나를 돌보지?"라는 질문을 꺼내 놨다. 그러면서 딸에게 모계 돌봄의 전통을 이어받으라고 은근히 압력을 가했고, 딸은 이런저런 저항 끝에 결국 굴복, 내가 딸을 20년 키워 준 만큼 이후 최소 20년은 나를 돌봐 주겠다는 약속을 했다. 옆에서 우리 둘의 '티키타카'를 지켜보며 낄낄거리던 아들 녀석은 그것을 '9·15 ○○ 효녀 선언'이라 이름 붙였다. "자식에게 아첨은 하지 않는다. 하지만 노후는 부탁할 셈이다"우에노 지즈코, 『집에서 혼자 죽기를 권하다』, 이주희 옮김, 동양북스, 2022, 57쪽라는 말이 있는데 내가 그렇게 한 셈이었다.

어머니와 살기 전까지는 나 역시 다른 사람과 마찬가지로 나의 노년에 대해서도, 나이듦 일반에 대해서도 별생각이 없었다. 저질 체력이긴 했지만 특별한 지병은 없었고, 맏딸 프리미엄으로 다른 사람 눈치를 별로 안 보면서 컸기 때문에 나는 내가 늙어 죽을 때까지 자율적이고 독립적인 인간으로 살 거라고 생각했던 것 같다. 그러니까 어머니는 나에게 약간 예외적인 케이스, 즉 본투비 의존적인 성격에 사별 트라우마로 인한 일종의 신경병까지 덧붙여져 끊임없이 누군가 돌봐줘야 하는, 그런 손이 많이 가는 별종일 뿐이었다.

그런데 요 몇 년 어머니와 친구 부모님들에게 예외 없이 나타나는 현상들, 즉 귀 안 들림, 눈 안 보임(백내장, 녹내장, 황반변성), 낙상과 골절, 수두증, 뇌졸중, 파킨슨병, 치매, 암, 척추협착증, 골다공증, 고혈압, 당뇨 등의 사태를 보면서, 또 나 역시 회전근개파열이니, 노안이니, 목디스크이니 한둘씩 몸이 고장 나고 있다는 것을 실감하면서, "곱게 늙는다"라거나 "아프지 않고 건강하게 늙는다"라는 말은 말짱 빈말이라는 것을 실감하게 되었다. 곱고 깨끗하고 건강하게 늙는 사람은 없다. 나이듦은 몸이 손상된다는 것이고 그 몸을 둘러싼 사회적 시선 — 주로 배제와 혐오로 작동하는 — 때문에 마음의 상처를 입는다는 뜻이다. 주디스 버틀러처럼 말한다면 몸을 가지고 사는 우리는 모두 취약한/위태로운(precarious) 존재이다.

> "몸은 삶의 유한성, 취약성, 행위 주체성을 암시한다. 피부와 살 때문에 우리는 타인의 시선에 노출되고, 접촉과 폭력에도 노출된다. (……) 우리는 몸에 대한 권리를 위해 분투하지만, 정작 분투의 목적인 몸은 우리 자신만의 것이 아니다. 몸에는 변함없이 공적인 차원이 있다. 공적 영역에서 구성되는 사회적 현상인 내 몸은 내 것인 동시에 내 것이 아니다. 처음부터 타인의 세계에 넘겨지는 몸에는 그 세계의 흔적이 각인되어 있고 몸은 사회적 삶의 용광로에서 형성된다." 주디스 버틀러, 『위태로운 삶』, 윤조원 옮김, 필로소픽, 2018, 56쪽

버틀러는 이런 '취약함'(precariousness)의 논의로부터 근대적 주권 개념을 해체하는 정치적 탐구로, 새로운 사회적 연대를 구축하는 윤리적 실천의 모색으로 나아간다. 하지만 나는, "엄마처럼 늙지 않을 거야"에서 "나도 엄마처럼 늙겠구나"라는 것을 깨닫자마자, 일단 허겁지겁 딸의 부양 약속이라는 보험부터 들어 놓는다. 하지만 과연 이 보험은 유효할

까? 그럴 리가…. 세상은 너무 빠르게 변하고 있고 더 이상 가족 돌봄은 불가능하다. 그렇다면 지금부터라도 누구에게나 닥칠 돌봄 위기에 대한 좀 더 현실적인 대안을 만들어 가야 하는 건 아닐까? 나는 친구들과 〈나이듦연구소〉를 만들었고, 요양원이라는 국가 돌봄과 실버타운이라는 시장 돌봄, 이 둘을 넘는 새로운 상호 돌봄의 형식에 관해 공부해 보기로 했다. 세미나를 열었고 그 첫 책으로 선택한 것이 바로 『가족을 구성할 권리』김순남, 오월의봄, 2022이다.

이미 당도한 n개의 가족

이 책의 첫번째 주제는 가족을 둘러싼 현실과 제도 사이의 낙차, 혹은 내 식으로 말하면 "현실을 따라잡지 못하는 담론적 지체 현상"(나는 『루쉰과 가족』북튜브, 2020에서 계속 이 이야기를 했다)이다. 머리말에 나오듯 "시민들은 이미 하나의 가치나 형태 모델로서의 '가족'에 국한되지 않은, 다양한 방식으로 상호의존과 돌봄을 실천하는 관계를 맺으며 살아가고 있"김순남, 『가족을 구성할 권리』, 5쪽다. 그러나 이에 비해 우리의 법과 제도는 너무 낙후되어 있고 그것을 지탱해 주는 정상가족 이데올로기도 한편에서는 여전하다.

세상이 바뀌고 가족의 모습이 많이 달라졌다는 것을 확

인하기 위해서는 멀리 갈 필요도 없다. 현재 나는 80대의 엄마와 그를 돌보는 70대의 간병인과 함께 셋이 산다. 이 중 둘은 혈연관계이고 다른 둘은 계약관계이지만 함께 살다 보면 이 구별은 종종 무의미해진다. 어머니는 나보다 간병인을 더 많이 의지하기도 하고, 나는 어머니 못지않게 간병인의 건강과 마음을 돌보고 있기 때문이다. 이상한 상호의존! 이름 붙이기 어려운 동거 형식!

원가족을 둘러봐도 사정은 비슷한데 전형적인 이성애 규범적인 4인 핵가족을 유지하고 있는 것은 남동생네뿐이다. 나는 몇 년 전에 이혼했고, 둘째 여동생은 작년에 이혼했으며, 막내 여동생은 비혼이다. 또한 지금 내 딸은 남친과 동거중이고 아들은 베트남에서 고양이와 함께 살고 있다. 한마디로 내 원가족은, 아주 평범한 사람들임에도 불구하고, 반려묘 동반 1인 가구, 2인 동거가구, 비혼 1인 가구, 3인 모자가구, 3인 비혈연 노인가구 등 다양한 가족 형태를 띠며 살고 있다.

그리고 우리 사회의 이런 가족 변동은, 모두 알다시피 사회의 경제적 토대 변화에 기인한다. 크게는 남성가장 가족임금 중심으로 이성애 핵가족이 재생산되던 산업사회가 이미 쇠퇴했기 때문이고, 가깝게는 IMF가 많은 핵가족의 경제적 토대를 빠르게 허물었기 때문이다. 2000년대의 페미니즘 리부팅도 여성과 젊은 층을 중심으로 인식의 변화를 가져왔다.

나는 수년 전 〈문탁네트워크〉에서 개최한 페미니즘 강의를 통해 소위 MZ 영 페미니스트들의 4B 운동, 그러니까 비연애, 비섹스, 비혼, 비출산을 통해 가부장제를 재생산하는 그 어떤 구조에도 동참하지 않겠다는 운동을 접한 바 있다. 요즘 젊은 여성들이 "남자와 사느니 차라리 고양이와 산다"라고 말한다는 것도 그때 처음 들었다. 이미 삶의 경로는 다양해졌고, "많은 사람은 경제적인 이유로, 외로워서, 임차 계약 기간이 끝나는 시기가 비슷해서, 혹은 사랑하는 사이라서 등등 여러 이유로 '우연히' 함께 만나 살아가고, 그러한 경험을 통해 '이렇게 살아도 괜찮다'는 사실을 확인한다".김순남, 『가족을 구성할 권리』, 138쪽

책에서는 이런 탈근대사회 가족의 변동을 설명하는 다양한 개념들이 소개되고 있다. 데이비드 모건의 '가족 실천'이나 재닛 핀치의 '가족시연'(displaying families)의 개념은 가족을 규범이나 형태가 아니라 일종의 수행성으로 파악하는 개념이고, 엘리자베트 벡 게른스하임의 '생활의 동반자'나 '생애 한 시기의 동반자'라는 개념은 "현재의 삶을 '임시적인 삶'으로서 유예하지 않고, 현재의 상호의존하는 관계망을 중심으로 삶을 바라보는 태도의 변화를 의미한다".앞의 책, 59쪽 나는 이 '생애 한 시기의 동반자'라는 개념이 아주 마음에 들었는데 이성애든 동성애든, 정서적 욕구 때문이든 경제적 이유 때

문이든 파트너와 함께 사는 삶이 결코 영속적일 수 없다는 것을 환기해 주기 때문이다.

이 밖에도 LGBT*에서 출현한 '내가 선택한 관계/가족'(families of choice) 혹은 이와 비슷한 '패치워크 가족'이라는 개념도 있다.앞의 책, 59쪽 원가족에게 배척당한 다양한 소수자들(학대, 동성애, 약물중독)이 지속가능한 사회적 지원을 서로에게 제공하기 위해 능동적으로 선택하는 가족 형태이다. "결혼제도 밖에서 연대감을 느끼고, 마음 맞는 사람끼리 돌보고, 서로에게 동지애를 느끼고, 일부는 로맨스도 가능한 관계"인 '보스턴 결혼'앞의 책, 82쪽도 개인적으로는 아주 흥미로운 개념이었다. 일찍 알았다면 나도 해보는 건데… 쩝!

그런데 문제는 한국 사회의 법과 제도가 이런 현실의 변화를 쫓아가지 못하고 있는 점이다. 앞에서도 말했듯이 이미 수많은 '조립식 가족'(tvN, 가족 관찰 예능, 2022년 3월~5월 방영)이 출현해 있고, "혼인, 혈연에 무관하게 생애와 주거를 공유하면 가족으로 인정한다"라고 답하는 시민도 60%가 넘고(2019년 여성가족부+한국여성정책연구원 공동 조사), 이에 비해 '법적인 혼인이나 혈연관계'를 가족의 조건으로 꼽는 사람들

* 레즈비언(lesbian), 게이(gay), 양성애자(bisexual), 트랜스젠더(transgender)의 앞 글자를 딴 것으로 성적소수자를 의미한다.

은 2.0%에 불과한데도(2020년 서울시여성가족재단 조사) 우리 민법 제779조(가족의 범위)에서는 이성애 결혼으로 인해 구성되는 결연만을 가족으로 인정한다. 그리고 이 민법에 따라 '가족'을 언급하는 240개 법 조항이 작동한다. 우리는 주거, 의료, 돌봄, 연금, 상속 등 삶의 전 영역에 걸쳐 이성애 가족의 구성원이 되어야만 적절한 국가의 보호와 제도의 혜택을 받는다. 법과 제도 속의 가족은 결국 시민이 될 수 있는 자와 아닌 자를 구별하고 국가의 보호를 받을 자격이 있는 자와 아닌 자를 나눈다. 평생 함께 살아온 동성 파트너끼리는 상대가 병원에 입원해도 수술동의서에 사인을 할 수 있는 법적 보호자가 되지 못하고 상대가 죽은 후에도 유산을 상속받지 못한다. 이성애 규범적인 가족 장치는 우리 사회 차별과 불평등, 배제와 혐오를 재생산하는 장치가 된다.

가족구성권과 퀴어가족정치

그렇다면 이런 지체(遲滯) 혹은 단락(斷落)은 어떻게 해결할 수 있을까? (이것이 이 책의 두번째 주제이다.) 국가와 각종 지자체가 출산율을 높이겠다면서 하는 '바보짓'(인천광역시의 '결혼친화도시' 선포, 대구 달서구의 '결혼 장려팀' 신설 등)앞의 책, 100~101쪽은 일단 논외로 하자. 하지만 저자 김순남은, 예를 들면 1인

가구를 지원하는 주거정책 같은 것도 결코 대안이 될 수 없다고 말한다.앞의 책, 117쪽 다양한 가족형태(한부모가정, 조손가정, 다문화가정 등)를 뒤따라가면서 제도적으로 포섭하고 약간의 지원을 하는 방식은 여전히 잔여적 복지의 패러다임이기 때문일 것이다. 나아가 상당히 급진적으로 보이는 '동성결혼 합법화'나 '생활동반자법 제정'에도 신중한 태도를 보인다. 왜냐하면 이것 역시 다양한 성소수자, 즉 바이섹슈얼, 논바이너리, 트랜스젠더퀴어 등의 존재를 비가시화할 수 있기 때문이다. 저자가 일관되게 주장하는 것은 '가족구성권'과 이에 기초한 '퀴어가족정치'이다.

"가족을 정치화하는 가족구성권은 단순히 가족으로 인정되지 않는 관계들을 가족으로 인정해야 한다는 데서 그치는 이야기가 아니다. (……) 가족구성권은 근본적으로 가족을 둘러싼 여러 갈래의 복합적인 차별 해소에 대한 접근을 요청한다. 다시 말해, 사회가 상상해 오고 권장해 온 '가족'의 의미와 가족 모델은 무엇인지, 그것이 한국 사회에서 '시민'으로 가정되고 상상되는 이들의 모습과 어떻게 연동되어 있는지, 제도가 어떻게 공동체의 구성원이 될 수 있는 사람과 없는 사람을 구분하는지 등 여러 갈래의 질문들이 제기되어야 한다는 것이다. 그 이유는 한국 사회에서 '시민'으로서의 삶과

자격이 부여되는 데 이성애 규범적인 가족 중심 시민 모델이 핵심으로 작동하기 때문이다."앞의 책, 8쪽

한마디로 말해 가족구성권은 사적 권리가 아니고 낯설고 불온하고 문란한 신체들이 공적으로 출현하고, 관계를 맺고, 일상과 사회를 함께 점유할 권리를 말하는 것앞의 책, 104쪽이기 때문에 푸코식으로 말하면 근대 생명권력에 대한 정치적 저항이며, "이런 식으로 통치당하지 않는 기술"이기도 하다. 따라서 생명정치, 인구정치를 퀴어가족정치로 바꾸어 가야 한다. "퀴어가족정치의 핵심 의제는 근본적으로 발전주의, 성장주의 너머의 삶과 관계에 대한 모색"이 되어야 하며 "이상적인 시민/비시민의 경계를 비틀면서 '오염된 공동체'를 만들어낼 필요가 있다. '오염된 공동체'란 가족 상황, 인종, 장애, 성적 지향, 성별 정체성 등으로 삶의 경계를 구분하는 권력에 개입함으로써 새로운 시민적 유대의 장을 확대하는 공동체를 의미한다".앞의 책, 165쪽

그런데 여기서 두 가지 질문이 나올 수 있다. 하나는 혈연에 기초한 '원가족' 너머를 상상하면서 왜 여전히 '가족'이라는 단어를 사용하느냐앞의 책, 174쪽이고, 다른 하나는 "가족구성권 운동은 가족 중심 시민 모델로 제시되는 시민의 상을 개인 중심 시민 모델로 바꿔야 한다"라고 할 때 그 개인 중심 시

민 모델이란 도대체 무엇이냐는 것이다. 저자의 답은 다음과 같다. 가족이라는 단어를 계속 사용하는 이유는 "가족제도 불평등에 관한 질문을 확장하고 새롭게 사유하는 변혁의 장치로 재전유"앞의 책, 175쪽하기 위함이고, 개인의 자기 결정권은 김도현의 논의『장애학의 도전』, 오월의봄, 2019를 가져와 "상호의존적인 관계 속에서 서로의 의견과 판단을 소통하고 조율해 가며 실현할 수밖에 없는 권리"김순남, 『가족을 구성할 권리』, 155쪽라고 한다.

난 우선 '가족'이라는 단어와 관련해서 새로운 사회적 유대의 형식, 결연의 방식에 꼭 '가족'이라는 단어를 붙여야 하는지는 의문이다. 가족에서 가족구성권으로, 또 그것은 형태의 다양함이 아니라 정상가족 규범을 문제 삼는 퀴어한 가족 정치이다, 라고 설명하는 방식이 좀 복잡하게 느껴진다. 차라리 저자도 인용하고 있는 해러웨이의 'kin'이라거나 아니면 우리말 '식구' 정도가 더 낫지 않을까?

> "나의 목적은 '친척'(kin)이란 말이 혈통이나 계보에 묶인 실체가 아니라 그 이상의 무엇을 의미하게 만드는 것이다. (……) 친척 만들기는 사람들(persons) 만들기인데, 대상이 반드시 개체이거나 인간인 것은 아니다. 나는 대학 시절 친척(kin)과 종류(kind)라는 말을 두고 하는 셰익스피어의 재

담에 감동했다 —가장 다정한 것들이 반드시 핏줄로 엮인 친척은 아니었다. (……)

내가 생각하기에, 친척의 확대와 재구성은 지구에 사는 모든 것이 가장 깊은 의미에서 친척이라는 사실에 의해 가능해지고, 우리는 진작 집합체인 '종류'들을(한 번에 하나씩의 '종'이 아니라) 더 잘 돌보았어야 했다. 친척은 집합이라는 종류에 해당하는 말이다. 모든 크리터들은 수평적으로, 기호론적으로, 계보상으로 공통의 '육신'을 공유한다. 조상들은 매우 재미있는 이방인이라는 사실이 드러난다. 친척은 (우리가 가족 혹은 씨족이라고 생각했던 존재의 바깥에서) 낯설고, 불가사의하고, 끊임없이 출몰하는, 활동적인 무엇이다. (……)

자, 자식이 아니라 친척을 만들자! 친척이 어떻게 친척을 만드느냐가 중요하다." 도나 해러웨이, 『트러블과 함께하기』, 최유미 옮김, 마농지, 2021, 179쪽

두번째는 '개인'이라는 개념. 이것의 의미는 머리말에 잠시 나오는 한나 아렌트의 '권리를 가질 권리'라는 개념으로부터 추론해 낼 수 있다. 유대인이자 여성이었던 아렌트는 27세부터 45세까지 국가 없는 난민이었다. 이 경험이 그녀를 '인권' 개념에 대한 탐색으로 이끌었다. 흔히 인권은 '양도할 수 없는 것'이라고 말해지지만 1933년 독일을 탈출해 파리로 몸

을 피한 그 순간부터, 즉 독일 유대인은 더 이상 독일 시민이 아니게 된 순간부터 인권 따위는 없게 되었다. "고향을 떠나자마자 그들은 노숙자가 되었고, 국가를 떠나자마자 무국적자가 되었다. 인권을 박탈당하자마자 그들은 아무런 권리가 없는 지구의 쓰레기가 되었다."한나 아렌트, 『전체주의의 기원』, 박미애·이진우 옮김, 한길사, 2017, 490쪽 따라서 아렌트는 이런 인권의 역설 속에서 인권에는 '권리를 가질 권리'가 함축되어 있다는 것을 생각하게 된다.

"전 세계적으로 새로운 정치상황이 출현하면서 수백만 명의 사람들이 권리를 가질 권리(그것은 어떤 사람이 그의 행위와 의견에 의해 평가를 받을 수 있는 하나의 구조 안에서 살고 있다는 것을 의미한다), 그리고 어떤 종류의 조직된 공동체에 속할 수 있는 권리를 잃고 다시 얻을 수 없게 되면서, 우리는 비로소 그런 권리가 존재한다는 사실을 깨닫게 된다."한나 아렌트, 앞의 책, 533쪽

하여 나는 저자가 일관되게 주장하는 개인이, 추상적 인권의 담지자가 아니라 발리바르식으로 이야기하면 보편적 시민권, 즉 봉기적 시민권을 통해 정치적 공동체를 '구성'하는 개인, 공적 영역에 '출현'하는 개인이라고 이해했다.

그럼에도 불구하고 현재 빠르게 해체되고 있는 소위 '정상가족'과 1인 가구의 증가로 표현되는 개인들의 출현이 상호의존의 생태계를 만들어 나가는 새로운 시민이 될지(저자는 이렇게 생각하는 것 같지만^^), 아니면 능력주의에 포섭된 신자유주의 공정 주체가 될지는 여전히 미지수이다.

나이듦과 난잡한 돌봄의 공동체

얼마 전 우연히 '노루목 향기'라는 이름을 가진 시니어 공유주택과 관련된 다큐멘터리를 시청하게 되었다(KBS 〈다큐 온〉 '노후, 누구와 사시겠습니까', 2021년 9월 10일 방영). 주인공은 68세 동갑내기 심재식, 이혜옥, 이경옥 세 할머니이다. 이들이 모여 살게 된 것은 우연이었는데 13년 전에 심재식 씨가 귀촌하여 여주에 집을 지었고, 그곳에 오랜 친구였던 이혜옥 씨가 합류하였고, 4년 전에 그 동네 주민이던 이경옥 씨가 마지막으로 합류하면서 3명의 비친족 노인가족을 형성하게 된 것이다.

이들 중 심재식, 이혜옥 씨는 비혼이고 이경옥 씨만 결혼한 경험이 있다. 하지만 사별했고, "아들은 장가보내면 해외교포"라고 말하는 노인 1인 가구였다. 이렇게 모인 세 명의 노인은 낮에는 자연스럽게 집안일을 분담하고, 저녁 때는 각자 독립적으로 젊었을 때 돈 버느라 혹은 자식 키우느라 못했던 취미생활을 즐긴다. 이혜옥 씨는 기타를 잡고 노래를 부르고, 젊은 시절 자수 작가가 되는 게 꿈이었다는 심재식 씨는 이경옥 씨와 함께 프랑스 자수를 익힌다. 어쩌다 이경옥 씨의 다섯 살짜리 손주가 할머니를 방문하는 날이면 온 집안이 들썩인다. 아이는 할머니가 셋이라는 것을 자연스럽게 받아들이고 할머니들은 맛있는 걸 해 먹이고 함께 물놀이를 하면서 즐거워한다.

더 놀라운 것은 이분들이 정기적으로 집 마당에 천막을 치고 자기네 차를 이용하여 마을 노인들을 모셔다 야외 노인문화센터를 여는 것이었다. 관의 도움 없이 할머니들의 힘으로 비혈연 가족을 이루고 그 가족을 마을로 확장해 나가는 모습은 감동적이었다. 이분들은 이런 가족의 가장 큰 장점을 '서로 돌봄'이라고 한다. 특히 이경옥 씨는 암이 재발하여 매우 불안한 상태인데 친구들과 살면서 맘이 많이 편해졌다고 한다. 이런 상태라면 요양원에 가지 않아도 살던 곳에서 유쾌하고 명랑하게 서로를 챙기면서 더 오래 살아 낼 수 있지 않을까?

책에서는 '난잡한 돌봄'이라는 용어가 나온다. 이 말은 1980년대 에이즈 인권활동가인 더글러스 크림프가 사용한 용어인데, 당시 게이들이 공격받은 '난잡한 성생활'이라는 혐오 표현을 뒤집어 그것을 '난잡한 돌봄'이라는 급진적 용어로 바꾸어 놓은 것이다. 그는 당시 "(몇몇 게이 지도자들이) 우리의 난잡함이 우리를 파멸로 이끌 것이라고 주장하지만 사실은 우리의 난잡함이 우리를 구할 것"라고 썼다.더 케어 컬렉티브, 『돌봄선언』, 정소영 옮김, 니케북스, 2021, 86쪽 다시 말해 여기에서 "난잡함(promiscuous)이란 성애적인 것이 아니며, 불공평하고 불합리한 게 많은 친족 단위의 돌봄에 대항하여 돌봄의 위계를 급진적인 평등주의로 만들어 가는 방향 전환이 핵심이다".김순남, 『가족을 구성할 권리』, 125쪽

나는 노루목 향기의 세 할머니에게서, 한 명의 친족 손주를 공동의 손주로 사랑하고 돌보는 모습에서, 암에 걸린 친구를 위로하면서 일상을 함께 꾸리는 삶에서, 자신의 돌봄 역량을 마을의 더 많은 할머니에게 확장해 나가는 모습에서 '난잡한 돌봄'의 모습을 목격한다.

우리도 그렇게 할 수 있을까? 나는 싱글이고 〈나이듦연구소〉를 함께 꾸리는 내 친구는 남편이 있다. 나는 내심 그 남편과 아들까지를 더 넓은 확장된 가족 속에서 '공유'하겠다는 야무진 꿈을 꾼다. 그 남편과 아들의 손이 아주 야무지기 때문이다. 뿐만 아니라 〈일리치약국〉에는 두 명의 비혼 싱글이 있다. 우리 사이에 나이와 경제력의 차이가 있지만 이건 오히려 우리가 확대된 가족을 꾸려 나갈 때 강점이 될 수 있지 않

을까? 친구는 일단 땅부터 보러 다니자고 하지만 결정된 것은 아무것도 없다. 하지만 올해, 새로 맞은 계묘년 검은 토끼해가 비혈족 시니어 친족 만들기(Make kin)!, 시니어 공유주택의 원년이 될 것이라는 점은 분명하다. 어디 좋은 땅이 있는지 빨리 주역점을 쳐 봐야겠다.

디어
마이 솔로 프렌즈!

김희경, 『에이징 솔로』

비혼 이야기가 없다?!

『에이징 솔로』동아시아, 2023의 저자 김희경은 기자, NGO 활동가, 문체부와 여가부의 관료를 두루 거치며 '순차적 N잡러'로 살아왔고, 결혼 경험이 있지만 아이는 없는, 20년 차 솔로이다. 1967년생이니, 우리 공동체의 기린, 노라, 달팽이, 뚜버기 등과 동년배이다. 이력만 보자면 솔로이긴 해도 (우리와는 달리^^) 잘나가는 커리어 우먼이자 네임드 작가이다. 그런 그녀도 솔로여서 종종 열패감을 느끼는 것일까? 그리고 솔로로 늙어가는 것에 대한 두려움이 있는 것일까?

확실히 그녀는 "남에게 폐 끼치는 상황을 극도로 꺼린", 그리고 "나 하나쯤 건사할 역량"이 충분한 매우 주체적인 여성이었다. '어쩌다 솔로'가 되었지만 아마 특별한 결핍이 없는 삶을 살았을 것이다. 그런 그녀에게도 어느 날 '에이징 솔로'의 '현타'가 온다.

> "건강하던 아버지가 갑자기 쓰러진 뒤 뇌병변 장애로 인지증(치매)를 앓게 됐다. 그 모습을 보면서 엄청난 불안이 몰려오더라. '나도 아버지 같은 상태가 되면 어떡하나, 나는 아버지처럼 대리해 줄 자식도 없는데' 이런 생각이 들면서 한동안 되게 우울했다. 여러 경우의 수를 생각해 봐도 사람이 어떻게 죽을지는 선택하지 못하잖나. 완벽히 대비가 되는 일도 아니고. 거기서부터 고민이 시작됐던 것 같다."(김희경·김은형 대담, 「중년의 혼자 삶에 대하여」, 『한겨레』, 2023년 4월 22일)

그러나 그녀에게 참고가 될 만한 텍스트는 많지 않았다. 그래서 깨달은 두 가지! 하나는 우리 사회에서는 중년솔로여성의 담론이 거의 없다는 점이다. '중년'도 '솔로'도 '여성'도 우리 사회에서는 마이너들이니 이 세 개가 더해지면 이들은 "사회에 없는 존재처럼 취급되거나, 있다고 해도 무언가 좀 비정상적인 사람처럼 여겨진다".김희경, 『에이징 솔로』, 10쪽 그러니 2019년에는 공정거래위원장 후보 청문회 장에서 모 남성 국회의원이 50대 중반 비혼여성 조성욱 후보에게 "아이만 낳았으면 정말 100점짜리 후보자"라는 망발을 서슴지 않았던 것이다.

그러나 현실은 1인 가구의 폭발적 증가이다. 2023년 현재 우리나라 세 가구 중 한 가구는 혼자 살고 있으며(35.5%), 이런 1인 가구의 37.6%가 중년 1인 가구이다. 또한 이런 솔로의 확대는 전 세계적인 현상으로 이제 우리는 "혼자 사는 것이 새로운 표준"에릭 클라이넨버그, 『고잉 솔로 싱글턴이 온다』, 안진이 옮김, 더퀘스트, 2013인 세상에서 살고 있다.

둘째, 중년솔로여성 담론이 없으니 당연히 중년솔로여성의 나이듦에 관한 이야기는 더욱 없다. 하여 저자는 1인 가구의 폭발적 증가라는 현실과 중년솔로여성 담론의 부재라는 간극을 메우기로 결심한다. 그리고 결혼의 경험이 있건 없건 스스로 배우자와 자녀가 없는 상태로 살기를 선택해 현재 그렇게 살고 있는 40대에서 60대의 '에이징 솔로' 열아홉 명을 찾아가 그들의 비혼 이유와 외로움에 대해, 나아가 혼자인 사람들의 돌봄, 나이듦, 죽음에 관해 물었다. 그 인터뷰의 결과물이 바로 이 책 『에이징 솔로』이다.

비혼은 혼자 살지 않는다

저자는 자신이 비혼인 이유를 "어쩌다 보니 그렇게 되었다"

라고 말한다. (그런데 이건 생각해 보면 참 이상한 질문이다. 결혼한 사람에게는 결혼의 이유를 묻지 않는데 왜 비혼에는 비혼의 이유를 물을까?) 저자가 인터뷰한 열아홉 명도 비슷해서 가부장적 이성애 결혼제도에 대한 반감으로 자발적 비혼을 선택한 사람들도 있지만, 대부분은 '어쩌다 보니' 비혼이 되었다. 그렇다고 이것이 결혼제도로 진입하는 데 실패했다거나 혹은 아무 생각 없이 살았다는 이야기는 아니다. 다만 "비혼이 인생을 건 결단이나 비장한 선택이 아니었으며 자신의 가치관과 자기 삶의 맥락 안에서는 무리 없이 자연스러운 결과였다는 뜻이다". 김희경, 『에이징 솔로』, 43쪽

『비혼 1세대의 탄생』의 저자 홍재희는 우리나라에서도 2000년대 초반부터 "결혼을 늦추고 자신의 삶에 더 집중하는 여성"이 출현하였는데, 이들은 주로 '신세대' 혹은 'X세대'라 불린 1970년대생이라고 한다. 홍재희, 『비혼 1세대의 탄생』, 행성B, 2020, 40~41쪽 그러니까 내 막냇동생도, 공동체 동료인 둥글레나 자작나무도 결혼하지 않겠다는 굳은 결심은 없었지만, 커리어를 포기하면서까지 혹은 자신의 취향과 상관없이 결혼으로 달려가지 않았던, 비혼 1세대인 것이다.

문제는 '페미니스트 비혼'이든 '어쩌다 비혼'이든, 모든 비혼에 끈질기게 달라붙는 어떤 통념, 즉 그들은 일상적으로 외로움에 시달릴 것이며 아프기라도 하면 외로움이 더욱 뼈

에 사무칠 것이라는 외부자의 시선이다. 87세의 우리 엄마도 50대 중반 대학교수인 비혼 막내딸에 대한 걱정이 아직도 태산이어서 지금도 수시로 나에게 그 애의 '짝꿍'을 찾아오라는 미션을 내린다.

그러나 현실은 통념과 다르다. 통계만 보더라도 현재의 걱정거리로 '외로움'을 꼽은 1인 가구는 30대 남성이 1위였고, 이어 20대 남성, 40대 남성, 50대 남성 순으로 중년솔로여성과는 큰 관계가 없다.김희경, 『에이징 솔로』, 80쪽 우에노 지즈코도 『집에서 혼자 죽기를 권하다』라는 책에서 자녀 없이 혼자 사는 노인의 만족도가 가장 높았고, 외로움과 불안을 느끼는 정도도 더 낮았다고 한다. 또한 저자가 인터뷰한 에이징 솔로 중 한 명은 "내가 외롭다고 느낀 순간은 혼자 사는 지금보다 이혼 전이 훨씬 많았다"라고 했다.앞의 책, 82쪽 나도 비슷한데, 언젠가 이혼 결심을 밝힌 나를 앉혀 놓고 친구들이 이유를 물었을 때, 나는 "배려받지 못하고 있다는 기분, 함께 사는데도 성격이나 라이프 스타일이 달라 혼자 사는 느낌"이라고 대답했었다. 그러니까 사람들이 외로운 것은 주변 사람과 불통했을 때 오는 것이지 혼자 살기 때문에 생기는 것은 아니다.

나아가 솔로 라이프는 요즘 같은 초접속 시대에 "혼자서 장악할 수 있는 나만의 시간과 공간을 가질 수" 있고, "혼자 자거나 '멍때리기'를 해도 좋고, 책을 읽거나 산책하거나 동

식물을 키우는 등 각자의 방법으로 스스로를 달래고 북돋고 비우고 채우는 것이 가능"하다.앞의 책, 84쪽 한 인터뷰이는 그런 좋은 고독의 상태를 다음과 같이 표현했다.

"나는 이 세계에 소속돼 있어요. 필요한 만큼. 그리고 분리돼 있어요. 소외감을 느끼지 않을 만큼."앞의 책, 85쪽

그리고 무엇보다 에이징 솔로는 "혼자 살지만 혼자 살지 않는다". 낭만적 사랑의 '가장 사랑하는 단 한 사람(only one)'이라는 판타지를 걷어 내면 모든 사람은 다양한 '사랑하는 사람들'을 만들며 살아간다. 에이징 솔로들이 친밀감을 추구하는 방식도 "식욕이 사람마다 다르듯" 저마다 달라, 원가족과 더 긴밀한 사람도 있고, 친구나 공동체 혹은 스스로 만든 모임 속에서 친밀감을 충족하는 사람도 있다.앞의 책, 122쪽 그러니 솔로라고 아프거나 적적할 때 혼자 방치되는 건 아니다. 얼마 전 이혼한 내 둘째 여동생이 쓸개 제거 수술을 받았는데, 배우자 없는 동생을 돌봐 준 것은 동생의 아들들이 아니라 막내 여동생과 친구들이었다. 몇 년 전 비혼 막내 여동생이 암 수술을 받았을 때도, 원가족과 그녀의 친구들이 돌봄을 제공했다. 우정의 공동체, 〈문탁네트워크〉 내의 비혼들은 더 말할 나위가 없다.

가족이 아니라 개인 중심의 사회정책을!

> "모든 성인의 과제인 돈벌이가 에이징 솔로에게는 단순한 생활 방편을 넘어 존재의 확인과도 같다. 자신이 돈을 벌지 않으면 '혼삶'이 불가능하기 때문이다. 기혼여성은 배우자에게 잠깐 의지할 수도 있고 자녀 양육을 하면서 보람을 느낄 기회도 있겠지만, 에이징 솔로는 돈을 벌지 못하면 자존이 흔들릴 정도로 타격이 크다. (……) 『희망을 버려 그리고 힘내』를 쓴 김송희는 1인 생활자로서 갖는 가장 큰 공포가 '늙어서 폐지 줍는 노인이 되는 것'이라고 했는데, 가난한 독거노인이 될까 봐 두려워하는 솔로는 그 혼자만이 아니다."앞의 책, 179~180쪽

처음 이 부분을 읽었을 때는 약간 의아했다. 우리 〈일리치약국〉 직원을 봐도 그렇고, 비혼이든 기혼이든 생계 문제에서 자유로운 성인들이 있을까? 그리고 책까지 낸 작가가 '폐지 줍는 노인'이 될까 봐 걱정이라니 좀 과장 아닐까? 이 책의 다른 인터뷰이들도 약사, 공무원, 설치미술가, 프리랜서 기획자, 보험설계사 등 '버젓한'(?) 직업이 있었다.

그러나 우리나라는 OECD 국가 가운데 상대적 빈곤율 4위, 노동시간 3위, 갈등 지수 3위, 자살률 1위, 우울증 1위, 가

장 낮은 합계 출산율, 행복지수 꼴찌의 헬조선, 그야말로 '불안정성'(precarity)이 극대화된 사회이다. 그리고 이런 불안정성은 계급이나 젠더 등에 따라 불평등하게 배분되어 노인, 여성, 솔로, 장애인 등에게 더 강도 높게 나타난다. 통계를 보아도 우리나라 노인 빈곤율은 43.4%로 OECD 1위이고 1인 가구 빈곤율도 47.2%에 달한다. 그러니 늙어가는 비혼 1인 가구의 '폐지 줍는 노인' 공포를 이해 못 할 바도 아니다.

하지만 비혼들도 공포 때문에 삶을 질식당하지 않으려고 노력한다. 어차피 미래는 누구나 예측 불가능하고, 가난하지 않으면 좋겠지만, 중요한 것은 설사 점차 가난해진다 해도 불행해지지 않을 수 있는 삶의 방법을 찾아내는 것 아닐까? 책에는 최은영의 소설 『밝은 밤』이 인용되어 있는데 그 소설에 등장하는 혼자 사는 할머니는 놉을 다니며 품삯을 받아 생계를 꾸리고 있지만, 풍족하진 않아도 가끔 놀러도 다니고 젊은 주인공보다 훨씬 더 여유롭게 산다. 그렇다면 중요한 것은 소소한 노동을 하면서라도 스스로 돌보며 사는 법을 익히는 것이다. 한 인터뷰이는 이렇게 말한다. "저도 늙어서 돈이 많지는 않겠지만 적어도 『밝은 밤』 할머니 정도로는 살 수 있지 않을까요?" 앞의 책, 190쪽

그러나 기후 위기에도 '적응'(adaptation) 전략뿐 아니라 '완화'(mitigation) 전략이 필요하듯, 노년의 불안정성에도 '트

러블과 함께 사는' 적응 전략뿐 아니라 빈곤층으로 떨어지지 않을 수 있는 '완화' 혹은 '저감' 전략이 필요하다. 그리고 이건 무엇보다 '싱글리즘'(singlism)*과 연결된 주거정책 그리고 가족정책의 변경을 요청한다.

우선 가장 핫한 이슈인 '주거권'! '주거권'이 역세권의 아파트를 소유할 권리가 아니라 적절한 가격으로 최소한의 면적**을 점유할 권리라고 이해한다면 현재 정부의 주택공급제도, 특히 저소득계층을 위한 영구임대주택, 청년, 사회초년생, 신혼부부를 위한 행복주택, 고령자에게 우선순위를 주는 국민임대주택 중 어느 것도 에이징 솔로에게는 해당 사항이 없다.앞의 책, 200쪽 뿐만 아니라 비혼이 누군가와 함께 살려고 할 때, 그들은 현실적으로 공동으로 대출받아 집을 사는 것도, 공공임대주택을 함께 신청하는 것도 불가능하다. 정부의 주택공급정책이 법적 가족만을 대상으로 하기 때문이다.

이건 돌봄 문제도 마찬가지여서 솔로가 입원하거나 혹

* '싱글리즘'(singlism)은 사회심리학자 벨라 드파울루가 처음 사용한 말인데, 사전적 정의는 "결혼이 비혼보다 이상적이라고 생각하고 비혼자에게 편견을 갖는 것"을 뜻한다. 그리고 그녀에 따르면 싱글리즘은 단지 태도에 그치는 것이 아니라 "사회의 법률, 제도 등 모든 구조에 스며들어 있어서 일상에서 차별을 겪어 본 적이 없다고 말하는 싱글들도 피해 갈 수 없다".(앞의 책, 271쪽)

** 2021 국토교통부 발표에 따르면 1인 아파트의 적정규모는 32.6제곱미터(9.9평)이다. https://www.donga.com/news/article/all/20210707/107832969/1

은 죽음을 앞두고 최종의사결정을 해야 할 때 혈연가족이 아닌 파트너나 친구를 법적 보호자나 대리인으로 내세울 수 없다. 그러나 스웨덴에서는 가족이 아니라도 돌봄 제공자가 자신과 "매우 가까운 사람"(closely-related person)을 돌볼 때 '돌봄 수당'을 받을 수 있다. 캐나다에서도 노동자가 누군가를 돌보기 위해 쉰다면 임금의 55%를 보전해 주는데, 이때 돌봄을 받는 자는 꼭 가족이 아니어도 된다. 또한 호주의 빅토리아주와 영국에서는 자신을 대신하여 의료결정을 내릴 자를 임의로 선택할 수 있고, 미국에서는 성인이면 누구나 의료 관련 의사결정 대리인으로 '건강돌봄대리인'(Health Care Agent)을 지정할 수 있다.앞의 책, 292~293쪽

저자는 이 모든 것이 "가족이 아니라 개인이 복지의 기본 단위"가 되는 방식으로 제도를 바꿔야 하는 문제라고 말한다. 그렇게 되면 복지제도의 사각지대도 최소화할 수 있고, 노인, 장애인 등 일상적 돌봄과 지원이 필요한 사람들이 가족에 의존하지 않고도 국가의 제도적 지원을 받을 수 있고, 이른바 비혼들의 주요 불만사항인 '싱글세'*** 도 사라질 수 있다.앞의 책, 312쪽

*** '싱글세'는 소위 연말정산 시기 배우자나 자녀 등 부양가족 인적 공제를 받을 수 없는 비혼들의 불만을 표현하는 단어이다. 실제로도 독신가구는 홑벌이 두 자녀 가구보다 2배의 세금을 더 내고 있는데 액수로 계산하면 연간 약 79만 원이다.

"다정한 것이 살아남는다"

나도 에이징 솔로이다. 자식이 있긴 하지만, 저자처럼 "나 하나쯤 건사할 역량"이 있고, 지금 와서 생각해 보면 내가 왜 이혼했는지가 아니라 내가 왜 결혼했는지가 의아할 정도로 "혼자 지내는 시간과 공간을 절대적으로 필요로 하는 사람"이다.

또한 나도 저자처럼 부모 돌봄을 떠맡고 있다. 지은숙은 일본의 경우 "2000년을 전후해 이전과 달리 비혼 딸에 대한 돌봄기대가 공공연해졌다"라고 말하는데「비혼여성의 딸 노릇과 비혼됨의 변화: 일본의 부모를 돌보는 딸들의 사례를 중심으로」, 『한국문화인류학』 제50권 제2호, 2017 저자가 인터뷰한 에이징 솔로 19명 중 5명도 부모, 가족 돌봄의 책임을 맡고 있다. 그리고 일본의 경우처럼 부모 돌봄과 관련하여 기혼 형제자매와 갈등하고 있다. 그런데 나는 내가 비혼이어서 어머니 돌봄을 떠맡은 것인지, 딸이어서 떠맡은 것인지, 아니면 K-장녀여서 떠맡은 것인지 좀 헷갈린다. 하지만 부모 돌봄이 며느리에서 딸로 이행해 가는 경향은 뚜렷한 것 같고, 비혼자녀와 기혼자녀의 돌봄을 둘러싼 잠재적 갈등도 점차 커져 나갈 것이다.

에이징 솔로는 누구와 함께 어떻게 늙어갈 수 있을까? 책에서는 두 개의 사례가 소개되고 있다. 하나는 전주의 1인 가구 네트워크 생활공동체, '비비'(비혼들의 비행)이고 다른 하나는 세 명의 여성이 함께 사는 여주의 '노루목 향기'라는 시니어 코하우징이다. '비비'는 2006년 같은 공공 임대아파트에 모여 살기 시작했는데, 이제는 23가구나 되어 "자신이 사는 베란다 밖으로 비비 구성원들이 사는 동이 보이는 것만으로 안전한 느낌"을 주고받으면서김희경, 『에이징 솔로』, 157쪽 산다. 이 느슨하지만, 상호의존적인 네트워크를 그들은 "세상 가벼운 '땡큐'를 주고받는 비혼공동체"페미니스트 저널 『일다』, 2022년 8월 29일, 혹은 "서로의 꼴을 봐주며 사는 공동체"라고 부른다. 그들 중 몇 명은 직장을 그만두고 의기투합해 여성생활문화공간 비비협동조합을 만들었고, 지금은 노후의 주거공동체를 위한 사회적 협동조합을 설립하기 위해 동분서주하고 있다. 그러니 중요한 것은 제도로서의 결혼이 아니라 "다정한 것이 살아남는" 다양한 네트워크를 발명하는 것이다.

"가족을 넘어 마을로"(2010년 〈문탁네트워크〉 인문학축제 주제)를 부르짖은 지 14년 만에 요즘 내 주변엔 에이징 솔로들이 득실거린다. 작년 초 '양생프로젝트'* 엠티 때는 함께 간 열한 명 중 일곱 명이 솔로였고 올해 '양생프로젝트'에서는 총 열다섯 명 중 아홉 명이 솔로이다. 역시 내가 참여하는 '나이듦과 자기서사'라는 세미나도 참가자 열다섯 명 중 에이징

* '양생프로젝트'는 몸, 마음, 질병, 돌봄, 나이듦, 죽음 등을 화두로 양생 담론을 만들기 위해 공부하는 '인문약방'의 1년짜리 기획세미나 프로그램이다.

솔로가 다섯 명, 퀴어가 두 명이다. 그리고 드디어 〈문탁네트워크〉 내에서도 비혼들의 모임이 생겼다(그런데 이들은 내가 모여 보라고 권했는데, 나만 빼놓고 모인다^^). 꼭 같은 집에 살지 않더라도 걸어서 10분 거리 안에서 모여 살면서 함께 공부하고 활동하는 시니어 코하우징을 꿈꾸는 나에게 이들은 아주 든든한 백그라운드이다. 물론 기혼자를 배제할 이유는 전혀 없지만 그래도 몸이 가벼운 비혼들이 먼저 움직이면 속도가 더 나지 않을까? 우리 함께 잘 늙어가 봅시다.

노인을 위한 나라는 없다*

송병기, 『각자도사 사회』

9년 전 혼자 살던 어머니가 화장실에서 넘어져 응급실에 실려 갔다. 아, 계속 혼자 사시게 하는 건 위험하구나. 결국 난 어머니와 살림을 합쳤다. 다소간 어려움이 있겠지만 그래도 어머니를 눈앞에서 보고 있는 편이 맘이 편할 것 같았다. 그리고 얼마 되지 않아서 깨달았다. 아, 망했구나. 그러니까 '이생망'(이번 생은 망했어)은 MZ세대만의 문제가 아니다. 우리 같은 소위 베이비붐 세대들에게도 부모 돌봄이 닥치면, '이생망' 소리가 하루에 열두 번도 더 나온다. 왜 우리는 누군가를 돌보기 위해서는 자기 삶을 망칠지도 모르는 상황에 놓여야

* 이 글은 『녹색평론』 182호(2023 여름)에 실린 글입니다.

하나? 왜 우리는 누군가에게 돌봄을 받고 오래 사느니 그냥 빨리 죽는 게 낫다고 생각하게 되었을까? 의료인류학자인 저자 송병기는 『각자도사 사회』어크로스, 2023에서 바로 그런 현실을 낳고 있는 우리 사회의 나이듦과 질병, 죽음의 맥락을 세심하게 들춰낸다.

왜 노인은 애물단지가 되었을까?

책의 앞부분, 아주 인상적인 에피소드가 나온다. 서울 한 요양원의 오후 4시, 팥죽이 간식으로 제공되었다. 그런데 어떤 할머니 한 분이 가장 먼저 거실에 도착해서 신속하게 음식을 먹고 자리를 떴다. 저자는 그분을 좇아가서 대화를 시작한다. 그리고 알게 된다. 할머니가 팥죽을 좋아한 게 아니라 그 반대라는 것을. 할머니는 매번 간식으로 나오는 팥죽을 먹는 게 고역인 분이다. 그런데도 "일하는 분들과 딸에게 짐이 되지 않기 위해" 할머니는 그걸 드신다. 할머니가 실제 좋아하는 간식은, 저자의 귀에 속삭였다는 '딸기'였다. 하지만 요양원이라는 맥락 속에서 딸기는 소박한 기호식품이 아니다. 그것은 표준적인 노동 밖에서 누군가가 따로 구입하고 씻어 보관하고 제공해야 하는 '신세스러운' 물건이다.

고대의 노년은 아마도 지금 같지는 않았을 것이다. 공자님은 "나이 칠십이 되면 하고 싶은 대로 해도 자연의 원리에서 어긋나는 게 단 한 가지도 없다"(七十而從心所欲不踰矩)고 했고, 서양도 비슷해서 헬레니즘 시대의 노인은 현자와 동일시되었다. 그 세계에서 노년은 육체적 쾌락이나 정치적 야망에서 완벽하게 벗어나 자기 자신을 온전히 향유하는 자를 가리켰다. 아, 물론 고대의 노인들이 다 지혜로웠다고 이야기하는 것은 아니다. 다만 그곳에서 노년은 생의 완성으로, 어떤 도달해야 하는 이상으로 여겨졌다는 것이다. 푸코는 이것을 '이념으로서의 노년'이라고 말한다.

그러나 근대에 와서 이런 에토스는 사라졌다. 노르베르트 엘리아스가 지적한 대로 나이듦과 죽음은 일상 세계에서 완벽히 배제되고 추방되었다. 무엇보다 근대의 생명권력하에서 노년은 관리되어야 하는 하나의 '인구' 집단으로 통치의 적극적 대상이 된다. 더구나 현대 의료의 비약적 발전으로 평균 수명이 늘게 되자, 이들은 고령화 사회의 '대책' 거리가 된다. 저자에 따르면 우리 사회에서 이런 관점이 분명하게 표명된 것은 2003년에 출범한 참여정부의 저출산 고령화 대책이라고 한다. 저자도 인용한 「2004년 보건복지백서」의 내용 일부분을 보자.

구체적으로 저출산은 인구 고령화를 가속화시키고 생산가

능인구와 노동생산성의 감소로 인한 경제성장 둔화, 노인의 료비·연금 등 공적 부담 증가, 세입기반 약화 등으로 인한 재정수지 악화, 노인 부양 부담 증가에 따른 세대 간 갈등 첨예화 등의 정치, 경제, 사회, 문화 전반에 걸쳐 심각한 문제를 파생시킬 것이다.송병기, 『각자도사 사회』, 38쪽

그러니까 저자가 강조하듯, 국가는 전통적인 4인 가구의 해체를 위기로 규정하고, 인구를 발전에 쓸모 있는 인구와 쓸모없는 인구로 분류한다. 이런 통치전략 속에서 노인은 의존적 존재로 전락한다. 모든 인간은 상호의존적인 존재인데 노인만 의존적인 존재가 되어 버린 것이다. 노인은 이제 사회의 '똥 덩어리', 짐짝이다.

온갖 정신과 약으로 기세가 한풀 꺾인 어머니는 요즘 나에게 오래 살아서 '미안하다'는 소리를 부쩍 많이 하신다. 친구 어머니는 노인이 병원을 많이 다녀 건강보험 재정이 날로 악화된다는 뉴스를 접한 이후 매일 '죽고 싶다'라는 말을 반복하신다고 한다. 노인을 위한 나라는 없다.

안락사와 존엄사 사이, 우리가 놓치고 있는 것들

〈씨 인사이드〉(2007)라는 영화가 있다. 실화를 바탕으로 했

고, 다이빙 사고로 전신마비가 되어 26년째 옴짝달싹하지 못하고 침대에 누워 있는 남자 주인공 라몬이 주인공이다. 그를 사랑하는 가족의 헌신적인 돌봄을 받지만, 그럼에도 불구하고 그는 죽고 싶어 한다. 그는 삶은 의무가 아니라 권리이고, 삶의 권리 속에는 죽음의 권리도 포함된다고 믿고 있기 때문이다. 얼마 전에는 91세의 장뤼크 고다르의 안락사 소식이 들려왔다. 그가 안락사를 선택한 이유는 아파서가 아니라 '삶이 고갈되었다'라고 느꼈기 때문이다. 난, 생으로부터의 '존엄한 퇴장'도 인간의 권리 중 하나일 수 있겠다고 생각했다.

한편 우리 사회에서도 2016년 「호스피스·완화의료 및 임종과정에 있는 환자의 연명의료결정에 관한 법률」(연명의료결정법) 제정에 이어, 2022년에는 안규백 의원이 '조력존엄사'법을 발의했다. 죽음이 터부시되는 우리 사회에서 '어떻게 죽을까?', '무엇이 좋은 죽음인가?'를 논의할 수 있는 장이 드디어 만들어지고 있는 것은 아닐까? 어쩌면 환영할 일! 하지만 잠시 더 생각을 해봐야 한다.

어머니는 나와 살면서 한 번 더 넘어지셨다. 일단 집 근처 대학병원 응급실에 갔다. 너무 심한 부상이어서 전신마취 후 개복수술을 해야 한다고 했다. 그러나 고령에 골다공증인 어머니는 수술을 포기했다. 결국 저절로 붙기를 기다리는 수밖에 없었지만 대학병원에 있을 수는 없었다. 그곳은 급성기 환자를 치료하는 3차 의료기관이었기 때문이다. 나는 척추 전문병원인 2차 병원에 어머니를 입원시켰다. 하지만 여기서도 2주 이상 입원은 불가능했다. 적극적 치료를 할 필요가 없는 환자를 장기 입원시키면 병원이 공단에서 패널티를 받는다고 했다. 하지만 격심한 통증에 시달리며 누워 있는 어머니는 여전히 24시간 돌봄이 필요했다. 나는 결국 요양병원에 어머니를 입원시켰다. 그러나 그곳은 요양원이 아니었기 때문에 별도의 돌봄 인력은 없는 곳이다. 그렇다고 돌봄 인력이 있는 요양원으로 모실 수도 없었다. 그곳은 거의 말기 치매나 심한 파킨슨병 환자 등 노인장기요양등급 1, 2등급을 받아야 갈 수 있는 곳이기 때문이다. 결국 대학병원 – 2차 병원 – 요양병원 – 다시 2차 병원으로 떠돌고, 돈은 돈대로 쓰고, 돌봄은 돌봄대로 제대로 받지 못한 채, 어머니는 부서진 허리뼈가 아무렇게나 대충이라도 붙자마자 집으로 돌아왔다. 그리고 골절에 섬망까지 생긴 어머니를 돌보는 나의 이야기는 이제 간병 스릴러로 장르를 바꾸게 되었다.

저자는 묻는다. 연명의료법 제정이나 조력사법 발의로 야기된 안락사 논의가 우리 사회에서 존엄한 죽음에 대한 논의를 확산시키고 있는 게 과연 맞는지를. 오히려 지금의 안락사 논의 뒤에는 "생애 말기와 돌봄은 '끔찍한 일'이 됐고, '주변에 폐를 끼치지 않고 깔끔하게 죽고 싶다'는 말은 '죽음의 윤리'"가 된 현실송병기, 『각자도사 사회』, 138쪽이 존재하는 것은 아닌지를. 개인의 권리와 사회적 규범(법)의 언어로 논의되는 현재의 안락사 논의는, 더 중요한 문제, 우리 대부분이 불평등하고 취약한 삶의 조건에 내팽개쳐진 사회적 현실을 가리고 있다.

늙으면 우리는 누구에게 돌봄을 받을 수 있을까?

내가 이 책에서 가장 재밌게 읽은 부분은 '커뮤니티 케어'에 관한 논의였다. 왜냐하면 자식들에게 기댈 수도 없고, 그렇다고 실버타운이나 요양원 중 한 곳을 선택하는 것도 내키지 않는 나와 친구들은 원래 살던 곳에서 적절한 의료와 돌봄을 받으면서 늙고 죽어가고 싶기 때문이다. 일본처럼 지역사회 의료-돌봄 원스톱 시스템이 갖추어지면 가능할 수도 있지 않을까? 나는 현재 시범 실시되고 있는 '커뮤니티 케어'에 기대를 잔뜩 품고 있었다. 그러나 의료인류학자인 저자의 눈에 포착된 커뮤니티 케어의 현장은 나의 기대와는 달랐다.

나는 저자가 참여했다는 정책 포럼에서 "커뮤니티 케어가 무엇입니까?"라는 한 패널의 질문에 정책담당공무원이 "포용적 복지국가로 향하는 담대한 걸음입니다"로 대답했다는 문장에서 일단 빵, 터졌다. 하나를 보면 열을 안다고, 이런 시작은 대개 알맹이가 없는 법이다. 아니나 다를까, 저자가 추적하는 커뮤니티 케어의 민낯은 대략난감이었다.

우선 전문가들이 커뮤니티 케어에서 제일 강조하는 것은 소위 '공공성'이었다. 그러나 "상호신뢰", "협동의 공동체", "사회적 경제", "일자리 확충", "사회적 약자를 이웃으로 포섭하는 치료적 지역사회", "주민 주도", "지역사회 읍면동 기능 확충" 등 난무하는 단어들은 사실 모두 애매모호한 말들이다. '공공성'은 비영리를 의미하는 것일까? 정부가 운영 주체라는 이야기일까? 아니면 거버넌스를 확충해야 한다는 말일까? 전문가들은 각자 자신의 주장과 더불어 다양한 모델을 내놓았고, 저자는 "포럼이 끝나자 두통이 찾아왔다".앞의 책, 52쪽

그러면 시범사업 현장은 어떨까? 저자가 보기에 구청 공무원에게 커뮤니티 케어는 '명단 만들기'로 수렴된다. 치열한 경쟁을 뚫고 보건복지부의 선도사업에 선정된 만큼 성과를 분명히 내야 했고 그렇다면 사업 대상자를 선정하는 게 무엇보다 중요했을 것이다. 구청에서는 수급자, 저소득층, 고령자, 1인 가구, 만성질환을 겪고 있는 사람을 선정했다. 앞으로 이 사람들에게 집수리, 식사 배달, 방문 의료 서비스를 제공할 계획이었다.

그러나 막상 손발이 되어야 할 주민센터 공무원들은 이 사업에 시큰둥했다고 한다. 그들이 매일 하는 일이 '커뮤니

티'에서의 '케어'인데 웬 새삼스럽게 또다시 커뮤니티 케어냐는 반문이다. 주민센터 공무원 입장에서 볼 때 중앙정부의 커뮤니티 케어는 관리해야 하는 기존 명단에 새로운 명단을 덧붙이는 '마뜩잖은 사업'에 불과한 것이었다.

지역 의료의 영역으로 가면 문제는 더 복잡해진다. 보건소장은 커뮤니티 케어 사업에서 가장 중요한 것은 지역 의사들의 참여라고 했지만, 지역 의사들은 참여할 의사가 전혀 없다. 그들은 볼멘소리로 "합리적인 왕진 수가도 없이 어떻게 의사들이 노인 집에 가냐?"고 했다. 물론 의사들을 탓하면 안 된다. 이것은 인격의 문제가 아니라 정책과 제도의 문제이기 때문이다.

다행히 이 사업의 혜택을 받는 노인들의 만족도는 높았다. 구청 직원들이 집으로 찾아와 낡은 형광등을 LED등으로 교체해 주고, 밥솥과 냉장고를 본 후 필요한 식료품을 보내 주고, 간호사가 정기적으로 찾아와 복약 지도도 하고 혈압도 체크를 하니 더할 나위 없이 좋았다. 그러나 그런 돌봄을 받기 위해서는 반드시 수급자여야 한다. 자신의 가난을 증명해야, 자신의 무능력을 증명해야 복지 혜택의 대상이 된다. 이런 복지, 수상한 거 아닌가?

저자가 보기에 커뮤니티 케어의 현장에서는 "정처 없고 허망한 말들의 유령"만 떠돌았을 뿐이다. 그것은 누구나 말하지만 아무도 모르는 정책이었다. 그리고 나는, 다시 낙담에 빠진다.

내가 나이듦에 대한 공부를 하면서 알게 된 것은 나이듦은 누구나 겪는 것이지만 계급이나 성별, 가족관계에 따라 각자 다른 의미상 속에서 경험된다는 사실이었다. 죽음 역시 그러한 게 아닐까? 우리는 모두 필멸의 존재이지만 현실에서 모두가 애도받을 만한 존재로 죽어가는 것은 아니다. 책 뒤표지에 쓰여 있는 대로 "존엄한 돌봄과 임종을 희망하는 사람은 돈이 많거나 운이 좋아야 한다. 생애 말기 돌봄 앞에서 그렇게 사람들은 각자도생 혹은 각자도사한다". 죽음을 정치화하지 말아야 하는 게 아니라 그것을 정치적 문제로 다루어야 하는 이유일 것이다.

우두커니 살다가 제때 죽을 수 있을까?

『장자』

나는 죽어 솔개의 밥이 되리라

자기 죽음엔, 어쩌면, 수련을 좀 한다면, 초연해질 수도 있지 않을까? 그러나 자기보다 앞서간 자식, 오랫동안 정을 나눈 연인 혹은 평생 불효만 저지른 부모의 죽음 앞에서도 초연할 수 있을까? 후회가 밀려오고 슬픔이 가슴을 저미지 않을까? 하지만 이것은 사랑했던 대상의 상실에 대한 지극히 자연스러운 인간의 반응이다. 프로이트처럼 말한다면 우리는 충분히, 깊이, 슬퍼하는 이 '애도'(mourning) 작업을 통해야만 대상에게 투여된 리비도를 '잘'^^ 회수하고 다시 일상으로 복귀할 수 있다.

이 애도에 대한 동서고금의 보편적 문화적 형식이 장례이다. 그리고 맹자는 그 기원을 문화인류학적으로 드라마틱하게 기술한다. 옛날에는 사람들이 부모가 죽으면 그냥 골짜기에 내다 버렸다. 그러던 어느 날 어떤 사람이 우연히 그 장소를 다시 지나가다 부모의 시체를 여우와 삵이 뜯어 먹고, 모기와 파리떼가 빨아먹는 것을 보고 '식겁'하게 된다. 이마에 땀이 송송 맺히고 차마 똑바로 바라볼 수도 없게 되자, 서둘러 집에 와서 삼태기를 가져와 부모의 시신을 덮고 흙으로 매장했다. 장례가 출현하는 순간인 셈이다.「등문공상」, 『맹자』

이후 우리, 특히 유교문화권에서는 죽은 사람을 '잘 보내드리는' 장례의 형식이 매우 중요해진다. 남은 가족들은 충분히 애달파해야 하고, 많은 사람이 찾아와서 고인을 추모해야 하고, 상주는 문상객을 정성을 다해 대접해야 한다. 2020년 보건복지부 노인실태조사에서도 이 사실이 확인되는데 우리 사회 노인들은 죽음 준비와 관련하여 미리 수의를 마련해 놓는다거나(37.8%) 묘지를 알아본다거나(24.8%) 상조회에 가입하는(17.0%) 등의 장례 준비를 가장 많이 하고 있다고 한다. 우리 어머니도 얼마 전 나에게 자신이 장만해 놓은 '수의'를 며느리와 딸 중 누가 가지고 있느냐고 물었다. 아들한테는 자기가 죽으면 꼭 화장(火葬)하라는 당부, 그 김에 돌아가신 아버지 묘도 파서 다시 화장하라는 당부를 건넨다.

그런데 죽어도 소중하게 다뤄졌으면 좋겠다는 소망, 혹은 죽은 자를 잘 보내야 한다는 인정(人情)을 무자르듯 잘라

버린 사람이 있다. 바로 오늘의 주인공 장자(莊子)이다. 2500년 전 사람이고 그때의 지명으로는 몽(蒙), 지금 지명으로는 중국 안후이성(安徽省)에 살았던 사람이다. 장례와 관련된 장자의 너무나 유명한 두 개의 이야기. 하나는 아내의 죽음과 관련된 에피소드이고 다른 하나는 자신의 장례에 대한 에피소드이다. 먼저 아내 장례식을 살펴보자.

장자의 아내가 죽었다. 친구 혜시(惠施)가 문상을 가 보니 장자가 질그릇을 두드리며 노래를 부르고 있었다. 깜짝 놀란 혜시, 친구를 나무란다. 울지 않는 것도 무정한 노릇인데 노래까지 부르다니, 너무 심한 거 아니니? 이하는 장자의 대답이다.

"이 사람이 막 죽었을 때 나라고 어찌 슬프지 않았겠는가. 그런데 삶의 시작을 가만히 생각해 보니 본디 생명은 없었어. 단지 생명이 없었을 뿐 아니라 본디 형체도 없었어. 단지 형체가 없었을 뿐 아니라 본디 기(氣)조차 없었어. 무언가 알 수 없는 것이 저절로 혼합되어 기로 변하고, 기가 변하여 형체가 되고, 형체가 변하여 생명이 되었다가, 지금 다시 변해 죽음으로 돌아간 것이야. 이것은 봄, 여름, 가을, 겨울 사계절의 변화와 같은 것이지. 이 사람은 이제 천지라는 큰 집에서 편안히 쉬고 있을 뿐이네. 그런데도 내가 '아이고, 아이고' 하며 울부짖는다면 운명(命)에 통달하지 못했기 때문이지. 그래서 그쳤다네."「지락」, 『장자』

자기 장례와 관련해서는 한술 더 뜬다. 장자는 스승의 장례를 '제대로' 치르겠다(厚葬후장: 두터운 성의로 장례를 지냄)고 다짐하는 제자들을 나무란다. 그렇다고 묵자(墨子)처럼 스몰장례(薄葬박장: 간략히 지내는 장례)를 요청하는 것도 아니다. 그냥 "하늘과 땅을 널로 삼고, 해와 달을 행렬의 장식 옥으로 삼고, 별들을 죽은 자의 입에 물리는 구슬로 삼고, 이 세상 만물을 저승길의 선물로 삼겠다"라고 말한다. 그냥 들판에 버려 두라는 뜻이다. 그렇다면 까마귀나 솔개가 쪼아 먹지 않을까? 장자의 대답이 걸작이다. 땅속에 매장하면 어차피 개미 같은 땅속 짐승이 파먹을 텐데, 그렇게 되는 것이나 땅 위 짐승들이 파먹게 두는 것이나 '도긴개긴' 아니냐는 것이다. 어차피 죽으면 흙으로 돌아가는 것, 까마귀나 솔개가 쪼아 먹어도 개의치 않겠다는 말로 들린다.

시신을 들판에 놓아두고 까마귀나 독수리가 쪼아 먹게 두는 조장(鳥葬)은 원래 티베트 지역처럼 건조한 고산지대 유목민의 장례 풍습이다. 그런데 기후가 전혀 다른, 덥고 습한 양쯔강 하류의 안후이성에서 자신의 시신을 들판에 버리라고 한 장자의 이런 쿨한 태도는, 그래서 죽음에 관한 가장 '쎈'

이야기로 나에게는 들린다.

장자, '부득이'의 철학

흔히 장자를 동아시아에서 죽음에 대해 본격적으로 논의한 최초의 사상가라고 말한다. 이 말은 역설적으로 고대사상의 비조(鼻祖)인 공자는 죽음에 대해 별로 언급하지 않았다는 뜻이기도 하다. 제자 자로가 죽음에 관해서 묻자 공자는 "아직 삶도 모르는데 죽음을 어찌 알겠느냐?"「선진」, 『논어』고 대답했다. 공자에게 언제나 중요한 것은 죽음이 아니라 삶, 다시 말해 인간답게 사는 방법(道)을 아는 문제였다. 그리고 공자에 이르러 인간의 삶이란, 태어난 신분대로 사는 것도 아니고, 단순히 목숨만을 부지하는 것도 아닌, 인·의·예·지로 표현되는 도덕적이고 윤리적인 삶을 영위하는 문제가 된다. 죽음은 기꺼이 이런 명징한 삶에 복무해야 한다. 따라서 "아침에 도를 깨달으면 저녁에 죽어도 상관없다"「이인」, 『논어』라는 날선 결의가 있게 되고, 명분과 의리를 위해 자기의 목숨을 기꺼이 바칠 수 있다는 '살신성인'(殺身成仁)「술이」, 『논어』의 다짐이 출현한다. 그리고 우리는 도덕적 삶을 향해 끝없이 분투했던, "안 되는 줄 알면서도 행한" 공자 이래, 의로운 삶을 위해 목숨을 초개처럼 여긴 역사적 인물들을 기억한다. 계백이 그랬고, 안중근이 그랬고, 전태일이 또한 그랬다.

그런데 장자는 공자와 달리 삶을 전혀 특권화하지 않는다. 삶을 좋아하고 죽음을 싫어하는 인간의 마음은주자, 「양혜왕집주」, 『맹자집주』 삶과 죽음의 이치를 몰라서 생긴 일이다. 장자에게 삶과 죽음은 사계절의 순환처럼 기(氣)의 연속적 흐름의 특이점들일 따름이다. 사생은 뫼비우스의 띠처럼 서로 연결되어 있고, 삶과 죽음은 다르지 않다.「덕충부」, 『장자』

> "삶을 기뻐하는 것은 미혹 아닐까요? 죽음을 싫어하는 것은 어릴 때 고향을 떠나 고향으로 가는 길을 모르는 것과 같은 것이 아닐까요? 여희(麗姬)는 애(艾)라는 땅의 국경지기 딸이었소. 진나라에 처음 잡혀 왔을 때 너무 울어 옷깃이 흠뻑 젖을 정도였다오. 그러나 왕의 첩이 되고 맛있는 고기를 먹게 되자 오히려 울었던 것을 후회하였다오. 이처럼 죽은 사람들도 이전에 자기가 살려고 했던 것을 후회할지도 모르는 일 아니겠소?
>
> 꿈속에서 즐겁게 술 마시던 자가 아침에 일어나면 목 놓아 울고, 꿈속에서 통곡한 자가 아침에 일어나면 즐겁게 사냥을 나가기도 하지요. 꿈을 꿀 땐 그것이 꿈인지 모르지요. 꿈속에서 꿈을 꾸고 해몽하기도 합니다. 깨어난 후에야 비로소 그것이 꿈이라는 것을 압니다. 크게 깨어나면 우리네 삶도

한바탕 꿈이라는 것을 알 수 있지요."「제물론」, 『장자』

삶도 죽음도 한바탕 꿈. 나비가 꿈에서 장자가 된 것인지, 장자가 꿈에서 나비가 된 것인지 알 수 없다면, 우리는 어떻게 살아야 하는 것일까? 우리 삶은 근본적으로 무의미한 것이 아닐까? 순자(荀子)는 장자를 그렇게 이해한 것 같다. 그는 장자를, 삶을 어떻게 개척해 나갈 것인가를 문제 삼지 않는「해폐」, 『순자』 순응의 철학자라고 비판한다. 이런 태도는 근대 초기 후스(胡適)에게도 나타나는데 그 역시 장자를 "현상을 모두 긍정하는 극단적인 수구주의자"라고 평가한다. 현대 중국의 대표적 철학자 리쩌허우(李澤厚)조차 "장자는 (……) 외부로부터의 충격을 저항 없이 받아들이고 (……) 그럭저럭 되는대로 살아 나가는 노예적 성격에 더욱 나쁜 작용을 불러일으켰다"리쩌허우, 『중국고대사상사론』, 정병석 옮김, 한길사, 2005, 383쪽라고 맹렬히 비난했다.

그러나 내가 읽은 장자는 "이래도 한세상, 저래도 한평생"「사의 찬미」, 삶도 죽음도 허망하니 되는대로 살아가자고 말한 사람이 아니다. 그는 모든 개체의 탄생과 죽음은 각자의 의지와 무관하게 벌어지는 사태이고, 그런 중생들이 살아가는 세속은 공자나 맹자가 생각한 것처럼 시비를 분명히 가릴 수 있는 선명하고 뚜렷한 곳이 아니라는 것을 도저하게 인식한 사상가였다.

우리는 모두 '부득이'한 세상에서 '부득이'하게 살아간다. 섭공자고(葉公子高)는 한 나라의 공무원으로서 다른 나라에 사신으로 가라는 명을 받는다. 그러나 그 나라 제후는 만만치 않은 사람이다. 겉으로는 사신을 정중하게 대접하겠지만 이쪽에서 원하는 것을 결코 손쉽게 들어줄 사람이 아니다. 그렇다고 가지 않을 수도 없는 노릇이다.「인간세」, 『장자』 가지 않는다면 자기 나라 제후에게 시달림을 받을 것이고 간다면 저쪽 나라의 제후에게 시달림을 받을 것이다. 진퇴양난! 그럼에도 불구하고 이런 사태는 피할 수 없을뿐더러 이런 일이 왜 나에게 닥치는지 알 수도 없다.「덕충부」, 『장자』

그렇다. 세속은 정원을 망쳐 놓는 두더지를 어쩔 수 없이 잡아 죽여야 하는 곳이며마크 헤이머, 『두더지 잡기』, 황유원 옮김, 카라칼, 2021, 누군가는 생존을 위해 아마존 열대우림을 파괴할 수밖에 없는 곳이며(다큐멘터리 〈아마존의 수호자〉), 석탄화력발전소를 폐쇄하면 그곳에서 10년 넘게 일해 온 노동자의 생존권도 잃을 수밖에 없는 곳이다(태안화력 금화PSC 지부 박종현 사무국장). 결과는 늘 의도를 배반하고, 호의는 늘 타자 앞에서 자빠지지만 그런 어긋남 속에서도 우리는 서로를 결코 버리거나 외면할 수 없이 함께 살아가야 한다.

장자는 그것을 '세속 속에서 세속 넘기'라고 말한다. 겉으면서도 흔적을 남기지 않기, 날개 없이 날기. 앎 없이 알기!「인간세」, 『장자』 내가 좋아하는 『두더지 잡기』의 저자는 부득이하게 두더지를 죽일 수밖에 없더라도 "살아 있는 것을 죽이는 일은 값싸서도 안 되고 느려서도 안 된다"라고 말한다. 며칠 전 읽은 칼럼에서 조형근은 그것을 "밥벌이의 준엄함과 삶의 엄연함 사이의 균형"이라고 말했다. 루쉰이라면 "절망이 허망한 것은 희망이 허망한 것과 같다"라고 말했을 것이다. 부득이(不得已)의 철학자 장자는 이렇게 어려운 과제, 두 길을 동시에 걷는 것(兩行)「제물론」, 『장자』을 우리에게 해보라고 말하고 있다.

팔이 변해 닭이 되면 새벽을 알리리라

어머니와 살기 시작한 후, 어머니를 통해 늙어가는 것이 무엇인지 비로소 목격하고 실감하게 되면서, 나는 매일 칠판에 무엇인가를 휘갈겨 놓곤 했다. "절대 엄마처럼 늙지 말아야지!", "몸은 늙는데 마음은 늙지 않는구나!", "곱게 늙는다는 것은 환상 아닐까?", "늙는다는 것은 세상이 축소되는 일. 그럴 때는 무엇으로 살 수 있을까?" "잘 늙으려면 반드시 수양이 필요하다" 등. 그러다 어느 날, 나는 칠판에 이런 질문을 적게 되었다.

"나는 누군가에게 엉덩이를 맡길 준비가 되어 있을까?"

"나는 치매에 걸릴 준비가 되어 있을까?"

늙음에 관한 삼인칭 관찰자 시점이 이렇게 일인칭 주인공 시점으로 바뀌게 된 직접적인 계기는 어머니의 낙상과 장기 입원, 그리고 '기저귀' 사태였다. 물론 어머니는 낙상 전에도 요실금 때문에 외출 때는 요실금 팬티를 입으셨다. 그때도 그런 자신에게 신세 한탄이 심하셨기 때문에 나는 폭풍 검색을 통해 보통 팬티와 아주 유사한, 그러니까 기저귀 느낌이 거의 없는 요실금 팬티를 사서 어머니께 드리곤 했었다.

그러나 낙상과 골절, 입원으로 인한 기저귀 착용 문제는 요실금 팬티를 입는 것과는 전혀 다른 차원의 문제였다. 일단 아기처럼 거대한 팬티형 기저귀를 착용해야 하고, 그것을 매번 갈 수 없으니까 그 안에 일자형 기저귀를 또 차야 했다. 그리고 무엇보다 기저귀를 입고 벗는 일에 남의 손을 빌려야 했다. 어머니는 기저귀 차기를 완강히 거부하셨다. 자꾸 움직이면 뼈가 빨리 붙지 않으니 당분간이라도 기저귀를 차 보라고 권하면 고래고래 소리를 지르거나 때론 엉엉 우셨다. 난 이런 사태에 짜증이 나기도 했지만 다른 한편으로 어머니를 이해 못할 바도 아니었다. 나라도, 기저귀는, 정말 싫었을 테니까 말이다.

하지만 어머니는 결국 기저귀를 차게 되었다. 와상 환자로 오래 누워 계시면서 배변 기능이 현저히 약해졌고 결국 심한 변비와 설사를 오가는, 그리고 용변을 본인이 전혀 통제하기 어려운, 한마디로 '똥싸개'가 되어 버렸기 때문이다. 자신을 '똥싸개'라고 부르고, 어쩔 수 없이 기저귀를 차면서, 어머니는 심리적으로 회복 불가능한 타격을 입으셨다.

고령화 사회라는 것은 노인 대부분이 다양한 손상을 입은 육체를 지닌 채 오래 사는 사회라는 뜻이다. 2020년 통계에 따르면 한국인의 기대수명은 현재 83.5세, 그러나 건강수명은 73.1세이다. 노인이 되어 최소한 10년은 신장 투석 환자로, 파킨슨병이나 치매 환자, 뇌졸중 환자로, 혹은 디스크나 골절 혹은 신경통 환자로 엄청난 불편과 통증을 견디면서 살아가야 한다는 뜻이다.

> 자사(子祀), 자여(子輿), 자리(子犁), 자래(子來) 네 사람이 함께 이야기를 나누고 있었습니다.
> "없음을 머리로 삼고 삶을 등으로 삼고 죽음을 꼬리로 삼아 사생존망(死生存亡)이 모두 한 몸이라는 것을 알고 있는 사람은 누구일까? 난 이런 사람과 벗하고 싶네."
> 네 사람이 마주 보고 웃었습니다. 서로 통하는 바가 있어 넷은 모두 벗이 되었습니다.

얼마 후 자여가 병에 걸렸습니다. 자사가 문병을 가서 자여를 보고 말했습니다. "위대하구나, 조물자! 그대를 이렇게 곱사등이로 만들었구나!" 그의 창자는 위쪽으로 올라붙었으며, 턱은 배꼽에 파묻혔고, 어깨는 정수리보다 높았으며, 상투만 달랑 하늘을 향해 있었습니다. 음양의 기가 흐트러져 많이 아파 보였으나 마음은 평온해 보였습니다.

자여는 비틀거리며 우물로 가서 자신을 비춰 보고 말했습니다. "위대하구나, 조물자! 나를 이렇게 곱사등이로 만들었구나!"

자사가 물었습니다. "자네는 그 모습이 싫은가?"

자여가 말했습니다. "아니네, 그럴 리가 있는가? 내 왼팔이 점점 변해 닭이 된다면 나는 새벽을 알리겠네. 내 오른팔이 점점 변해 활이 된다면 나는 올빼미를 잡아 구워 먹겠네. 내 꼬리뼈가 점점 변해 수레바퀴가 되고 내 마음이 말이 된다면, 그것을 탈 테니 따로 수레가 필요하겠는가? 삶을 얻는 것도 때를 만났기 때문이고 그것을 잃는 것도 때를 따르는 것일 뿐일세. 생사를 편안히 때의 추이에 맡기면 슬픔과 기쁨이 끼어들 여지가 없다네."「대종사」, 『장자』

『장자』에 나오는 이 에피소드의 주인공은 자사, 자여, 자리, 자래, 모두 네 명이다. 그런데 사(祀), 여(輿), 리(犁), 래(來)

라는 이름의 발음이 '가고'(徂), '온다'(來)라는 것을 의미한다고 하니(아카쓰카 기요시) 이 네 명 모두 "사생존망(死生存亡)이 모두 한 몸"이라는 것에 달통해 있는 사람들일 것이다. 그런데 이 네 친구 중 자여가 가장 먼저 늙고 병들었다. 뇌졸중일지 낙상일지 파킨슨병일지 골다공증일지 이유는 알 수는 없지만, 기혈이 뒤틀려 손발이 뒤틀리고 나아가 온몸이 뒤틀리게 되었다. 이렇게 되면 더 이상 손으로 물건을 잡는다거나 글을 쓰는 건 불가능할 것이다. 만성통증에 시달리기도 할 것이다. 어떻게 살아야 하나? 자신의 불운을 원망하며 하루하루를 보내게 될까? 아니면 어쩔 수 없다고 체념하며 우울증에 빠지게 될까? 혹시 어떻게든 이 손상을 이겨 내겠다는 의지에 불타오를까?

그런데 『장자』에는 자사, 자여, 자리, 자래 말고도 다양한 신체 손상을 입은 사람들 다수가 주인공으로 등장한다. 절름발이 왕태(王駘), 신도가(申徒嘉), 숙산무지(叔山無趾), 그리고 꼽추 애태타(哀駘它)와 인기지리무신(闉跂支離無脤), 목에 혹이 나 있는 옹앙대영(甕㼜大癭) 등.「덕충부」, 『장자』 그리고 아이러니하게도 이들, 대부분 평민이며 장애인인 이들이 『장자』 안에서는 가장 덕이 높은 사람으로 추앙받는다. 이들은 공자보다도 따르는 이가 많고(왕태), 자산(子産) 같은 당대 최고의 정치가에게 깨달음을 주거나(신도가) 공자를 반성하게 만들고(숙산무지), 주변의 모든 남자와 여자를 사로잡으며(애태타), 제후들에게 신임을 얻는다(인기지리무신, 옹앙대영).

이런 일이 어떻게 가능했을까? 이들은 우선, 자신의 장애를 결여나 불행으로 여기지 않고 육체적 손상을 어쩔 수 없는 운명으로 순하게 받아들인다. 두번째로 다른 사람들과의 관계에서도 특별히 주장하는 바가 없이 오히려 다른 사람의 말에 맞장구를 치면서 따라간다. 한마디로 '안지약명'(安之若命)의 태도! 하지만 이것은 리쩌허우가 이야기하는 것처럼 순응과 체념의 도덕은 결코 아니다. 그것은 현실은 어쩔 수 없지만, 그것을 잊고 정신적으로 자유를 구가하자는 일종의 정신승리법도 아니다. 나는 오히려 안지약명이라는 수용적 태도를 손상을 결여로 여기는 정상담론, 장애는 극복되어야 한다고 여기는 극복담론에 대한 하나의 급진적 안티테제로 읽는다.

"비장애인들이 휠체어와 배뇨관, 용변 보조, '감소된' 지적 능력, 일반적인 '자립성 결핍' 등에 대해 말할 때, 그들의 말은 상상에 기초한 것이지 직접 체험한 것이 아니다. (……) 엉덩이를 닦을 때 누군가의 도움을 필요로 하는 것이 본래 그렇게 끔찍한 일인가? 아이였을 때 이런 도움이 필요했고 어른이 된 지금 품위와 유머를 발휘하며 이런 일을 도와주는 수

많은 친구를 둔 사람으로서, 나는 그렇게 생각하지 않는다. 내 경험에 입각해 보면, 도움이 불편했던 건 (……) 다른 사람들이 그것을 어색해하는 것을 알아차렸을 때, 다른 사람에게 부담을 준다는 것을 느꼈을 때, (……) 자주 문제가 되는 것은 (장애인이) 짐이 되고 도움이 필요한 존재라는 낙인 자체다. 돌봄을 제공할 사람을 선택할 수 있고 당황하거나 부끄러워하지 않아도 된다는 확신이 있다면, 그런 내밀한 돌봄은 삶의 질에 훨씬 더 다채로운 영향을 미칠 것이다." 수나우라 테일러, 『짐을 끄는 짐승들』, 이마즈 유리·장한길 옮김, 오월의봄, 2020, 243~244쪽

다시 앞의 『장자』의 에피소드로 돌아가 보자. 자여에게 문병 온 친구 자사가 다정하게 말을 건다. 아프고 힘들지? 몸이 많이 변해서 속상하지? 자여가 대답한다. "내 팔이 변해 닭처럼 된다면 새벽을 알리면 되지 않을까?" 난 자여의 이 대답을 하나의 유용성에서 다른 유용성으로 전환하는 문제가 아니라 그 어떤 것도 본질과 규범에 기초한 유용성이란 없다는 것을 환기하는 문제로 해석한다. 상실과 절망감을 삭제하지 않으면서 또 그것에 압도되지도 않은 채 살아가는 방법을 발명하는 문제로 읽는다.

우리 대부분은 기저귀를 차고, 보행기를 미는 노년을 보내게 될 것이다. 불행할까? 어느 정도는 그럴 것이다. 하지만

취약한 몸, 의존적인 몸이 된다는 것은 젊고 건강할 때는 알 수 없었던 내 안의 억압, 비장애중심주의(ablism)를 탐색할 기회도 함께 주지 않을까? 그것이 다른 몸으로 사는 법을 배우고, 그 몸으로 세계를 새롭게 경험해 가는 다른 쾌락을 발명하게 할 수도 있지 않을까? 자사, 자여, 자리, 자래들처럼 나도 친구들과 함께 노년의 다른 시간성을 상상하고 살아 내길 희망한다.

돌아온 열자, 헤테로토피아의 시공간

> 정나라 사람, 열자(列子)는 이상이 고결하고 높았다. 명예나 재산 같은 것은 안중에도 없었고 오로지 우주 만물의 원리, 생사의 이치를 깨닫는 데 온 힘을 다 바쳤다. 어느덧 그는 바람을 몰고 다니면서 보름씩이나 우주의 이 끝에서 저 끝까지를 돌아다니는 경지에 이르렀다.「소요유」, 『장자』

그런 열자가 어느 날 계함(季咸)이라는 신통한 무당을 알게 된다. 그 무당이 얼마나 용한지 "죽고 사는 것, 얻고 잃는 것, 재앙과 행운, 오래 살지 일찍 죽을지를 모두 알고 있었다". 심지어 죽는 날의 연월일까지 맞히는 사람이었다. 열자는 그

계함한테 푹 빠지게 되었다. 그 사람이라면 자기에게 부족한 2%(열자는 아직 바람에 의존해야만 날아다닐 수 있었다^^)를 채워 줄 수 있겠다고 생각했을지도 모르겠다. 그러나 열자의 스승 호자(壺子)는 생각이 달랐다. 깨달음의 본질은 어떤 특별한 능력을 장착하는 문제가 아니기 때문이다. 그는 열자에게 계함을 데려오라고 말한다.

> 열자는 계함을 데리고 호자를 뵈러 갔습니다. 계함은 밖으로 나와 열자에게 말했습니다. "아이고! 당신 선생은 곧 죽을 걸세. 살아날 가망이 없어. 열흘을 넘기지 못할 것이야. 나는 괴이한 조짐을 보았어. 젖은 재를 봤지." (……)
> 다음 날, 또 그를 데리고 호자를 뵈러 갔습니다. 그는 밖으로 나와 열자에게 말했습니다. "행운이야, 그대의 선생이 나를 만난 건! 병이 나았어. 완전히 생기가 돌더군. 막혔던 게 풀리는 것을 봤지." (……)
> 다음 날, 또 그를 데리고 호자를 뵈러 갔습니다. 그는 밖으로 나와 열자에게 말했습니다. "당신 선생은 일정치가 않아. 나는 상을 볼 수 없어. 안정되면 다시 보아 주겠네." (……)
> 다음 날, 또 그를 데리고 호자를 뵈러 갔습니다. 그는 이번엔 자리에 앉기도 전에 아연실색하여 달아났습니다. 호자가 말했습니다. "뒤쫓아라!" 열자가 그를 뒤쫓았으나 잡지 못하고

돌아와 호자에게 말했습니다. "흔적도 보이지 않습니다. 이미 사라져 쫓아갈 수 없었습니다."「응제왕」, 『장자』

그러니까 기를 자유자재로 변용시킬 수 있었던 호자가 계함에게 처음에는 땅의 기운(地文)을, 그다음에는 하늘의 기운(天壤)을, 그다음에는 천지가 균형을 이루는 모습(太沖莫勝)을, 마지막에는 아직 천지가 태어나기 전의 허(虛) 그 자체의 모습(未始出吾宗)을 차례로 보여 줬던 것이고, 한 사람에게서 나타나는 이러한 변화무쌍한 기운에 혼비백산한 계함이 줄행랑을 친 것으로 이 에피소드는 끝난다.

토머스 머튼은 "영적인 삶을 살기 전에, 삶을 살아야 합니다"라는 말을 했다고 한다. 이 말은 미국의 영성 운동가 파커 파머에게 엄청난 영감을 주었다. 그때까지 파머는 영적인 인간이 된다는 것을 지리멸렬한 일상을 벗어나서 신과 같은 명료함과 순수함으로 도약하는 것이라고 여겼기 때문이다. 그러나 토머스 머튼을 만난 후 파커 파머에게 영적인 삶이란 "있는 그대로의 삶에 관여하는 끝없는 과정"이고 "자기 자신, 자신이 살고 있는 세계, 그리고 그 둘 사이의 관계에 대한 착각에서 벗어나 우리가 살아가는 현실에 가까이 다가가는 운동"이 된다.파커 파머, 『모든 것의 가장자리에서』, 김찬호·정하린 옮김, 글항아리, 2018, 83쪽 영적인 삶을 열망했던 우리의 열자도 이제 집으로 돌아온다.

열자는 자기가 아무것도 배운 것이 없다는 것을 깨달았습니다. 열자는 집으로 돌아가 삼 년 동안 문밖으로 나오지 않았습니다. 아내를 위해 밥을 지을 뿐 아니라 돼지에게도 사람 대하듯 밥을 먹였습니다. 세상일에 좋고 싫음을 구별하지 않았습니다. 과거에 갈고닦았던 것을 본래의 소박함으로 되돌리고, 흙덩이처럼 우두커니 서서 세상 만물과 섞였습니다. 한결같게 이렇게 살다가 생을 마쳤습니다.「응제왕」, 『장자』

나는 열자가 다시 돌아온 집에 대해 생각한다. 그곳은 일상적 공간이되 열자가 떠나기 전과 동일한 호모토피아(homotopia)는 아닐 것이다. 그렇다고 그곳이 열자가 한때 꿈꾸던 이상적인 유토피아(utopia)도 아닐 것이다. 더 이상 깨닫겠다는 의지 자체도 사라진 공간이기 때문이다. 나는 그곳이 무욕의 공간, 나아가 시비분별에 대한 강박이 사라진 무차별의 공간, 즉 모든 쓸모와 분별의 세계에 이의를 제기하는 무하유지향(無何有之鄕)「소요유」, 『장자』, "모든 곳에 존재하나 어디에도 고정되지 않은 선박"(푸코)같은 곳, 현실화된 유토피아인 헤테로토피아(heterotopia)일 것으로 생각한다.

『장자』 마지막 챕터, 「응제왕」 편에 나오는 이 열자의 이야기, 모든 자만심을 버리고 세상과 구별되기를 원하지 않으며 타자와 함께 지극히 평범하게 존재하다가 때가 되면 자연으로 돌아간다는 이런 삶에는 무언가 깊은 장엄함이 있다. 이렇게 잉여 없이 살다가 여한 없이 죽을 수 있기를!

공자와 빨치산,
그리고 노회찬

사마천, 「공자세가」 & 정지아, 『아버지의 해방일지』

호국영령과 민주열사라는 호명

지난 6월 6일 현충일, 곳곳에서 "순국선열과 호국영령의 숭고한 위국 정신의 높은 뜻"을 기리는 추념식이 있었다. 순국선열은 주로 독립운동가에게, 호국영령은 주로 6·25 전쟁 전사자에게 붙여지는 명칭이란다. 의문이 생겼다. 전쟁에 동원되었다가 속절없이 죽은 젊은이들이 호국영령인가? 이들이 국가를 '위해서' 죽었나? 국가 '때문에' 죽은 게 아니고? 독립운동가의 죽음도 그렇다. 그들도 한때 사랑과 이별을 경험했을 것이고, 정파투쟁 속에서(그것 없는 독립운동과 좌파운동은 없다^^) 동지들과 수없는 갈등도 겪었을 것이다. 확신과 회의 사이에서 흔들렸던 적도 여러 번이었을 것이고. 그러나 '순국선열'이라는 호명은 삶의 그런 다양한 측면들을 너무 납작하게 만들어 버리는 것이 아닐까?

'민주열사'도 다르지 않다. 몇 년 전, 노동운동 시절 동지 한 명이 암으로 급작스럽게 세상을 떴다. 50대의 이른 죽음을 안타까워한 친구들이 추도식을 연다고 했다. 뒤늦게 부고를 접한 나도 애도의 마음으로 그 자리에 참여했다.

추도식은 고인의 약력 보고로 시작되었다. 그런데 뭔가 이상했다. 공식적인 약력은 학생운동, 노동운동, 진보적 정당 운동까지로 뚝 끊어져 있었기 때문이다. 내가 아는 한 고인은 운동권으로 산 세월보다 생활인으로 산 시간이 더 길었다. 그리고 그 세월은 영예롭기보다는 비루한 쪽에 가까웠다. 경제적인 이유와 성격 차이 등으로 아내와 사이가 좋지 않았고, 정신없이 사고 치는 사춘기 아들에게 속수무책이었고, 보험 판매원이나 아파트 관리사무소 소장 같은 생계노동으로 하루하루가 고단하였다. 그 시절 우리 대화 주제는 더 이상 사회나 이념, 진보 같은 것이 아니라 먹고사는 문제, 가족 간의 갈등, 불투명한 미래에 대한 불안감 같은 것이었다. 그러나 그런 세월이 자칭 '혁명 전사'로 살았던 20대 시절보다 더 많이 우리를 사람답게 만들어 냈다고, 난, 늘 생각한다. 그런데 추도식 공식적 약력에 그 부분이 다 빠진 것이다.

이어졌던 추도사들. 어떤 사람은 그가 학생운동 시절 얼마나 대단한 인물이었는지를 줄줄이 읊어 댔다. 나는 거기 앉아서 수십 년 전의 서울대 학생운동의 '학림', '무림' 같은 계보를 듣고 있어야 했다.* 다른 추도사도 비슷했다. 그들이 애도하고 있는 것이 한 인간의 애달픈 죽음인지, 아니면 박제화된 자신들의 이념인지 알 수가 없었다. 더 이상 참을 수 없었던 나는 결국 추도식 중간에 나와 버렸다. 나중에 들으니 그는 광주 5·18민주묘지에 묻혔다고 했다.

나는 "호랑이는 죽어서 가죽을 남기고 사람은 죽어서 이름을 남긴다"로 표상되는 그런 방식의 죽음에 의문을 품는다. 의인의 삶과 죽음이 있다는 것을 믿지 않는 것도 아니고 그것을 존경하지 않는 것도 아니다. 다만 죽음에 대한 그런 규범과 호명이 죽음을 위대한 죽음과 그렇지 않은 죽음, 국가와 민족을 위한 값진 죽음과 그렇지 못한 죽음으로 위계화한다고 의심한다. 그리고 그런 죽음의 계보를 거슬러 올라가면 '청절지사'(淸節之士) 백이·숙제, 더 정확히는 백이·숙제를 '살신성인'(殺身成仁)의 상징으로 만들어 낸 공자에 이른다고 생각한다. 공자는 죽음에 대해 거의 말한 것이 없는 인물로 알려져 있다. 『논어』에서도 "아직 삶도 제대로 모르는데 어찌 죽음을 알겠느냐"라고 말한 대목이 죽음에 대한 언급으로

* 무림, 학림은 당시 운동권 내의 계파이다. 무림과 학림은 5·18 민주화운동 직후인 1980년 후반기부터 혁명운동의 방향을 둘러싼 사상투쟁을 벌였는데 무림은 '현장 준비론'을, 학림은 학생운동의 '선도적 투쟁론'을 주장하였다.

유일하다. 하지만 나는 공자가 생물학적 죽음을 넘어 '역사적 죽음'을 사유한 최초의 사람이라고 생각한다. 어떤 점에서 공자는 죽음에 대해 적게 말한 사람이라기보다는 수천 년간 우리 사회를 지배한 죽음의 어떤 형식—난 그걸 '죽음의 남성적 형식'이라고 부르고 싶다— 을 창안한 사람이다. 우선 백이·숙제 이야기부터 시작하자.

백이 숙제는 원망했을까? 공자는 원망하지 않았을까?

"백이·숙제는 원망했을까?" 이 질문의 계보는 복잡하다. 맨 처음 등장한 곳은 『논어』이다. 복잡한 정세 속에서 스승의 정치적 행보가 궁금했던 제자 자공이 공자에게 백이·숙제에 관해 묻는다. "백이와 숙제는 원망했을까요?" 공자의 답은, "인(仁)을 구하여 인을 얻었으니 또 무엇을 원망했겠는가?"「술이」, 『논어』였다. 더러운 세상이 꼴 보기 싫어 수양산에 숨어 들어가 고사리로 연명하다 굶어 죽었다는 옛이야기의 주인공들. 백이·숙제, 이 형제에 대한 공자의 평가는 명쾌하다. 올바른 삶을 추구했고, 그렇게 살았고, 그렇게 죽었다, 무슨 여한이 있겠냐는 것이다. 당시 공자는 50대 후반이었음에도 여전히 결기가 넘친다.

그런데 400년 후 사마천은 『사기』「백이열전」에서 공자의 평가에 딴지를 건다. 사마천 자신은 공자와 달리 백이·숙제가 매우 비통한 상태였고, 사실상 세상을 원망한 것처럼 보인다는 것이다. 그 근거는 백이·숙제가 남겼다는 「채미가」(采薇歌)이다.

> 저 서산에 올라 산중의 고사리나 캐자(登彼西山兮 采其薇矣).
> 포악함으로 포악함을 바꾸면서도(以暴易暴兮),
> 그 잘못을 알지 못한다(不知其非矣).
> 신농(神農)과 우(虞)·하(夏)의 시대는 가고(神農虞夏 忽焉沒兮),
> 우리는 장차 어디로 돌아갈 것인가(我安適歸矣)?
> 아! 이제는 죽음뿐이다(于嗟徂兮),
> 쇠잔한 우리의 운명이여(命之衰矣)!

그러면서 사마천은 왜 백이·숙제나 공자 제자 안연(顏淵)같이 훌륭한 인물은 굶어 죽거나 요절하고, 도척(盜跖)같이 무도한 인물은 떵떵거리고 살다가 천수를 누리고 죽는지 울분을 토한다. 여기서 우리가 알 수 있는 것은 백이·숙제에 깊이 감정이입하고 있는 사마천의 마음이다. 어처구니없는 일로 체포되어 사형선고를 받았지만 『사기』 완성이라는 '대업'을 위해 어쩔 수 없이 궁형의 치욕을 받아들인 사마천의 회한과 원망! 백이·숙제도 그랬으리라!

공자와 사마천뿐 아니라 그 이후에도 당나라 한유가, 송대에는 개혁파인 왕안석과 보수파인 소식이 동시에, 명대에는 주원장이, 청대에는 황종희 등이 이 백이·숙제 문제를 다룬다. '뜨거운 감자' 같은 질문, 무도한 왕은 죽여도 되는가? 그 밑에서 신하 노릇을 해도 되는가? 혁명과 쿠데타는 정말 다른 것일까? 역적과 충신은 확연히 구별되는 것일까? 백이·숙제 문제는 유가 정치의 이러한 핵심적 딜레마를 품고 있기 때문이다.

하지만 지금 내 관심은 백이·숙제도 아니고 유가 정치학의 딜레마도 아니다. 내 질문은 50대 후반에는 백이·숙제가 원망하지 않았다고 본 공자가 과연 70대가 되어서도 자신의 평가를 유지했을까, 라는 점이다. 평생을 헌신했지만 도(道)로 다스려지는 세상, 즉 인간다움(仁)과 서로에 대한 존중(禮)이 살아 있는 세상은 오지 않았다. 오히려 세상은 더 무도해졌다. 그런 세상에서 죽음을 맞이하면서 공자는 정말, 어떤 원망도 없었을까?

죽음을 역사화하다

알다시피 유가의 비전은 '국가 안정과 세계 평화'(治國平天下)

이고 그것을 위한 그들의 에토스는 세상 누구보다 먼저 근심하고 다른 사람보다 나중에 즐긴다는 '선우후락'(先憂後樂)이다. 따라서 유가 지식인은 입신양명(立身揚名)하여 국정에 참여해야 한다. 그런데 어떻게? 출세 자체가 목표일 수는 없다. 열심히 인품을 닦다 보면 이름이 저절로 문밖을 나가 향기가 퍼지듯 퍼질 것이며, 그렇게 명성이 높아지면 요임금이 순임금을 발탁하듯, 주 문왕이 강태공을 발탁하듯, 어진 임금이 그를 등용할 것이고, 이제 그 임금과 함께 세상의 모든 백성을 새롭게 하여 태평성대를 만들면 되는 것이다.* 유가 지식인의 정체성은 이런 식으로, 즉 유가 상상계 거울 속의 자아 이상을 통해 구성되었다.

공자도 마찬가지다. 열다섯 때 학문에 뜻을 두고 쉬지 않고 자신을 갈고닦았고, 자신이 유능해지지 못할까 봐 걱정했지, 남들이 알아주지 않을까 봐 걱정하진 않았다.** 어느덧 삼십을 넘긴 공자. 사마천의 「공자세가」에 따르면 공자는 이즈

* "『대학』(大學)의 도는 타고난 자신의 밝은 덕을 밝히는 데 있고, 나아가 백성을 새롭게 함에 있으며, 지극한 선에 이르도록 하는 데 있다."(『대학』 1장)

** 공자께서 말씀하셨다. "나는 열다섯 살에 학문에 뜻을 두었고, 서른 살에 세상에 자립하였으며, 마흔 살에는 미혹되지 않았고, 쉰 살에는 천명을 알았으며, 예순 살이 되어서는 귀로 들으면 그대로 이해가 되었고, 일흔 살에는 하고 싶은 대로 해도 법도에서 벗어나지 않았다."(「위정」, 『논어』)

공자께서 말씀하셨다. "군자는 자기가 능력이 없음을 걱정하지, 다른 사람이 자기를 알아주지 않음을 걱정하지 않는다."(「위령공」, 『논어』)

음 전국구 인물이 된 것 같다. 이웃 제나라 경공이 공자를 찾아와 역사와 정치에 관해 묻기도 하고 멀리서 제자가 되겠다고 사람들이 찾아오기도 한다. 『논어』의 문장으로 말하면 '학이시습지 불역열호'(學而時習之, 不亦說乎)하니, 서른쯤엔 '유붕자원방래 불역락호'(有朋自遠方來, 不亦樂乎), 즉 멀리서 벗(제자)들이 찾아와 일종의 '공자 스쿨'을 형성하게 된 것이다. 공자는 누구든 자신을 등용한다면 1년 이내, 늦어도 3년 안에는 확실한 변화를 일으킬 수 있다는 자신감이 넘쳐흘렀다.*

그러나 공자는 34세에 첫 구직활동을 시작한 이래 쉰이 넘도록 취직하지 못한다. 공자의 눈이 높았던 것인지 위정자 쪽에서 공자를 부담스러워한 것인지는 확실하지 않다. 둘 다일 가능성이 높다. 그러다 51세에 고향 노나라에서 비로소 벼슬에 오른다. 역시 「공자세가」에 따르면 처음에는 중도재(中都宰), 그다음에 사공(司空), 그다음엔 대사구(大司寇)가 되었다고 한다. 그러니까 서울시장에서 시작하여 건설부 장관으로 승진하고, 다음에는 법무부 장관 겸 국무총리가 되어 평생의 소망이었던 치국의 경륜을 펼쳤다는 것이다. 그러나 영광의 시절은 너무 짧았다. 공자는 55세에 다시 고향을 떠나 14

* 공자께서 말씀하셨다. "나를 등용하는 사람이 있다면 일 년이 지나면 그런대로 괜찮아질 것이고 삼 년이 지나면 성취가 있을 것이다."(「자로」, 『논어』)

년을 떠돈다. 한편으로는 유세(遊說)의 길, 다른 한편으로는 정처 없는 유랑의 길이었다. 이 과정에서 공자는 '상갓집 개' 같다는 평가를 받기도 하고, 접여(接輿)라는 은둔자에게 무도한 세상에서 정치를 하겠다고 나서는 것은 무모한 짓이라는 충고를 듣기도 하고, 또 다른 은자에게는 자기 힘으로 노동하지도 않고, 오곡도 구분하지 못하면서, 대의명분에 사로잡혀 세상을 떠도는 자라는 비웃음을 사기도 한다.** 공자가 다시 고향에 돌아온 것은 그의 나이 69세, 죽기 4년 전이었다.

이제 공자는 더 이상 세상에 대한 희망을 품지 않는다. 자신이 할 수 있는 것이 거의 없다는 것도 깨닫는다. 그뿐만 아니라 아들 공리(孔鯉)가 50세의 나이로 병들어 죽고, 아들보다 더 사랑했던 제자 안연도 40세에 요절하고, 평생 친구처럼 의지한 제자 자로가 위나라의 내전 과정에서 처참하게 찢

** 공자가 정나라에 이르렀을 때 제자들과 서로 헤어져 공자 혼자 외곽 성의 동문 밑에 서 있었다. (공자를 찾아 헤매던) 자공에게 정나라 사람이 일러 말하길 "동문에 한 사람이 서 있는데 (……) 헐벗은 모습(累累)이 마치 상갓집 개와 같았습니다."(「공자세가」, 『사기』)
초나라의 미치광이 접여가 노래를 부르며 공자 앞을 지나가면서 말했다. "봉황이여! 봉황이여! 어찌하여 그대의 덕을 쇠퇴하게 만드는가? 지나간 일이야 돌이킬 수 없지만 닥쳐오는 일은 아직 늦지 않았다네. 그만두게나! 그만두게나! 오늘날의 위정자들은 위태롭다네!"(「미자」, 『논어』)
자로가 공자를 수행하던 도중 뒤에 처져서 가다가 한 노인을 만났는데 그는 지팡이로 삼태기를 메고 있었다. 자로가 "선생께서는 우리 선생님을 보셨는지요?" 하고 묻자 노인은 "사지를 부지런히 놀리지 않고 오곡을 분별하지 못하는데 누가 선생이란 말이오?"라고 하고는 지팡이를 땅에 꽂아놓고 김을 매었다.(「미자」, 『논어』)

겨 죽는 일을 겪어야 했다. 안연이 죽었을 때는 하늘이 자기를 버린다고 슬퍼했으며 자로가 죽었을 때는 목 놓아 울었다고 한다. 이 참척(慘慽)의 고통 속에서 늙은 공자는 어떤 심경이었을까? 사마천은 공자의 마지막 모습을 이렇게 그리고 있다.

> 공자 또한 병이 들어 자공을 불렀다. (……) "사(賜)야, 어찌 이리 늦게 오느냐?"라고 하였다. 그러고 나서 크게 탄식하면서 "태산이 무너지려나 보다. 대들보가 내려앉으려나 보다. 학식을 지닌 이가 죽으려나 보다"라고 노래를 읊었다. 또 눈물을 흘리면서 (……) 말했다. "천하에 도가 없어진 지 이미 오래되었고, 근본으로 삼을 만한 것도 없구나. 하나라 사람들은 동쪽 계단에 관을 놓고 염을 하고 주나라 사람들은 서쪽 계단에 관을 놓고 염을 하였으며 은나라 사람들은 두 기둥 사이에 관을 놓고 염을 하였다. 나는 어젯밤 꿈에서 두 기둥 사이에 관이 놓여 있는 것을 보았다. 나의 조상은 은나라 사람이다." 공자는 이 일이 있고 나서 7일 후에 세상을 떠났다. 이때가 공자 나이 73세이며, 노나라 대공 16년(기원전 479) 4월 기축일이었다. 사마천, 『공자세가·중니제자열전』, 황지원 외 옮김, 예문서원, 2003, 116쪽

공자는 원망했을까? 아닐까? 한편에서는 "하늘이 날 버렸다"[*]와 "나를 알아주는 이가 없다"라는 탄식과 원망이 보이고 다른 한편에서는 "하늘을 원망하지 않고 사람을 탓하지 않는다"라는 다짐이 보인다.[**] 원망하는 현실의 감정과 원망해서는 안 된다는 군자의 규범. 이 속에서 공자의 선택은 무엇이었을까? 그것은 "나를 알아주는 것은 하늘"일 것이라는 자기 협상, 결국 "역사가 기억할 것이다"라는 죽음의 서사화 전략이다. 생전 불우했던 삶을 사후 죽음의 역사화를 통해 그 정당성을 보장받는 방법. 공자는 죽어도 죽지 않는(不朽) 죽음의 발명자이다. 공자는 말년에 『춘추』를 지었고, 자신이 쓴 노나라 역사책 『춘추』를 제자들에게 나눠 주면서 "후세의 사람들이 나를 아는 것은 『춘추』를 통해서이고 나를 비판하는 것도 역시 『춘추』를 통해서일 것이다"라고 말했다.

* "아, 하늘이 나를 버렸구나, 하늘이 나를 버렸구나."(「선진」, 『논어』)

** 공자께서 "나를 아는 사람이 없구나!"라고 하시자 자공이 "어째서 선생님을 아는 사람이 없습니까?"라고 했다. 이에 공자께서 말씀하셨다. "나는 하늘을 원망하지 않고 남을 탓하지 않으며, 하찮은 것에서부터 배워서 수준 높은 것에 이르나니 나를 아는 사람은 하늘이리라!"(「헌문」, 『논어』)

비장한 죽음이 아니어도 괜찮지 않을까?

수천 년 후 루쉰은 유가의 도덕적 명분주의를 철저히 해체하는 작업을 한다. '인의', '도덕', '충절'은 그것의 이름으로 사람을 죽음으로 몰아가는 '식인'(食人)의 다른 이름이라고 생각했기 때문이다.(「광인일기」) 특히 『새로 쓴 옛날이야기』(故事新編)라는 역사소설 속에서 과거의 성인, 군자들을 재해석한다. 그 중 「고사리를 캔 이야기」가 백이·숙제 다시 쓰기이다.

첫 장면은 주 문왕, 서백 창이 만든 양로원이다. 그곳에서 태평하게 살던 백이와 숙제는 어느 날 문왕의 아들 무왕이 자신이 섬기던 은나라 임금과 그의 애첩을 죽이고 쿠데타에 성공했다는 이야기를 듣는다. 두 형제는 망설인다. 신하의 도리를 다하지 못한 무왕의 나라에서 계속 살아야 하는가, 아닌가? 결국 양로원을 떠나기로 결심한다. 그뿐 아니라 더 이상 주나라의 음식은 먹지도 않고 주나라의 물건은 가지지도 않기로 한다. 우여곡절 끝에 수양산으로 들어선 형제, 그런데 수양산은 좋은 산이었지만 마을과 가까워 사람들이 자주 드나들었다. 그건 마을 사람들이 산에 있는 열매와 뿌리, 먹을 만한 산채들을 이미 다 따 가서 남아 있는 게 없다는 이야기였다. 그러다가 발견한 고사리. 이건 배고픈 두 형제에게는 천상의 맛이었다. "그날부터 그들은 날마다 고사리를 뜯었다. 처음에는 숙제 혼자 뜯고 백이는 삶았다. 나중에는 백이도 건강이 좀 나아진 느낌이 들자 함께 뜯으러 나섰다. 조리법도 다양해졌다. 고사리탕, 고사리죽, 고사리장, 맑게 삶은 고사리, 고사리 싹탕, 풋고사리 말림…." 결국 그 지역 고사리를 싹쓸이했고 고사리는 이제 찾기 힘들게 되었다.

게다가 이 형제에게 결정적인 현타가 오는 사건이 생겼다. 어느 날 동굴을 찾아온 마을의 젊은 여인이 형제가 고사리를 먹는 걸 보고 묻는다. "왜 이렇게 변변찮은 걸 드세요?" 백이가 대답했다. "우리는 주나라의 곡식을 먹지 않기 때문에…." 그러자 그 여자는 "잠시 냉소를 짓더니" 단도직입적으로 말한다. 하늘 아래 임금의 땅이 아닌 곳이 없다고 했는데, 그럼, 고사리는 임금의 것이 아니냐고. 문왕의 법도가 사라졌다면서 양로원을 떠나 수양산으로 온 그들에게 문왕의 법도가 담긴 『시경』의 이 구절, "무릇 하늘 아래 임금의 땅이 아닌 곳이 없다"(溥天之下 莫非王土)를 들이민 것이다. 결국 "마지막 말에 가서는 날벼락을 얻어맞은 듯 놀라 정신이 아득해"진 이 두 형제는 결국 수치심에 사로잡혀 고사리도 먹지 못하고 굶어 죽는다.루쉰, 「고사리를 캔 이야기」, 『새로 쓴 옛날이야기』, 루쉰전집 3권, 그린비, 2011, 349쪽 더 이상 충절의 상징 백이·숙제는 없다. 위선과 허세에 찌든 무능한 가부장적 할배들이 있을 뿐이다.

루쉰이 (유가의) 명분을 해체하기 위해 이처럼 독한 유머를 구사했다면, 소설가 정지아는 『아버지의 해방일지』창비,

2022에서 (좌파의) 명분으로 회수될 수 없는 일상의 파편들을 따뜻한 유머를 통해 재구성한다. 빨치산 아버지의 죽음과 삼일간의 장례식장 풍경을 그리는 소설은 이렇게 시작한다.

> "아버지가 죽었다. 전봇대에 머리를 박고. 평생을 정색하고 살아온 아버지가 전봇대에 머리를 박고 진지 일색의 삶을 마감한 것이다."정지아, 『아버지의 해방일지』, 7쪽

전직 빨치산이었고 20년 가까이 감옥살이했으며 출소 후 환갑을 바라보는 나이에 초짜 농부가 되었지만 죽는 날까지 사회주의자의 정체성을 지키며 살았던 주인공의 아버지는, 빨치산다운 비장한 죽음이 아니라 웃을 수도 울 수도 없는 어이없는 죽음을 맞이한다. 블랙코미디 혹은 시트콤 같은 이런 장면들은 이 책 곳곳에 넘쳐나는데 내가 거의 데굴데굴 굴렀던 에피소드는 다음 두 가지였다.

대학생 딸이 담배를 피운다는 것을 알고 당황한 늙은 빨치산 부모들. 어떻게든 그런 현실을 부정하려고 하는 어머니의 유체 이탈 화법("야는 진작에 끊었어라…. 호기심에 한 번 태워본 것이제…")에 벼락같이 호통 치는 아버지의 사회주의 화법. "넘의 딸이 담배 피우면 못된 년이고, 내 딸이 담배 피우면 호기심이여? 그것이 바로 소시민성의 본질이네! 소시민성 한나

극복 못헌 사램이 무신 헥맹을 하겄다는 것이여!" 저자 말대로 환갑 넘은 빨갱이들이 자본주의 남한에서 무슨 혁명을 하겠다고 담배 하나에 소시민성 극복 운운하는 것이었다. (이건 블랙코미디^^)

또 다른 장면. 그 남부군 출신 빨갱이 할멈이 도당 출신 빨치산이었던 죽은 남편의 화장터 앞에서 부부 잠자리를 떠올리며 후회한다. "아이, 쫌 대줄 것을 그랬어야. 그때는 무신 헥멩가가 고것 한나 못 참는가 싶고이." 그러자 중년의 빨치산 딸은, 그 이야기를 듣고, 화장장 앞에서 "입술을 앙다물며 웃음을 참았다".(이건 시트콤?!) 그리고 빨치산의 딸은 생각한다.

> "오십 년 가까이 살아온 어머니도 아버지의 사정을, 남자의 사정을, 이제야 이해하는 중인 모양이었다. 나 또한 그러했다. 아버지는 혁명가였고 빨치산의 동지였지만 그 전에 자식이고 형제였으며, 남자이고 연인이었다. 그리고 어머니의 남편이고 나의 아버지였으며, 친구이고 이웃이었다. 천수관음보살만 팔이 천 개인 것이 아니다. 사람에게도 천 개의 얼굴이 있다. 나는 아버지의 몇 개의 얼굴을 보았을까?" 앞의 책, 248~249쪽

2018년 7월 13일, 나의 노동운동과 진보정당 시절의 동지이고 선배이고 스승이었던 노회찬이 죽었다. 누군가에게는 엄청난 충격이었고, 누군가에게는 조롱거리였던 그의 죽음. 영화 〈노회찬 6411〉에서 그의 오랜 동지 한 명은 이렇게 말한다. "아는 것과 하는 것, 겉과 속이 일치하는 드문 사람이다. 그런데 마지막에 작다면 작고 크다면 큰 불일치가 생긴 거예요. 그 불일치를… 목숨으로 바꿨죠." 그러나 아이를 보살필 사람이 없어서 진보정당에서 칼퇴근해야 했고, 칼퇴근해야 해서 '복지부동'의 자세로 일할 수밖에 없었고, 공적으로든 사적으로든 오욕과 오해를 밥 먹듯이 먹으면서 살아왔던 나는, 그의 마지막 선택이 남성적이고 운동권적이라고 생각한다. 일상은 늘 지리멸렬하고 치욕은 삶의 불가피한 조건이고 생은 명분과 이념을 초과하는 것이 아닐까? 이분법의 위험을 무릅쓰고 말해 보자면 그의 죽음에 공명하고, 그의 날선 결기에 동조하는 사람들은 주로 남성이었다. 내 주변의 숱한 여성들은 오히려 "그런데, 그게(4천만 원 불법 정치자금 수수) 정말 죽을 일이야?"라고 묻고 있었다.

글을 마무리해야 하는 이 시점에서야 난 내가 무엇을 쓰고 싶었는지를 분명히 알게 되었다. 내가 말하고 싶었던 것은 공자도 루쉰도 아니고 노회찬이었다. 그의 죽음이었다. 그가 그렇게 죽지 않고 살아서 치욕을 견뎠더라면 어땠을까? 그가 진보정당의 다른 동지들만큼이나 그의 부인을 생각했다면 어땠을까? 살아남아 이념과 명분을 뛰어넘는 좌파적 삶의 다른 경로를 보여 줬다면 어땠을까? 한편으로는 그리움, 한편으로는 아쉬움. 그가 선택한 죽음의 방식에 대한 평가를 괄호 치고 그의 삶에 대해서만 말할 수 있는 것일까? 나는 우리가 '그'의 죽음, '그런' 죽음에 대해 더 많이 이야기해야 한다고 생각한다.

"좋은 시체가 되고 싶어"

케이틀린 도티, 『좋은 시체가 되고 싶어』

뼛가루를 화장실 변기에 버린다고?

죽은 후에 나는 어떻게 되는 것일까? 더 정확하게 죽은 후 나의 시체는 어디로 가게 되는 것일까? 평소에 생각해 보지 않았던 이 질문에 직면한 것은 우연히 본 영화, 〈캡틴 판타스틱〉 때문이었다.

영화는 아나키스트인 아빠가 6남매와 함께 산업문명과 단절한 채 깊은 숲에서 자율적이고 급진적으로 살아가는 내용이었다. 그들 가족은 수렵과 작물 재배를 통해 유기적 섭생을 이어 가고 명상과 무술로 몸과 마음을 닦는다. 밤에는 부싯돌로 댕긴 모닥불 주변에 둘러앉아 『카라마조프가의 형제들』이나 『총·균·쇠』를 읽다가 어울려 악기를 합주하며 춤춘다. 그뿐만 아니라 아버지가 이끌어 가는 홈스쿨링은 제법 강도가 세서 10대 중반의 셋째 딸은 내일까지 초끈이론에서 발전한 M이론을 정확히 이해한 다음 오빠와 토론해야 한다. 여덟 살인 다섯째 아들은 현대 자본주의에서 대기업들이 어떻게 「권리장전」을 악용하는지에 대해 발표해야 한다.

문제는 아이들의 아픈 엄마, 양극성 정동장애를 겪던 엄마가 병원에서 자살하면서 비롯된다. 사위를 미워하는 아이들의 외할아버지는 사위에게 자기 딸의 장례식에 얼씬도 하지 말라고 엄포를 놓는다. 그러나 가족들은 고인이 평소 끔찍하게 싫어하던 조직화된 기독교의 의례를 통해 "큰 궤짝 안에 영원히 갇힌 채", 골프장 땅에 매장되는 것을 두고 볼 수 없다. 결국 가족은 엄마의 장례가 치러지는 장례식장으로 쳐들어간다.

그리고 아빠가 낭독한 엄마의 유언장. "내가 죽으면 나레슬리 애비게일 캐시는 불교식 화장을 하고 싶습니다. 장례는 생애주기 완성을 축하하는 춤과 노래로 채워 주길 바랍니다. 그런 다음 유골을 뿌려 주셔야 하는데 별 특징 없는 번잡한 공공장소면 좋겠습니다. 그곳 화장실에 들어가 단칼에, 인정사정없이 변기 물에 내려주세요." 와우!!

물론 엄마의 소원이 바로 이루어지지는 않는다. 가족 드라마답게 이 가족 안에서도 갈등과 불화, 화해와 성장에 대한 다양한 이야기들이 펼쳐지기 때문이다. 하지만 영화 말미에

이 가족은 결국 일심단결하여 매장된 엄마의 시신을 훔쳐 달아난다. 그리고 강변에 나무를 쌓고 엄마의 시신을 올리고 다같이 불을 붙여 엄마를 태운다. 엄마가 타는 동안 기타를 치고 노래를 부르고 탬버린을 치고 하모니카를 불면서 춤을 춘다. 슬프지만 다정하고 따뜻한 애도. 그리고 큰아들이 대학을 진학하기 위해 떠나는 공항 화장실에 다함께 가서 엄마의 유골을 "단칼에, 인정사정없이" 변기 물에 내려보낸다.

시체 전문가, 케이틀린 도티

강렬했던 영화의 그 장면이 다시 환기된 것은 나이듦과 죽음에 대해 본격적으로 공부하면서였다. 어느 날 '시체 3부작'이라는 책 제목이 확 눈길을 사로잡았는데, 각 제목이 『잘해 봐야 시체가 되겠지만』, 『좋은 시체가 되고 싶어』, 『고양이로부터 내 시체를 지키는 방법』였다. (재밌는 것은 원서의 제목에는 전혀 '시체'가 들어 있지 않다는 것이다. 편집자의 힘!)

이 시리즈의 저자는 1984년생인 젊은 장례지도사 케이틀린 도티(Caitlin Doughty)이다. 그녀는 여덟 살 때 쇼핑몰 2층 난간에서 한 아이가 떨어져 죽는 것을 목격했다. 그리고 한동안 극심한 공포와 트라우마에 시달렸다. 이후 점차 공포는 사라졌지만 죽음에 관한 생각은 사라지지 않았다. 죽음이 공포가 아니라 친숙한 것으로, 나아가 우아하고 아름다운 것으로 여기게 할 방법은 없는 것일까? 죽음에 대한 새로운 이별과 추모의 방법, 프랑스어로 '라벨모르'(아름다운 죽음)를 만들 수는 없을까? 그녀가 대학에서 중세사를 전공하고 첫 직장으로 화장장을 택한 것은 이런 '장례 희망'을 버리지 못했기 때문이다.

약관 서른의 나이에 펴낸 첫 책, 『잘해 봐야 시체가 되겠지만』은 6년간 화장장과 장례 사무소에서 일하면서 만난 죽음과 시체에 관한 이야기이다. 첫 출근날 스물세 살의 저자가 처음 맡았던 임무는 죽은 70대 노인의 얼굴을 면도하는 것이었다. 감겨도 자꾸 떠지는 눈, 다물려도 몇 초 만에 도로 스르르 벌어지는 입을 가진 갓 죽은 사람. 분단장을 시켜야 하는 그는 어떤 존재일까? 그저 부패해 가는 고깃덩어리일까? 혹시 "유니콘이나 그리핀처럼 고귀한 동시에 마술적인 존재"라고 생각할 수는 없을까? 첫 임무와 첫 질문. 아무튼 그녀는 베이거나 긁힌 자국 없이 말짱하게 면도 된 얼굴로 시신을 그의 유족과 대면시키는 일에 성공한다.

이후에도 어떤 시체가 튀어나올지 모르는 시체 상자를 열 때의 긴장, 시신을 화장시키면서 인간 먼지를 뒤집어쓴 경험, 화장로 설계의 문제 때문에 '녹은 지방'이 콸콸 흘러나온 사건 등 수없이 많은 화장장의 에피소드가 등장한다. 내가 죽음을 사유하기 위해서는 하이데거를 읽어야 한다고 생각했다면, 그녀는 수많은 시체의 적나라한 이야기를 통해 죽음에 다가가고 있었다. 당연히 젊은 그녀가 나이 든 나보다 한 수 위이다. 죽음에 대한 형이상학적 논의보다 어디서 죽느냐? 죽는 데 돈이 얼마나 드느냐? 누가 내 죽음을 결정하느냐? 죽은 뒤 장례는 어떻게 치러지느냐? 염은 누가 어떻게 하느냐? 시체는 어떻게 처리되느냐? 화장장은 어디에 있느냐? 등의 구체적인 사안들이 죽음을 실제로 사유하게 만들기 때문이다.

현대 서구사회의 죽음에 관한 저자의 문제의식은 크게 두 가지이다. 하나는 시체의 상품화이고 두번째는 죽음의 부정이다. 우선 저자는 현재 미국의 장례가 "시체 준비과정을 조립 공정 같은 분위기로 만들어" 버렸고, 중앙집권화된 방부처리 시설은 더 이상 종교적 의례가 아니라 "마케팅과 소비주의"에 의해 진행된다는 점을 지적한다.

"방부 처리에는 딸린 지분이 적지 않다. 방부 처리를 꼭 해야 한다는 법은 없지만, 그것은 수십억 달러 자본이 왔다 갔다 하는 북미의 장의업계를 지탱하는 주된 과정이다. 지난 150여 년간 장의업계 전체가 이 과정을 중심으로 발전해 왔다. (……) 19세기 말의 장의업자들은 그들이 전문가처럼 보이는

데 빠진 연결고리가 바로 시신이라는 것을 깨달았다. 시신은 하나의 상품이 될 수 있고, 또 될 것이었다." 케이틀린 도티, 『잘해봐야 시체가 되겠지만』, 임희근 옮김, 반비, 2020, 126~127쪽

물론 미국의 장의업계에도 대안적 장례를 주장했던 사람이 있었다. 열성적인 공산당원이었던 제시카 밋포드는 1963년에 『미국의 죽음 방식』이라는 책을 써서, 값비싼 전통 장례 대신 저렴한 화장, 특히 직접 화장을 주장했다. 그녀가 죽었을 때 그녀의 남편은 장례식이나 가족 참관 등 "모든 불필요한 절차"를 생략한 채 아내의 시신을 직접 화장했다. 비용은 단돈 475달러만 들었다.

그러나 저자는 값싼 장례가 과연 죽음에 대한 최선의 방식인가에 대해서도 질문하고 있다. 왜냐하면 이미 미국 현실이 죽은 가족의 화장을 인터넷으로 신청하고, 화장 이후의 유골을 택배로 받는 방식으로 장례가 간소, 저렴해지고 있기 때문이다. 한편에서는 화장과 방부제 화학약품으로 시신을 미화한다면, 그 반대쪽에는 시신과 장례를 아예 치워 버리는 쪽으로 나간 것은 아닐까? 저자가 생각하기에 밋포트는 가격만 생각했지 문화를 생각하지 않았다. "장의업이 대중을 속여 가로채고 있었던 것은 돈보다는 '죽음' 자체" 앞의 책, 169쪽이기 때문이다.

"이러한 부정은 여러 형태를 띤다. 젊음에 대한 집착, 몸이 자연스레 노화하는 것이 괴상한 것이라는 생각을 파는 사람들이 굳이 쓰라고 강요하는 크림과 화학물질과 각종 해독 식이요법 같은 것들이 그것이다. 어린이 500만 명 중에 310만 명이 굶주려 죽는데, 우리는 노화 방지 상품을 만드느라 1년에 1,000억 달러 이상을 쓰고 있다. 죽음에 대한 부정은 우리의 기술과 건축에서도 나타난다. 이는 우리가 도로에 치여 죽는 동물들보다는 맥북의 매끈한 선과 더 비슷한 점이 많다는 환상을 만들어 낸다." 앞의 책, 235쪽

하지만 오래전엔, 그리고 비서구 많은 곳에서는 다양한 죽음의 기술이 존재했다. 저자는 이제 화장장 르포르타주를 넘어 세계 곳곳으로 시체문화에 대한 인류학적 답사를 떠난다.

좋은 시체가 되고 싶어

그녀의 두번째 책, 『좋은 시체가 되고 싶어』 임희근 옮김, 반비, 2020에는 시체나 해골이 죽은 자와 산 자를 연결해 준다고 생각하는 볼리비아나 인도네시아 선주민 문화에서부터 미국의 다양한 친환경적인 대안 장례들, 그리고 조만간 우리의 미래가

될 일본의 최신장례 풍습 등이 소개되어 있다.

특히 나는 '퇴비장'이 인상적이었는데, 그것은 건축학을 전공한 미국의 젊은 여성 카트리나 스페이드에 의해 주도되고 있었다. 그녀는 건축학 석사 논문을 쓰고 있을 때 죽은 사람을 퇴비로 만들자는 생각이 처음 떠올랐다고 한다. 많은 사람은 죽은 후 "흙으로 돌아간다"라고 생각하고 있지만 현실에서는 생태적 매장도 불가능하고, 화장 역시 대기오염 등의 문제를 많이 발생시키고 있기 때문이다. 자연으로 돌아가기 위한 실제적 방법, 시신을 정말 흙으로 만드는 다른 방법이 필요했다.

퇴비장의 첫 단계는 질소 농도가 높은 시신과 탄소 함량이 높은 물질(나뭇조각이나 톱밥)을 섞는 것이다. 여기에 적당한 습기와 산소가 더해지면 더미 속의 미생물과 박테리아가 유기 조직을 분해하기 시작하는 퇴비화가 진행되고 시간이 지나면 시신은 믿을 수 없을 만큼 풍성한 흙으로 변하게 된다. 그러면 고인의 가족들은 그 흙을 자기 집 정원에 가져다 놓을 수도 있고 공공적으로 기증할 수도 있다. 꽃을 심을 수도 배추씨를 뿌릴 수도 있을 것이다.

이 퇴비장에서 또한 인상적인 점은 이 프로젝트에 종사하는 사람들 대부분이 여성 과학자, 여성 인류학자, 여성 변호사, 여성 건축가라는 점이다. 오랫동안 여성의 일이었던 시신 돌보기가 20세기 초 산업이 되면서 남성의 영역으로 넘어 갔지만, 이제 "여자들이 시신을 다시 돌려받으려는 시도"를 하는 것이다.

> "어쩌면 우리 여자들은 버드나무, 장미 덤불과 소나무를 위한 토양이 되고 싶은 것인지도 모른다. 그 누구도 아닌 우리가 원하는 대로 죽고, 썩고, 새 생명을 키울 운명이고 싶은 것인지도." 케이틀린 도티, 『좋은 시체가 되고 싶어』, 135쪽

책에는 나오지 않지만 이미 다양한 자연장이 세계 곳곳에서 실험되고 있다. 남아공의 양심이라 불렸던 데즈먼드 투투(Desmond Mpilo Tutu, 1931~2021) 대주교의 장례는, 평소 뜻에 따라 소박한 관과 저렴한 자연장의 일종인 수분해장(水分解葬)으로 치러졌다고 한다. 수분해장은 화장과 유사하지만 화석연료를 적게 사용하고 대기오염을 일으키는 이산화탄소를 발생시키지 않는다. 시신을 수백 리터의 물에 잠기게 한 후 수산화칼륨을 물에 섞어 가열하여 3시간 안에 시체를 분해하기 때문이다. 유네스코가 친환경 장묘법으로 적극 추천한 빙장(氷葬)도 있는데 그것은 시신을 급속 동결건조한 다음 작은 입자로 완전히 분해하여 매장하는 것이라고 한다. 역시 공기나 수질오염 없이 1년 이내에 완전히 흙으로 전환된다.

일본의 최신 장례 풍습은 초고령화 사회의 영향을 직접적으로 받고 있다. 돌아가신 분은 초고령자이고 상주나 문상객도 고령자이다 보니 소규모 가족장과 1일장이 증가하고 있다고 한다. 또한 노약자가 차를 탄 채로 조문할 수 있는 드라이브스루 장례식장도 생겼고, 심지어 도쿄에서는 장례를 치르지 않는 사람도 약 30%에 이른다고 한다.

그뿐만 아니라 바쁜 자녀들에게 부담을 주지 않으려고 화장한 유골을 풍선에 담아 높게 올려 보내 40~50킬로미터 성층권에서 터지게 한 후 유골을 하늘에 흩트리는 '하늘장', 혹은 도심 한가운데 첨단 기술을 이용해 고인을 추모할 수 있게 한 하이테크 묘지도 등장했다.

케이틀린 도티가 소개하고 있는 도쿄 고코쿠지 사원의 루리덴은 2,046개의 작은 불상이 파란색과 노란색, 녹색, 분홍색 등의 엘이디(LED) 조명을 내뿜으며 반짝이고 있는 납골당이고, 역시 도쿄의 '다이토쿠인 료고쿠 료엔'은 카드를 대면 로봇 팔이 유골함을 꺼내 주는 운반식 납골묘 빌딩이다. 일본의 장례는 아주 빠르게 소규모화되고, 다양화되고, 상업화되고, 디지털화되고 있다.

우리나라도 고령화 사회가 되면서 장례 풍습이 빠르게 바뀌고 있다. 가장 큰 변화는 화장률의 증가이다. 2001년 38.5%였던 화장률이 2022년에는 91.7%로 약 2.4배 증가했다

(보건복지부 2022년 화장통계). 이에 따라 화장장 예약이 거의 유명 가수 티케팅 수준이 되었고, 화장장을 못 구해 어쩔 수 없이 4일장이나 5일장을 하는 경우도 생겼다. 또한 화장을 한 후에는 일반적으로 봉안당에 유골함을 모시게 되는데, 이것도 공급이 수요를 따라가지 못해 현재 전국 각지에 봉안당이 추가로 건립 중이라고 한다. 그래서 많은 사람들이 "묘지를 없애기 위해 화장운동을 벌였더니 이제 봉안당이 늘고 있다"고 탄식한다.

이제 화장로 부족, 장례 비용 증가, 추모시설 만장, 봉안당 계약연장 포기, 무연고 무덤 증가 등은 더 이상 뉴스거리도 되지 못한다. 사는 것도 힘들었는데 이젠 죽기도 힘든 세상이 된 것이다.

장례 희망

수십 년 전 아버지가 사고로 갑작스럽게 돌아가셨을 때, 우리는 아버지의 시체를 병원에서 집으로 모셔 왔다. 당시만 해도 집 밖에서 죽는 것은 '객사'라고 생각했기 때문이다. 황망한 가운데에서도 집에서 치러진 3일장은, 놀랍게도 국가원수나 되어야 가능한 종교통합행사가 되었다. 어머니가 다니던 절의 스님이 3일 내내 아버지 옆에서 목탁을 치면서 독경을 읊는 틈틈이, 남동생이 다니던 교회의 목사와 신도들이 찾아와서 찬송가를 부르고 예배를 드렸다. 그런데 아버지가 가톨릭 신자였다는 것을 기억하는 아버지 지인들은 수녀님들을 모셔와서 가톨릭식 장례 미사를 드리고 갔다. 거의 초주검이 된 엄마, 그리고 자꾸 자리를 뜨는 남동생 대신 3일 내내 아버지 곁을 지키고 문상객을 받던 나는, 슬픔과 애도 못지않게 마치 부조리극 같은 그 초상 풍경이 당황스러웠다.

아버지는 경기도 공원묘지에 묻혔다. 3일 만에 아버지 친구분들이 부랴부랴 찾아낸 곳이었고 한쪽에는 상석, 비석, 둘레석 봉분이 있는 아버지의 묘가, 그 옆에는 봉분만 있는 어머니 가묘가 자리 잡았다(이렇게 하는 게 당시에는 관례였던 것 같다).

최근 우리 남매들은 현재 88세인 어머니가 돌아가시면 가실 곳에 대해 고민한다. 아마 어머니는 아버지와 달리 화장하게 될 것이다. 어머니도 원하시던 바이고, 지금 추세도 그렇기 때문이다. 화장 후에는 일반적으로 유골을 유골함에 넣어 봉안묘에 모시거나 아니면 봉안당에 안치한다. 그런데 우리 같은 경우, 이미 준비한 가묘 자리는 매장터이기 때문에 봉안묘를 만들 수 없다는 게 공원묘지 측의 설명이었다. 그리고 최근에는 봉안묘보다 평장묘가 더 선호된다고 한다. 평장묘는 봉분이 없는 무덤으로, 화장한 유골을 흙과 섞어 그대로 땅에 묻거나 아니면 분해 가능한 용기에 넣어 매장하고 그 위에 봉분 대신 작은 석물로 표식하는 방법으로, 봉안묘와 수목장의 문제를 해결하는 대안으로 등장했다. 우리는 오랜 논의 끝에 도심에서 가까운 공원묘지의 평장묘를 마련해 아버지, 어머니 두 분 모두를 모시는 게 좋겠다는 결론을 냈다. 아버지부터 파묘(破墓)-개장(改葬) - 화장(火葬)-이장(移葬)하고 어머니는 나중에 그곳으로 모시게 될 것이다.

어머니 다음엔 아마도 내 차례가 될 것이다. 나는 어떻게 죽기를 원하는가? 공중화장실 변기에서 유골을 처리하는 것 이상으로 나에게 감동을 준 것은 죽은 고래가 수개월에 걸쳐 낙하하면서 자기 살과 뼈를 모조리 바다의 다른 생물에게 내주는 '고래낙하'(whalefall)였다.

고래는 바다에서 죽으면 일단 물에 둥둥 떠오르는데, 이 고래 사체를 가장 먼저 찾아오는 손님은 각종 바닷새와 물고기, 상어, 꽃게 등이라고 한다. 이들은 고래 사체 하부를 쪼고 씹고 뜯어먹는다. 그리고 몇 주가 지나서 고래는 천천히 가라앉게 되는데 바다 표면에서 200미터 아래, 혹은 600미터 아래로 낙하하는 동안, 그곳에서 사는 서로 전혀 딴판으로 생긴 물고기들이 고래 사체를 분해한다. 마침내 고래는 살아서는 가 보지 못했던, 빛 한 점 들지 않는 표면 아래 6천 미터의 심해로 가라앉는다. 그러면 꼬리민태, 옆새우, 다모류의 환형동물과 동가시치 등이 난데없이 나타나서 마지막 살점을 물어 뜯고 뼈에 구멍을 내면서 갉아먹는다. 그리고 마침내 박테리아 등이 고래의 마지막 뼛가루까지 갉아먹어 완전히 해체시킨다고 한다. 이 기간은 수십 년, 심지어 백 년이 걸리기도 한다. 죽어서도 바닷속을 천천히 유영하면서 자기의 남은 모든 것을 남김없이 다른 생물을 위해 내어 주고 마침내 소멸해 가는 이야기는 위대하고 장엄했다. 나도 그럴 수 있을까? 조만간 장례 희망서를 작성해야겠다.

> 내가 가장 원하는 것은 호주의 페미니스트 생태철학자 발 플럼우드처럼 죽은 시체 그대로 종이관에 쌓여 자기 집 정원에 조촐하게 매장되는 것입니다. 그리고 땅속에서 천천히 부패해 가며 다른 생물들의 먹이가 되는 것이지요. 하지만 우리나라에서는 힘들지도 모르겠습니다. 무엇보다 저는 정원이 있는 집을 가지고 있지도 않고요.^^
> 그렇다면 퇴비장이나 빙장(promession)이 차선책입니다. 그런데 이것 역시 우리나라에서 가능하지 않을 수도 있습니다. 그렇다면 결국 화장(火葬)이겠군요. 화장한 후에 저의 유해는 어디엔가 뿌려 주십시오. 어떤 장소도 점유하고 싶지 않습니다. 스웨덴 우드랜드 국립 묘지공원 내에 있는 민네스룬드(회상의 숲)의 산분(散粉)처럼 어떤 표지도 없이 바람 속으

로 날아가고 싶습니다. 우주 속 먼지가 되어 미소로만 남겠습니다. 만약 그것조차 어렵다면 해양장을 선택하겠습니다. 바다에 뿌려 주십시오. 고래처럼 할 수는 없어도 바닷속 생물의 먹이라도 된다면 그나마 다행입니다.

부록

간병블루스

미션 임파서블, 간병이 시작되었다

어머니를 퇴원시킨 지 딱 일주일이 지났다. 그리고 나는, 음, 지구를 떠나고 싶다.

1.

지난 일주일 동안 난, "엄마, 집에 와서 좋지?"라며 하루에도 수십 번씩 어머니와 눈을 맞추고 애교를 부리면서, 다른 한편으로는 새로 구한 중국동포(조선족) 입주 간병인에게 우리집 살림과 어머니의 일상용품에 대해 설명하고 사용방법을 알려 준다. 인내심과 이해심이 실종된 어머니는, 보청기를 빨리빨리 끼워 주지 않는다고, 옷을 편안하게 갈아입히지 못한다고, 계속 간병인을 구박하기 때문에 적절한 타이밍에 개입해서 어머니의 짜증을 차단하고 간병인의 마음을 어루만져 주는 것도 내 몫이다.

동시에 집에서 삼시세끼를 찍느라 종종걸음을 치고, 세탁기에 빨래를 돌리고 그걸 널고 개고, 하루에도 서너 번씩 쓰레기를 버리러 수거장에 나갔다가 오고, 그 사이 잠시 기저귀 쓰레기를 일반쓰레기로 버려도 되는지 망설인다. 병원에서는 기저귀를 꼭 의료폐기물함에 버렸기 때문이다. 퇴원한 어머니를 보러 온 온갖 친척·친지들을 상대하고, 사이사이 장을 봐서 냉장고를 채워 넣고, 하루 두 번 어머니의 간식을 미리 챙겨 놓는다.

그리고 어머니의 병원 서류를 정리하고 입원비를 계산해서 엑셀로 만들어 동생들과 공유하고, 어머니의 똥을 살피고 통증 지수를 가늠하여 체크리스트에 적고, 무슨 ○○서방정, ××서방정, △△서방정들로 점철된 약을 분별하여 하루에 29개나 되는 약을 약통에 담고, 매일 같은 시간에 하루는 어머니 오른쪽 배에, 다음 날은 왼쪽 배에 골다공증 주사를 놓는다. 발바닥엔 불이 났고 입안은 다 곪아 터졌다.

2.

어머니를 퇴원시켰다고 하니까 다들 좀 회복되신 거냐고 묻는다. 글쎄, 회복이란 무엇일까? 회복은 어떤 기준으로 판단하는 것일까? 허리 골절이니 허리뼈가 붙는 것? 아니면 심각한 통증이 완화되는 것? 아니면 다시 혼자서 걷게 되는 것? 아니면 혼자서 걸을 뿐만 아니라 외출까지 가능한 것?

'2번 요추 방출성 압박골절', 어머니의 공식 진단명이다. 수술을 요하는 심각한 부상이지만 수술 자체가 "배로 들어가 뼈를 들어내고 등으로 들어가 나사를 박아야 하는", 전신마취를 요하는 대수술이고, 그나마 골다공증 때문에 뼈에 나사가 제대로 박힐지 알 수 없다는 의사 말에 우리 남매들은 어머니 수술을 포기했다.

시간이 가면서 뼈에 미세하게 금이 간 것들은 대충 붙었다지만 납작하게 찌그러지고 척추신경 쪽으로 돌출된 뼈가 신경을 누르면서 발생하는 통증은 시간이 간다고 해결될 문제가 아니다. 손상은 이미 구조적으로 발생했고 통증 역시 진통제 말고는 해결할 방법이 없다. 그럼에도 불구하고 병원에 계속 입원해 있었던 것은 기초적인 직립 능력, 최소한의 보행 능력을 확보하기 위해서였다. 소위 "재활치료"!

그런데 새삼 깨닫게 된 사실! 대학병원이든, 척추 전문병원이든, 요양병원이든 ― 어머니는 지난 5개월 동안 이 병원들을 전전했다 ― 병원은, 이반 일리치의 말처럼, '병원병'을 만드는 곳이었다. 어머니는 어느 순간부터 장기 입원에 따르는 온갖 후유증이 나타나기 시작했는데 특히 자율신경계에 문제가 생기면서 똥은 지리는데 또 오줌은 못 누는 사태가 발생했다. 이 약을 추가하고 저 약을 뺐다. 하지만 이 약을 먹으면 다른 문제가 발생하고, 그 약을 끊으면 또 새로운 문제가 발생했다. 쥐똥만큼 드시던 밥조차 점점 못 드시게 되고 그나마 조금 붙었던 근육도 다시 빠졌다. 무엇보다 심각한 것은 수시로 '정신줄'을 놓으면서, 마치 영화 〈오발탄〉에서 "가자, 가자"를 외치는 어머니처럼, 시도 때도 없이 "이제 가자", "빨리 가자"를 되뇌곤 하시는 것이다. 나는 더 이상 어머니를 병원에 둘 수 없다고 판단했다. 집으로 모시자. 어머니는 나아서 퇴원한 게 아니었다.

3.

사실상 단독자 개인의 임상적 질환은 없다. 한 개인에게도 병은 육체(질병=병인)와 정신이 함께 작용해서 발현되는 것이고, 그것의 전개는 더 넓은 네트워크(환자-의사-가족…) 속에서 진행된다.

어머니는 입원 초기 기저귀를 강력히 거부했다. 척추 골절 환자이니 될 수 있는 대로 움직이지 않는 게 좋고, 그러려면 당분간 기저귀를 차는 게 좋다고 아무리 말씀을 드려도 소용이 없었다. 어느 날 문병하러 오신 교회 권사님들이 거의 반강제적으로 기저귀를 채웠다. 어머니의 자조와 한탄은 훨씬 심해졌다. 기저귀를 거부하고 육체적으로 손상을 입는 것과 기저귀를 차고 심리적으로 손상을 당하는 것, 둘 중 무엇을 택하는 게 더 올바른 치료의 방향일까? 의사, 간호사, 간병사, 요양사들은 대부분 이런 판단을 종합적으로 하지 않는다.

한편 어머니가 입원하신 이후 난 엄청난 네트워크 속에서 수많은 정보를 소통시켜야 했다. 의사들은 저마다 조금씩 다른 진단을 내렸고, 치료의 방향을 정하려면 그 정보를 어머니와 관련된 모든 사람(가족, 친지 등)에게 알리고 의논하면서 결론을 수렴시켜야 했다. 모두 선의를 가지고 다양한 정보를 쏟아 내면서 각자의 의견을 개진했다. 어머니가 입원한 병원에 음식을 해서 싸들고 가지 않는 날에도 하루에 백 개씩 카톡을 해야 하는 간병 재택근무가 끊이지 않았다. 피곤이 쌓이고 짜증이 났다. 오렌지와 당근을 함께 갈아 드리는 게 좋다고 말하는 막냇동생. 산삼 한 뿌리를 들고 와서 소화 기능이 약해졌으니 생으로 드시게 하지 말고 잘게 잘라 죽을 쒀 드려보라는 둘째동생. 근육이 빠졌으니 단백질을 별도로 공급하는 게 좋다는 외삼촌…. 그 모두가 '웬수' 같았다.

하지만 별수 없다. 가급적 누구도 소외되지 않게, 그리고 누구의 맘도 다치지 않게 잘 들어주고 설명하고 설득하면서 이 네트워크 전체를 소통시키고 관리하는 것. 다치고 아픈 어머니를 돌본다는 것은 바로 그런 일이었다.

4.

퇴원 후 가장 큰 문제는 어머니와 간병인 사이의 불화이다. 퇴원 후 어머니는 더 이상 간병인 말을 듣지 않는다. 우리는 2차 부상을 우려해 어머니에게 눈을 떼지 말고, 특히 화장실에서는 꼭 붙어 있어 달라고 간병인에게 신신당부했는데, 어머니는 당신 말이 아니라 보호자 말을 따르는 간병인이 못마땅하다. 따라오지 말라고 하고, 쳐다보고 있지도 말라고 하고, 뭐든 혼자서 한다고 하고, 특히 화장실에서는 문을 꼭 닫고 곁을 주지 않는다. 밥을 다 흘리고 물을 엎지르면서도 나 혼자 먹을래, 라고 떼를 부리는 세 살짜리처럼 군다. 급기야 이제는 간병인이 약을 드시자고 하면 약을 안 먹겠다고 하고, 식사하러 가자고 하면 밥을 안 먹겠다고 한다. 이쯤 되면 뭐든지 거꾸로 하는 미운 일곱 살과 다를 게 없다.

결국 어머니를 달래고 어르는 것, 어머니 옆에 앉아서 일일이 반찬을 얹어 드리면서 조금이라도 더 식사하게 하는 것은, 간병인이 있음에도 불구하고 내 몫이 되었다. 사실 의지를 갖는다는 것은 좋은 일이다. 대·소변 처리를 혼자 하고 싶어하는 것도 당연하다. 그것은 살아 있다는 징표니까. 우리가 어머니를 환자 수납 공간에서 빼 온 것도 바로 그 이유 때문 아니었나? 문제는 어머니가 자신의 상황을 종합적으로 판단하여 얼마만큼 혼자 할 수 있는지 어느 때 간병인에게 도움을 청해야 하는지를 모른다는 것이다. 집으로 퇴원해서 멘탈도 잡고, 당분간이라도 24시간 간병인을 붙여 피지컬도 안정적으로 만들겠다는 바람은, 사실상 두 마리 토끼를 잡으려고 하는 것이었는지도 모르겠다.

부상 방지만 생각하면 어머니의 의지를 강제로라도 꺾어야 한다. 의지를 펼 수 없는 병원에 입원시키는 게 가장 효과적인 방법이다. 그게 아니라 어머니의 의지를 존중해 주고 부상에 따른 고통 속에서라도 일상을 유지하길 바란다면 언제라도 2차 부상을 당할 수 있다는 사실을 받아들여야 한다.

의지를 꺾고 육체적 안전을 택할 것인가? 의지를 좇고 육체적 부상을 감수할 것인가? 죽거나 나쁘거나! 더 좋은 선택은 없는 것 같다.

5.

난 어머니에게 구박받는 간병인이 안쓰럽고, 간병인은 자신이 해야 할 일의 대부분을 내가 하는 것이 미안하다. 그래서인지 우리 둘은 자주 서로에게 덕담하면서 서로를 위로한다.

간병인이 나한테 하는 덕담은, 내가 참 대단하다는 것인데 그 이유는 어머니한테 잘한다는 것이다. 그러면서 이렇게 어머니한테 잘하니 나중에 후회가 없겠다고도 하고, 자손이 복을 받겠다고도 한다.

그런데 사실 간병인은 하나만 알고 둘은 모른다. 난 정말 돌봄노동이 싫다. 내가 그걸 싫어한다는 걸 정말 뼈저리게 깨달았다. 난 밥을 차릴 때마다 읽어야 할 책이 생각이 나고 설거지할 때마다 써야 할 글이 생각난다. 다른 사람에게 보이는 것과 다르게 난 아주 이기적인 인간인지도 모르겠다. 그러다 보니 각자 사는 게 바빠 실제 나에게 도움을 주지 못하는 동생들에게 수시로 원한의 감정이 들고 심지어 어떤 때는 그들에게 어떻게 복수를 할까를 골똘히 생각한다. 그러다가 급작스럽게 자기연민에 빠져, "왜 나는, 평생, 이렇게 고달플까?"라며 신세 한탄을 한다. 인간이 아주 후져지고 있다.

어머니와 살림을 합친 지 4년 만에 닥친 돌봄의 어떤 변곡점. 어머니는 회복 불가능할 정도의 타격을 입으셨고 와병 상태에서 일어나 앉아 다시 스스로 일상을 수행할 수 있을지조차 전혀 가늠되지 않는다. 이런 어머니와 살아가는 일. 차원이 다른 돌봄. 과연 나는 앞으로 '간병'이라는 이 미션 임파서블을 잘 수행할 수 있을까?

요양사를 며느리로 착각한 엄마

엄마의 정신은 어디로 외출했을까?

6개월 전, 2차 부상에 대한 병원의 경고에도 불구하고 어머니를 퇴원시킨 가장 큰 이유는 섬망 때문이었다. 하지만 퇴원 후에도 섬망은 바로 사라지진 않았다. 더 큰 문제는 인지능력이 급속히 악화되고 있다는 사실이었다. 외국에 나가 있는 손주를 군대에 가 있다고 착각하고, TV 리모컨과 전기담요 컨트롤러를 구분하지 못하고, 두 문장 이상의 중문(重文)을 한 번에 알아듣지도 못하셨다. 무엇보다 기억력이 엄청나게 감퇴하셨다. 어제 일은커녕 한 시간 전의 일도 까맣게 잊으셨다. 겁이 덜컥 났다. 나는 치매를 의심하기 시작했다.

"누구나 치매에 걸릴 수 있다. 그러나 치매는 예방할 수 있다"라거나 치매에도 '예쁜 치매'와 '미운 치매'가 있다는 이야기 등으로 시선을 확 끄는 『뇌미인』나덕렬, 위즈덤하우스, 2012을 다시 꺼내 들었다. 예전엔 휘리릭 읽었지만 이번엔 철학책 읽듯이 차근차근 정독한다.

상식적인 이야기지만 치매(癡呆, dementia)는 고혈압이나 당뇨병처럼 하나의 질환이라기보다는 뇌 손상으로 인해 심신이 전반적으로 어눌해져 독립적인 일상생활을 하기 어려운 상태를 포괄적으로 지칭하는 용어이다. 그 원인도 수십 가지에 이른다고 알려져 있다. 저자는 이런 치매를 크게 세 가지로 나누는데 하나는 대표적인 퇴행성 치매 알츠하이머, 두 번째는 조기 발견만 되면 치료가 가능한 혈관치매, 세번째는 이전 상태로 뇌의 인지기능을 회복할 수 있는 고쳐지는 치매. 쉽게 말하면 치료 방법이 없는 알츠하이머, 늦추는 게 가능한 혈관치매, 고칠 수 있는 기타 치매, 이렇게 나눌 수 있다는 것이다.

그런데 어머니는 알츠하이머나 혈관치매는 아닌 것 같았다. 2년 전에 찍은 뇌 MRI에도 1년 전에 찍은 뇌 PET에도 이상소견이 나오지 않았기 때문이다. 그런데 짧은 시간에 전두엽에 구조적 손상이 생겼다거나 갑자기 뇌혈관이 막혔다고? 그렇게 보기는 힘들었다.

책을 좀 더 읽어 나갔다. 치매의 80~90%를 차지한다는 알츠하이머+혈관치매를 제외한, "고칠 수 있는 치매"의 대표가 바로 수두증(水頭症) 치매란다. 아뿔싸, 어머니가 바로 수두증 아니었던가? 이름도 생소한 이 병을 알게 된 것은 4년 전이었다. 어머니와 합친 후 어머니를 모시고 병원의 온갖 진료과를 전전하다가 우연히 알게 된 사실이었다. 발을 질질 끌면서 기우뚱 불안정하게 걸으시는 것도, 그러다가 자꾸 넘어지시는 것도, 총기(聰氣)가 급속히 감소하는 것도 수두증 때문이라고, 의사는 말했었다.

책에서는 이렇게 말한다. 뇌 수두증 치매는 뇌실에 물이 고여 뇌실이 커지고 뇌를 압박하면서 발생하는 것이기 때문에 뇌실의 물을 빼 주면 당연히 증세가 사라진다고. 그런데 문제는 이렇게 물을 빼 주는 시술, 일명 션트수술(shunt operation)을 어머니 같은 고령자는 선택하기 어렵다는 데 있다. 어쨌든 정확한 진단이 필요했다.

하지만 신경정신과의 주치의는 수두증 치매라기보다는 오래 누워 있어서 발생하는 일시적 문제라고 진단했다. 하지만 정형외과 주치의는 어머니의 증세를 듣고 난 후 "그렇다면 그건 섬망이 아닙니다. 섬망일 리 없어요. 치매 가능성이 높아요, 다시 검사해 보세요." 꽤 단호하게 답했다. 마지막으로 통증 센터의 주치의는 "원래 노인들은 그럴 수 있어요. 너무 걱정하지 마세요"라고, 부드럽게 이야기한다. 나는 더 헷갈렸다. 도대체 누구 말이 맞아?

아내를 모자로 착각한 남자

> "그는 검사가 다 끝났다고 여겼는지 모자를 찾기 시작했다. 그는 손을 뻗어 아내의 머리를 잡고서 자기 머리에 쓰려고 했다. 아내를 모자로 착각한 것일까? 그런데도 그의 아내는 늘 있어 온 일이라는 듯 태연한 모습이었다." 올리버 색스, 『아내를 모자로 착각한 남자』, 조석현 옮김, 알마, 2016, 31쪽

세계적인 베스트셀러, 올리버 색스의 『아내를 모자로 착각한 남자』에는 다양하고 감동적인 임상 사례들이 나온다. 저자가 환자들을 치료 대상이 아닌 "상상을 뛰어넘는 나라를 여행한 사람들"로 여기면서, 이들의 병과 삶의 기록을 위대한 '이야기'의 전통 속에서 풀어내고 있기 때문이다.

우선 책 제목이기도 한 '아내를 모자로 착각한 남자', P씨의 사례. 뛰어난 성악가였던 그는 지금은 음악 교사로 살고 있는데 어느 날부터 시각인식에 문제가 생겼다. 소화전이나 주차 요금 자동 징수기를 아이들의 머리라고 생각하고, 발을 신발이라 착각하고, 자기 모자 대신 아내의 머리를 쓰려고 한다. 반면 추상적 형태를 식별하는 데는 전혀 어려움이 없었으며 그 도식의 연관관계를 논리적으로 추론하는 데에는 컴퓨터에 버금간다. 머릿속으로 체스 게임을 하는 것도 식은 죽

먹기이다. 문제는 세상에 대한 구체적이고 생생한 시각적 인식, 그것에 따른 감각적이거나 상상적인 혹은 정서적인 현실감이 사라졌다는 것이다. 올리버 색스가 보기에 이 사람은 시각 불능증 환자이고 구체성을 잃어버린 차갑고 추상적인 세계에 빠진 사람이다. 숨을 쉬지만 실제로는 AI와 다를 바 없다고 할까?

그런데 이어지는 에피소드. 어느 날 P씨가 그려 왔던 그림들을 쭉 살피던 올리버 색스는, 그 그림들이 초기에는 생생하고 세밀하고 구체적이었다가 점차 추상적으로 변한 후 최근에는 "선과 얼룩을 아무렇게나 되는대로 그려 넣은 것에 불과"하다는 것을 발견했다. 그런데 P씨의 부인은 전혀 다른 반응을 보인다. "선생님. 그림 볼 줄 모르시네요! 선생님은 '예술적인 발전'을 보지 못하시나요? 처음에는 사실주의였다가 나중에는 거기서 벗어난 추상적 비구상 그림으로 발전했잖아요"라고. 하지만 의사의 눈으로 보기에 "발전한 것은 화가 자신이 아니라 그의 병세"였다. 그럼에도 불구하고 그는 이렇게 쓴다.

"그렇지만 부인이 한 말에도 일리가 있을지 모른다는 생각이 들었다. 왜냐하면 그의 병세와 그의 창작력이 투쟁하는 모습도 어느 정도는 보였기 때문이다. 그리고 희미하게나마 그 둘 사이의 융합도 보였다. 아마도 그가 입체파로 기울었던 시기에, 예술적인 발전과 병리학적 발전이 함께 이루어졌을 수도 있고, 그래서 그것들이 독창적인 형태를 만들어 낸 것일 수도 있다. 왜냐하면 구체성을 잃어 가면서 추상성을 얻었고 그래서 선, 경계, 윤곽선 등 모든 구조적인 요소들에 대해 전혀 다른 감각을 발전시켰을지도 모르기 때문이다. (……) 피카소의 능력에 버금갈 정도로 말이다."앞의 책, 43쪽

올리버 색스는 P씨에게 시각 대신 음악에 파묻혀 살라는 충고를 한다. 그리고 "질병(커다란 종양 즉 뇌에서 시각을 담당하는 부분의 퇴행)의 점진적인 악화에도 불구하고 P 선생은 마지막 순간까지 음악을 가르치며 살았다".

요양사를 며느리로 착각하는 엄마

어머니는 새로운 요양사를 조카며느리라고 착각하신다. 그 착각에 근거가 전혀 없는 것은 아니다. 외모가 비슷하고 무엇보다 당신의 조카며느리 직업도 요양사이기 때문이다. 하지만 평소 거의 왕래가 없는 그 조카며느리가 어떻게 갑자기 어머니의 머릿속에 떠올랐는지는 알 수가 없다. 어쨌든 우리 집에 오는 분은 요양사이지 당신 조카며느리가 아니라고 여러

번 말씀드려도 소용없었다. 그런데 재밌는 것은 그렇게 되자 어머니와 요양사의 관계가 뭐랄까 일방향이 아니라 쌍방향으로 바뀌었다는 사실이다. 어머니는 요양사의 보호를 일방적으로 받는 수동적 대상이 아니라 며느리로 착각한 요양사를 걱정하고 보살피는 능동적인 주체가 된다. 대화를 잠시 옮겨보자.

"어르신, 동천동에도 코로나 환자가 발생했다네요. 걱정이에요."
"그러게 말이다. 그런데 너희 집 애들은 괜찮니?"(이때 애들은 조카며느리의 아이들, 즉 어머니의 손주들이다. 물론 오인이다.)
"애들이 학교를 안 가서 밥해 주느라 힘들어요."
"그러게 말이다. 그래도 △△이는 엄마 말 잘 듣지?" (실제로는 손주가 이미 성년인데 당신 대화 속에 언급되는 △△이는 어린 손주다. 두번째 오인이다.)
"어르신, 저 퇴근해요."
"그래, 빨리 가서 애들 밥해 줘라. 그리고 내일부터 오지 마. 너, 힘들어."

어떻게 보면 코미디가 따로 없는 동상이몽의 대화. 그러나 또 어떻게 보면 묘하게 주고받는 게 어색하지 않은 대화. 하지만 이 오인된 대화를 통해 어머니는 남편과 사별하고 간병노동을 하면서 생계를 꾸려 가고 있는 조카며느리에 대한 연민을 충분히 표현하고 계신다.

그리고 얼마 전 식탁에서 벌어진 일. 텔레비전에서 프로야구 개막이 연기되었다는 뉴스가 흘러나왔고 그걸 빌미로 난 옛날 나의 야구 덕후 시절에 대해 말하기 시작했다. 그리고 내가 매일 종례를 땡땡이치고 야구장에 가다가 선생님에게 걸려서 엄마가 불려 와서 머리를 조아렸던 일이 기억나는지 물어봤다.

어떻게든 어머니의 뇌를 자극하기 위한 의지로 시작한 이 대화는 예상과 달리 이상한 방향으로 흘러갔다. 어머니는 어렴풋이 그런 비슷한 일이 있었다는 것을 기억하는 것 같았는데 그다음부터 아주 엉뚱한 이야기를 하기 시작했다. 정확히 말하면 어머니는 이야기를 꾸며 내고 있었다. "니가 야구장을 갔는데 그래서 내가 시장에 가서(진짜 그런 일이 있었는지는 아무도 모른다) ㅁㅁ약국 사장님을 만났고(어릴 때 살았던 동네의 그 약사 분은 남성 분으로 논리적으로 어머니와 시장에서 마주칠 일은 없다) 단골 생선가게에서 꽃게를 사서(이건 그 시절 자주 있었던 일이다) 어쩌고저쩌고." 시공간이 응축되고 사건들이 재조립되면서 이야기는 제법 길게 이어졌다.

그 순간 불현듯 어떤 깨달음이 왔다. 이것은 '결여'가 아니라 어쩌면 '능력' 아닐까? 늙고 다친 어머니는 마치 아이들이 그렇게 하듯 생애 최초로 이야기를 짓고 계셨다. 그리고 그날, 엄마는, 드물게, 환한 얼굴이었다.

굿모닝 엄마! 굿모닝 딸!!

어머니의 인지는 점점 떨어지고 있다. 현실이다. 하지만 이유는 불분명하다. 노화 과정일까? 아니면 뇌 수두증 때문일까? 아니면 또 다른 뇌 손상이 있는 것일까? 그것도 아니라면 척추 골절로 인해 많은 시간을 누워 계시기 때문일까? 아니면 진통제의 장기 복용에 따른 부작용일까? 아니면 황반변성으로 한쪽 눈이 안 보이는 데다가 청력까지 급속히 떨어져서일까? 혹시 이 모든 게 복합적으로 작용하는 것은 아닐까? 이유가 불분명하니 진단도 불명료하다. 하지만 만약 정확한 진단이 나온다고 하더라고 그것이 지금 어머니의 삶에 대해, 아니 '삶 그 자체'에 대해 무엇을 말해 줄 수 있는 것일까?

요즘 내가 가장 신기해하는 것은 어머니의 인지가 떨어지면서 평생 어머니를 따라다니던 우울증도 함께 사라지고 있다는 사실이다. 어머니가 다치기 전 4년간 난 어머니와 함께 살면서 하루 종일 어머니가 내뿜는 부정적인 기운—자기연민과 신세 한탄에서 시작되어 나에 대한 원망, 알고 있는 모든 사람에 대한 미움 등—에 감염되어 거의 질식할 것 같았다. 가능한 어머니를 피하게 되고 그럴수록 어머니의 우울증은 깊어지고, 그런 어머니를 상대해야 하는 감정노동에 내 영혼은 너덜너덜해졌다. 그런데 절대 바뀔 것 같지 않던 그런 어머니가 바뀌었다. 한결 수굿해지고 표정도 좋아지셨다. 아이같이 단순해졌다고나 할까.

며칠 전 구로동 콜센터에서 코로나 집단감염이 일어났다는 뉴스를 보면서 늘 그렇듯이 난 다시 모든 정보를 단문으로 끊어서 다시 어머니에게 전달했다. 그럼에도 불구하고 '콜센터'가 잘 표상되지 않는 어머니는 그 사건을 이해하는 데 애를 먹는 눈치셨다. 그러다가 구로동의 '코리아 빌딩'에서 문제가 해결되었다. 갑자기 어머니는 "아, 거기 우리 집 옆이잖아"라면서 모든 게 이해되는 표정을 지으셨다. 아마도 어머니는 당신이 잘 알고 있는 코리아나 빌딩을 떠올리신 게 아닐까? 어쨌든 그 오인과 착각을 통해 어머니는 나름대로 그 사건과 관계를 맺으셨다. 그런데 인지가 떨어진 어머니뿐만 아니라 니체식으로 말하면 우리는 누구나 "부단히 세계를 위조하면서 살아간다".

"삶은 논증이 아니다—우리는 우리가 살 수 있는 세계를 머릿속에 만들어 왔다. 물체, 선, 면, 원인과 결과, 운동과 정지, 형상과 내용 등과 같은 믿음의 조항들이 없다면 이제 아무도 살아갈 수 없게 되었다! 하지만 이것들로 증명된 것은 아무것도 없다. 삶은 논증이 아니다. 삶의 조건 중에는 오류도 있다." 니체, 『즐거운 학문』, 안성찬 · 홍사현 옮김, 책세상, 2005, 196쪽

세상에 대한 오인과 착각. 그것은 삶의 오류가 아니라 삶의 조건이다. 니체 말대로 우리가 비슷한 것을 같다고 여기는 착각이 없었다면, 엄밀히 보는 눈이 아니라 대충 보는 눈을 갖고 있지 않았다면(생각해 보라, 우리가 현미경 같은 눈을 갖고 있었다면 '키스'는커녕 '악수'도 불가능하지 않았을까?) "생존 가능성이 훨씬 적을 것"이기 때문이다. 앞의 책, 188쪽

어머니는 어떤 때는 '멀쩡'해 보이기도 하고 어느 순간은 심장이 덜컥 내려앉을 정도로 '이상'해 보이기도 한다. 어머니와 나는 가끔은 이성적인 대화를 하기도 하고, 가끔은 동상이몽의 대화를 나누기도 한다. 또 어떤 때는 길게 이어지는 대화를, 또 어떤 때는 토막토막 맥락 없는 대화를 한다. 그럼에도 불구하고 엄마와 나는 소통하면서 살고 있다(고, 나는 느낀다!).

진실은 없고 해석만 있으며 사실은 없고 관점만 있다면(니체) 어머니도 나름대로 세상을 해석하는 자신의 관점을 매

번 갱신시키고 있는 것은 아닐까? 무엇보다 어머니는 많이 다정해졌다. 아침마다 우리는 서로에게 인사한다. 굿모닝, 엄마! 굿모닝, 딸!

사물과의
동맹

더 이상 어머니는 없다

얼마 전 어머니 옷장을 정리했다. 옷장 안은 수십 년 된 빈티지 의상들로 가득했다. 소매 끝이 나달나달해졌지만 유난히 아끼던 붉은색 체크무늬 겨울 반코트, 여름철 한두 번밖에 입지 않지만 그걸 위해 정성들여 풀을 먹여 손질해 놓던 모시 투피스, 입으실 때마다 똥배를 한탄하며 다이어트를 다짐하곤 하던 패션 바지들… 지금 당장 그래니 룩(Granny look)으로 재활용해도 손색이 없어 보이는 것들이었다.

물론 '신상'들도 제법 있었다. A자형의 저 여름 원피스는 막내딸이 사 가지고 왔는데 자꾸 나를 주겠다고 하셨던 것이고(한마디로 별로 맘에 들지 않는다는 이야기^^), 저 회색 벙거지 모자는 손주 녀석이 할머니 생신 선물로 드린 건데 엄청 맘에 들어 하셨고, 저 가볍고 따뜻한 아이보리 카디건은 셋째딸이 사왔는데 아끼느라 막상 한 번도 못 입으셨던 것이고, 저 갈색 점퍼는 내가 사다 드린 것인데 주로 산책 때 '꾸안꾸'꾸민 듯 안 꾸민 듯 패션으로 즐겨 입으셨던 것이고, 아무나 소화하기 힘든 저 보라색 페도라는 며느리 선물인데 늘 자주색 원피스와 함께 매칭하셨던 것이었다.

사실 어머니는 평화시장을 애용하던 수십 년 전부터 패션 감각이 좋았다. 믹스앤매치도 능숙했고 깔맞춤도 어색하지 않았고 심지어 원색도 잘 소화하셨다. 나이가 드신 후에는 막내딸과 며느리가 어머니의 스타일링을 도왔고 덕분에 어디를 가나 '곱다'라거나 '멋쟁이다'라는 소리를 들으셨다. 문제는 그렇게 차려입고 갈 데라고는 고작 교회밖에 없다는 데 있었지만 말이다. 그럼에도 불구하고 패션은 어머니의 즐거움이자 자부심이었다.

이제 어머니는 더 이상 그 옷들을 입지 못한다. 작년 1년 동안 절반은 병원 환자복으로 나셨고 나머지 절반은 잠옷과 다름없는 실내복으로 지내셨다. 어쩌다 외출할 때도 옷을 선택하는 기준은 화장실에서 쉽게 입고 벗을 수 있는 것인지, 옷을 갈아입지 않고도 엑스레이를 찍을 수 있는 것인지에 있다.

옷만이 아니다. 신발, 모자, 화장품, 장신구, 지갑, 성경

책, 서랍 안에 몇 개씩 쌓아 놓은 현금 봉투, 음식점에 갈 때마다 조금씩 챙겨 오신 이쑤시개, 돋보기, 확대경, 서예용품, 돈의 출납을 메모하거나 지인들 전화번호를 적어 두거나 가끔 일기를 쓰던 노트… 그 모든 것을 어머니는 더 이상 사용하지 못하신다. 그것들은, 이제 어머니 삶의 일부가 아니다. 그것들은 부재의 기호이다. 더 이상 어머니가 그것을 사용할 수 없다는, 그것들을 입고 쓰던 어머니는 더 이상 없다는. 나는 왈칵 눈물이 났다.

요양보호 3등급, 보호용구 1년 한도 160만 원

어머니를 집으로 모셔 오면서 가장 큰 고민은 2차 부상 방지 대책이었다. 병원이야 침대에도 화장실에도 각종 안전장치가 설치되어 있지만 집에서는 어떡하지? 물론 집에도 벽을 따라 핸드레일을 부착할 수 있고 화장실에도 안전 손잡이를 설치할 수 있다. 하지만 전셋집에서는 못 하나 박는 것도 쉽지 않다. 집주인한테 양해를 구할까? 나중에 원상복구 해준다고 할까? 만약 설치한다고 하면 어디에 연락해서 시공을 부탁해야 하나? 만약 집주인이 난색을 표하면 어떤 대안이 있을까? 나는 궁리하고 또 궁리했다. 그때까지만 해도 나는 이 모든 것을 '내돈 내산' 해야 하는 줄 알고 있었다.

일단 하드웨어는 제쳐 놓고 어머니에게 필요한 용품부터 장만하기 시작했다. 휠체어가 가장 시급했는데 다행히 지인에게 물려받았다. 이동형 변기와 목욕용 보조의자는 새로 구입했다. 그러던 중 어머니는 요양보호 등급을 받았고 나는 노인 요양보호 3등급을 받으면 주 5일 매일 3시간의 요양보호사 서비스뿐만 아니라 1년 160만 원 한도 내에서 각종 '요양보호 용품'을 아주 저렴하게 사들일 수 있다는 것을 알게 되었다. 어, 우리나라, 이제 복지국가구나!

난 신중히 어머니에게 필요한 것을 점검해 나가기 시작했다. 집에 구조적 손상을 주지 않는 천정형 탈부착 봉 안전 손잡이 3개, 욕실 미끄럼 방지 매트 3개, 화장실 핸드레일 1개, 목욕의자 1개….

그런데 어머니에게 필요한 것이 이런 안전용품만은 아니었다. 머리를 계속 감지 못해 떡 진 머리를 보다 못해 동생이 '드라이 샴푸'라는 것을 사서 왔다. 소변 실수를 자주 하시니 방안의 냄새를 빼는 '페브리즈'는 필수이다. 그것도 모자라 친구들에게 온갖 향을 얻어다 수시로 향을 피운다. 허리 통증이 계속 심하셔서 집 안의 온갖 찜질기가 크기, 모양과 관계없이 몽땅 출동했다. 무엇보다 이제 새로운 필수품이 생겼으니, 바로 기저귀이다. 일본에서는 이미 유아용 판매량을 훌쩍 웃돌았다고 알려진 성인용 기저귀와 방수 패드를 마련해야 했다. 점차 나는 성인용 기저귀의 종류와 가격과 브랜드별 장단점에 대해 빠삭해졌다. 속기저귀는 '디△△' 제품을, 겉기저귀는 '금□' 제품을 선호한다.

가장 최근에는 얇고 가벼운 보행기가 어머니에게는 너무 불안하다는 간병인의 조언을 받들어 튼튼한 보행기로, 그러니까 정형외과 입원 병동에서 주로 볼 수 있는 가슴 높이의 묵직한 것으로 교체했다. 이것으로 요양보호 3등급, 보호용구 일 년 한도 160만 원어치를 꽉꽉 채우게 되었다.

이제 어머니가 서예를 하던 책상 위에는 서예 교본 대신 손가락 운동을 위한 각종 지압 기구가 놓여 있고, 어머니의 화장대는 스킨, 로션, 루주, 향수 대신에 각종 약들이 진열되어 있다. 어머니의 침대는 안전 손잡이로 둘러싸여 있고, 방에는 이동형 변기와 보행기와 휠체어가 가득하다. 집은 바야흐로 요양병원처럼 변모해 가고 있다. 그리고 나는 그 흉물스러운 것들이 집안의 점령군처럼 있지 않도록 눈에 띌 때마다 그것들을 최대한 구석으로 몰아넣곤 한다.

늙는다는 것의 수치심

그런데 가만히 생각해 보면 참 이상한 일이다. 오래전 아이들을 키울 때 집 안은 아이들의 장난감과 동화책으로 늘 가득

차 있었다. 딸랑이나 모빌처럼 작은 것들로부터 시작해서 점차 곰돌이 인형, 뿡뿡이 자동차, 방문에 매다는 그네처럼 덩치가 큰 것들로 바뀌었지만. 하지만 당시에 나는 그런 상황에 대해 별다른 문제를 느끼지 못했다. 자연스럽게 받아들였고 심지어 집의 '어린이집화'가 좋은 엄마의 상징인 것처럼 느꼈던 적도 있었다. 그런데 왜 지금 나는 노인용품에 대해서는 불쾌감을 느끼고 그것으로 집 안이 채워질까, 안절부절못하고 있을까? 왜 나는 어머니가 돌아가신 것도 아닌데 어머니의 옷장에서 벌써 어머니의 부재를 느끼고 있을까?

노르베르트 엘리아스에 따르면 늙음이나 죽음에 관한 불쾌감 등은 본성에 따른 자연스러운 감정이라기보다는 '문명화 과정'에 따라 형성된 역사적 감정이다. 예를 들어 '죽음'의 경우, 그것은 중세만 해도 일상에서 누구나 겪어 내야 하는 친숙하고 공공연한 것이었으나 이제는 누구나 낯설고 기피하는 것이 되어 버렸다는 것이다.

> "오늘날은 사정이 다르다. 역사상 그 어느 때보다 죽음은 사회생활의 배후로 밀려났고, 위생적으로 제거되었다. 역사상 그 어떤 선례를 찾아볼 수 없을 정도로 시체는 악취 없이 신속하게, 죽음의 병상에서 무덤으로 너무나 완벽하게 기술적으로 처리되게 되었다."노르베르트 엘리아스, 『죽어가는 자의 고독』, 김수

정 옮김, 문학동네, 2012, 35쪽

그 변곡점은 서구의 역사에서는 절대주의 국가에 의한 폭력의 독점이었다. 예를 들어 중세사회에서는 농민뿐 아니라 귀족들도 손으로 고기를 뜯고 또 그 손으로 코를 풀었다. 그뿐만 아니라 당시에는 먹으면서 쩝쩝 소리를 냈고, 몸을 긁었으며, 한 구석에서 소변을 봤으며, 침을 자주 뱉었다. 그러다가 절대주의 국가에 와서 새로운 행동 규칙, 새로운 매너가 형성되었다. 고기는 반드시 포크나 나이프를 사용하여 먹어야 하고, 코는 반드시 손수건에 풀어야 하고, 식사 중에는 쩝쩝거리는 소리를 내서도 몸을 긁어서도 안 되며, 침은 눈에 안 띄게 조용히 뱉어야 한다. 이른바 부르주아 사회의 '뉴노멀'이 형성된 것이다. 그리고 이 과정은 한마디로 인간 생활의 모든 동물적 측면을 철저히 삶의 전경에서 배후로 몰아내는 과정이기도 했다.노르베르트 엘리아스, 『문명화 과정』, 박미애 옮김, 한길사, 1996

"인간 생활의 모든 원초적 동물적 측면들은 문명화 과정 속에서 사회적 규칙들과 양심에 의해 이전 시기보다 안정되고 포괄적인 방식으로 그리고 보다 세분화된 방식으로 통제된다. 권력관계가 변화함에 따라 인간 삶의 동물적 측면은 수치

·혐오 혹은 당혹감 등과 연결되고, 이집트의 문명화 과정에서 볼 수 있듯이 무대 뒤로 사라지거나 공적인 사회생활에서 아예 제거되기도 한다."노르베르트 엘리아스, 『죽어가는 자의 고독』, 20쪽

기저귀와 이동형 변기는 어머니가 자주 '실수'를 한다는 것을, 방향제·탈취제·향 등은 어머니의 방과 몸에서 냄새가 난다는 것을 환기시킨다. 그리고 나는 일반론에서는 노인 혐오를 혐오했지만, 구체적인 엄마의 병든 몸 옆에서는 삶의 동물적 필연성을 환기하게 하는 그 모든 것들, 소멸과 죽음으로 다가가는 늙음을 수치심과 당혹감으로 받아들이고 있었는지도 모르겠다.

사물과의 동맹

근대사회에서는 젊은 시절만이 '화양연화'(花樣年華)이다. 반면에 노년은 보잘것없고 지루하며 무료하고 퇴행적이며 누군가에게 부담을 안기는 시기이다. 노인들은 동네에서 하릴없이 보행기를 밀고 다니거나 누군가에게 끊임없이 자신의 처지를 하소연하고 때론 누군가를 계속 훈계한다.

어머니 역시 비슷했다. 늘 자신의 처지를 한탄했고 누군가에게 끊임없이 화를 냈다. 눈이 침침해지는 것에도 귀가 어

두워지는 것에도 걸음걸이가 불안정해지는 것에도 요실금이 생기는 것에도 비관하셨다. 이런 우울감의 이면에는 공격성도 있어서 음식이 조금만 늦게 나와도 종업원에게 화를 냈고, 은행 업무가 조금만 지연돼도 창구직원에게 짜증을 냈다. 언젠가는 어머니를 모시고 온천에 간 적이 있는데 옆 사람이 물을 잠그지 않고 씻는다고 대놓고 타박하고 또 뒷사람이 물을 튀기면서 씻는다고 언성을 높이셨다. 그날 나는 벌거벗은 채로 연신 옆 사람에게도 뒷사람에게도 꾸벅거리며 미안하다고 사과해야 했다. 어머니에게 노년은 매 순간이 결여와 비참함이었고, 그것은 누군가에게 억울하다며 짜증을 부려야 하는 이유였다.

그러나 동서양을 막론하고 고대사회에 노년은 그 자체로 인생의 화양연화였다. 맹자는 세상에 누구나 존중해야 하는 것이 세 가지가 있는데 그것은 작위, 나이, 덕이라고 하면서, 특히 동네, 그러니까 고대 동아시아의 향약공동체에서는 신분이나 학벌보다 연령이 훨씬 더 중요한 것이라고 말한다.「공손추 하」, 『맹자』

키케로 역시 노년의 삶은 청년들처럼 빠르게 뛰어다니거나 멀리 창을 던지거나 근접전투에 쓰이는 검을 능숙하게 사용할 수는 없지만 사려 깊음과 이성, 판단력은 충분히 사용할 수 있다면서, 이런 사려와 판단력을 가진 노인들이 바로 사회의 '원로'가 된다고 말한다.

> "큰일은 육체의 힘이나 재빠름이나 기민함이 아니라, 사려 깊음과 영향력과 판단력에 의해 행하여진다네. 노년이 되면 이러한 특징들이 빈약해지는 것이 아니라 오히려 더 풍부해진다네. 키케로, 『노년에 관하여』, 천병희 옮김, 숲, 2005, 40쪽

물론 키케로는 현실적으로 불평이 많은 노인들이 있다는 것을 인정한다. 그럼에도 불구하고 그것은 각자의 성품에서 오는 문제이지 노년이라는 시기 때문에 생기는 것은 아니라고 한다. "까다로움과 무례함은 인생의 어떤 시기에도 해가 되는 법"이니까 말이다. 오히려 스토아철학에서 말하는 '달려가야 할 노년'은 자기에 대한 집중을 통해 가장 이상적인 자아를 빚을 수 있는 시기이다. 그곳은 수련을 통해 완성해 가는 원숙함이라는 삶의 어떤 정점이다.

늙음이 자연스러운 것이라기보다 역사적인 것이라면 지금 우리에게 필요한 것은 늙음에 대한 사유이고 잘 늙어갈 수 있는 기술 아닐까? 추함, 결여, 불쾌와 연결된 '은유로서의 늙음'에 대해 질문을 던지고, 육체적 쇠락과 연관된 의존의 능력은 더 키워져야 할 것이다.

집 안에 가득한 보행기, 휠체어, 이동형 변기 등은 그 자

체로 좋은 것도 나쁜 것도 아니고 언젠가는 물리쳐야 할 점령군은 더욱더 아니다. 여전히 나의 미감을 충족시켜 주지는 못하지만, 그것들은 이제 어머니의 든든한 동맹군이다. 어머니가 사물이든 사람이든 더 많은 것들과 동맹을 맺고 의존의 기술을 익혀 갔으면 좋겠다.

삼시세끼,
그 고단함과 고귀함에 대해

4월엔 주꾸미

사주로 식상(食傷) 고립이고 타고나길 비위(脾胃)가 약해 평소 먹는 데 별반 관심이 없는 내가 요즘엔 유기농 재료를 찾고, 제철 음식을 밝히고, 끊임없이 요리 레시피를 검색하면서 유난을 떤다. 물론 어머니 때문이다. 요즘 어머니 봉양의 가장 큰 주제는 바로 어머니를 위한 '슬기로운 제철 밥상'을 꾸리는 일이다.

3월 초 가장 먼저 어머니 식탁에 올린 식재료는 냉이였다. 어느 날 공동체 식탁에 회원 한 명이 냉이김밥을 만들어 왔는데 아주 색다르고 맛있었다. 냉이는 된장찌개에만 들어가는 게 아니었다. 당장 냉이를 사 들고 집으로 들어와 다듬고 데치고 양념하여 김밥을 쌌다. 재주가 미천하여 비록 옆구리 터진 김밥으로밖에는 마무리가 안 되었지만, 그날 어머니는 그 냉이김밥을 맛있게 드셨다.

그다음엔 가리비. 동네 유기농 매장에서 구입했는데 가리비의 최대 장점은 손질이 쉽다는 것이다. 나는 가리비로 두 가지 요리를 했다. 그냥 찜통에 넣고 찌면 되는 가리비찜, 그리고 치즈를 뿌려 그릴에서 굽는 가리비 치즈구이. 어머니는 찜을 훨씬 좋아하셨다.

4월엔 뭐니 뭐니 해도 주꾸미다. 문어, 낙지, 오징어 같은 동종업계 생물 중 타우린 함량이 가장 높아 피로회복과 원기 보양에 상당한 효과가 있다고 알려진 식재료다. 마트에서 1킬로그램을 사면 큰 것과 작은 것 합쳐서 9~10마리 정도가 되는데 이건 손질하는 게 좀 고되다. 먼저 머리를 뒤집어 알과 먹물주머니를 분리하고 눈 부분을 제거하고 이빨을 '여드름 짜내듯' 떼어 내야 한다. 다음 굵은 소금 혹은 밀가루를 투하해 빨래 치대듯 바락바락 문질러 여러 번 헹궈 내야 한다. 나에게 이건 난이도 상에 속하는 일이어서 알은 보존되는 경우가 거의 없고 눈과 이빨은 살점과 함께 가위로 뎅겅 잘려 나간다. 하지만 이 고비를 넘기면 그다음엔 일사천리. 나는 다섯 마리는 살짝 데쳐서 초고추장과 함께 내놨고, 나머지 다섯 마리는 주꾸미 샤브샤브를 해드렸다. 이번에 어머니는 둘 다 잘~ 드셨다.

이러다가 앞치마로 변신하겠어

하지만 처음부터 이랬던 것은 물론 아니다. 모든 일이 그러하듯 우여곡절이 많았고 부침도 심했다. 어머니와 합친 초기에 나는 의욕과잉이었다. 딸과 같이 살면 어머니 삶의 질이 어떻게 달라지는지 보여 주리라. 내가 얼마나 정성껏 어머니를 봉양하는지 증명하리라. 난 아침마다 색다른 '브렉퍼스트'를 선보였다. 하루는 아메리칸 스타일로 토스트와 우유를, 다음날은 한식으로 미니 주먹밥과 된장국을, 그다음 날은 또다시 퓨전 스타일로 김치달걀스크램블과 두유를 올리는 식이었다.

하지만 어머니는 단 한 번도 "맛있다"라거나 "수고했다"라는 소리를 하지 않으셨다. 오히려 매일 이런 타박, 저런 타박이 이어졌다. 이런 부정적 피드백이 우울증 증세라는 것, 따뜻한 말을 안 하는 게 아니라 못한다는 것을 알고 있었고, 따라서 이건 어머니를 원망할 일이 아니라 측은지심을 발휘해야 하는 일인 것도 알고 있었지만, 그래도 애쓰면서 욕먹는 일을 무심히 계속하는 건 힘들었다. 난 금방 지쳤고 몇 달 못 가서 아침 셰프 활동을 중단했다.

하지만 어머니의 끼니를 준비하는 일은 계속되었다. 어머니는 가벼운 설거지 정도 이외에는 집안일을 하기 힘든 몸 상태였기 때문이다. 난 거의 매일 장을 보았고 식재료를 다듬었고 반찬을 만들었고 냉장고를 채우고 비우는 일을 반복했다. 아이를 키우는 워킹 맘처럼 늘 종종거리며 오후 5시면 가방을 싸서 후다닥 집에 들어와 옷 갈아입을 새도 없이 밥을 하고 새 반찬을 한 가지라도 만들어서 상을 차려야 했다. 책상에 앉아 있는 시간보다 주방에 머무는 시간이 많아지면서 스트레스가 쌓였고 '손에 물 마를 날 없는' 가사노동이 고단했다. 누구에게라고 할 것도 없이 입만 벌리면 하소연이 흘러나왔다. "이러다간 나, 앞치마로 변신도 가능할 것 같아!!"

하지만 진짜 문제는 가사노동이 아니라 감정노동이었다. 어머니는 나의 가사노동에 시시콜콜, 일거수일투족, 사사건건 간섭하기 시작했다. 장을 봐 오면 '이게 뭐냐?'부터 시작해서 '이건 왜 사 왔냐?' '뭘 이렇게 많이 사 왔냐?' '이건 왜 데치냐?' '이걸 왜 고춧가루가 아니라 고추장을 넣느냐?' '뭘 이렇게 늘어놓냐?' '왜 설거지를 빨리 안 하냐?' '뭘 이렇게 많이 버리냐?'….

하루 종일 집에 혼자 계셨을 테니 심심했을 것이고, 딸이 들어왔으니 반가웠을 것이다. 이런 잔소리가 나름대로 소통의 욕구인 것을 모르는 바는 아니었지만, 난 어머니의 기분에 장단 맞춰 가며 느릿느릿 설렁설렁 일할 만큼 시간의 여유도 마음의 여유도 없었다. 점점 대꾸하는 말이 짧아지고 날카로워졌다. 그러던 어느 날, 내가 상추를 씻어 채반에 밭쳐 놓고 다른 식재료를 다듬고 있을 때였는데, 어머니가 혀를 끌끌 차시면서 또 한마디를 하셨다. 상추 밑동을 아래로 향하게 놓아야 하는데 내가 반대로 놓았다는 것이다. 그날 나는 결국 폭발했다. 그리고 선을 넘었다. "엄마, 제발 나 좀 냅둬. 엄마 때문에 정말 죽을 것 같아."

"색난!"(色難) 공자는 효도에 관해 묻는 자하에게 효도란 부모 대신 어려운 일을 하는 것도 아니고 부모에게 맛있는 음식을 봉양하는 것도 아니고 오로지 "얼굴빛을 온화하게 하기가 가장 어려운 일"이니, 바로 그걸 해야 효도라고 했다.

난 어머니랑 합친 이후 어머니 비서 혹은 집안의 집사라고 해도 과언이 아닐 정도로 잡다한 일을 해왔다. 어머니 대신 목사님과 장로님들에게 명절 선물을 보내고, 어머니 대신 은행 심부름을 하고, 어머니 대신 이모·외삼촌들과 소통하고, 어머니 대신 동생들 삶에 관여한다. 그러면서 동시에 어머니 삼시세끼를 챙기느라 매일 전쟁 같은 일상을 보낸다. 그런데 공자님은 이따위는 효도 축에도 못 낀다는 것이다. 이런 일을 하면서도 늘 기쁘고 즐겁게, 그래서 자연스럽게 낯빛이 온화해야 비로소 효도라 할 만하다는 것이다.

난 갑자기 동양고전에 왜 그렇게 효도에 관한 이야기가 많은지 이해할 것 같았다. 그것은 왕자의 난들이 수시로 벌어지는 난세를 어떻게든 돌파하려는 공자의 정치적 비전과도 상관없고, 인간 본성에 대한 탐구를 통해 정치적 과제의 이론적 기초를 놓으려 했던 맹자의 형이상학적 전략과도 무관한 것은 혹시 아닐까? 그것은 다만 '효'가 어렵기 때문에, 정말 어렵기 때문에, 절대로 자연스러운 본성으로는 해결되기 어렵기 때문에 그렇게 탐구의 과제가 된 것은 아니었을까?

성인들처럼 부모에 대한 지극한 마음이 "저절로" 온화한 낯빛으로 표현되는 경지는 불가능했다. 그렇다고 어머니와 날 선 감정을 지속하면서 살 수도 없다. 나는 꼼수를 쓰기 시작했다. 동네 반찬가게에서 음식을 사 와서 후다닥 집안의 반찬통에 옮겨 놓고 발각되기 전에 잽싸게 반찬가게 플라스틱 통을 버렸다. 그리고 어머니가 주무시는 새벽이나 오밤중에, 어머니와 마주치지 않는 시간을 고르고 골라 우엉채를 썰고 콩자반을 만들고 미역국을 끓였다. 그제야 나는 온화한 낯빛을 겉으로나마 "꾸미는 것"이 가능해졌다. 소인배가 따로 없었다.

엄마 입에 밥 들어가는 소리

어머니를 퇴원시키면서 나는 같은 실수를 되풀이하지 않겠다고 다짐했다. 무엇보다 나의 가사노동량을 줄이는 대책이 필요했다. 간병인을 채용하면서 어머니 식사 준비를 부탁했다. 그리고 반찬 배달서비스를 한 달에 대여섯 번 정도 이용했다. 이 정도면 우리 집 삼시세끼가 대충 해결될 것 같았다.

그러나 간병인은 의욕이 넘쳤지만 행동이 느렸고, 책임감이 강했지만 센스가 없었다. 간병인이 주방에 있는 동안 내가 어머니를 돌보느니 간병인이 어머니를 돌보는 동안 내가 주방에 있는 편이 더 효율적이었다. 결국엔 어머니뿐만 아니라 간병인 식사 준비도 내 몫이 되었다. 반찬 배달서비스도 여러 달 지나다 보니 그 국에 그 반찬이 반복되어 지루해졌다.

그러나 더 큰 문제는 어머니의 상태가 계속 나빠졌다는 것이다. 올 초 머리를 벽에 꽝 부딪혀 가벼운 뇌진탕을 일으킨 이후 더 그렇게 되었다. 언제부터인가 고기든 나물이든 조금이라도 질기면 아이가 음식을 뱉어 내고 몇 달 전부터는 이를 갈기 시작했다. 치과에 전화를 걸어 물어보니 이를 가는 이유가 치의학적인 경우는 거의 없다면서 차라리 가정의학과나 정신의학과 상담을 받아 보라고 했다. 그뿐만 아니라 요즘 들어서는 부쩍 "힘들어, 힘들어, 밥 먹는 게 너무 힘들어"라며 수저질도 안 하려고 한다.

늙는다는 것이 무엇일까? 하나의 생명체가 소멸로 가는 과정은 어떠한 것일까? 매일매일 기능이 조금씩 약화되고 매일매일 예기치 않은 증세가 드러나는 어머니를 겪으면서 나는 생명의 마지막 시그널이 혹시 '입맛'이 아닐까, 라는 생각을 하게 되었다. 배고픔을 느끼고, 음식을 찾아 씹어 삼키고, 소화기관이 소화를 시키고, 그 에너지가 뇌에서 발가락 끝까지 전달되는 것이 생명이라면, 그것의 소멸 과정은 그중 어느 하나가 버그를 일으키고 이어서 전체 순환시스템이 조금씩 연속적으로 오작동을 일으키면서 시스템 전체가 망가져 가는 과정이 아닐까? 그러다가 마지막엔 물 한 모금 삼킬 수 없는 상태가 되어 버리는 것, 그것이 아닐까? 어머니는 그 길을 가고 있는 것처럼 보인다.

그나마 다행인 것은 아직 어머니가 입맛을 완전히 잃지는 않았다는 것이다. 나는 직감적으로 이 입맛을 붙들어 놓는 게 병원 치료를 받거나 약을 먹는 것보다 어머니 삶에 가장 긴요한 일이라는 것을 깨달았다. 지금 어머니에게 한 끼 한 끼는 그 자체로 매번 특이하고 존귀한 생명 활동이다!

나는 셰프에서 영양사로 변신하였다. 균형 잡힌 식단을 궁리했고, 식재료나 조리법도 소화능력을 고려해서 신중히 선택했다. 그런데 하도 열심히 챙겨 드렸나? 어머니가 소화불량에 걸리셨다. 나는 어머니가 식사를 마다하면 굳이 드리지 않았고, 소량의 간식조차 끊었다. 그랬더니 이번엔 변비가 생기셨다. 이번엔 다시 섬유질 섭취를 위해 오이를 간식으로 드리고 상추쌈을 자주 식탁에 올려 놓고 야채 샤브샤브를 종종 끓이고 한꺼번에 야채를 많이 드실 수 있는 월남쌈을 만든다. 최근 어머니는 다시 굵은 똥을 누기 시작했다.

공자는 효도를 '양'(養)이 아니라 '경'(敬)의 문제라고 파악했다. 마음과 정성(敬)이 없이 단순히 먹이고 기르는(養) 문제라면 개나 말도 한다고 하면서 말이다.「위정」,『논어』

그런데 최근 어머니 한 끼 한 끼에 애면글면하는 내 마음을 들여다보면서 혹시 이 마음이 경(敬)에 가까운 것은 아닐까, 라는 생각을 하게 되었다. 태어난 모든 것은 소멸을 향해 갈 수밖에 없지만 생애 마지막 언저리 어느 즈음, 늙고 병든 육신을 누군가가 애틋하게 여기고 정성스럽게 돌보는 것. 그것이 효라는 이름으로, 경(敬)이라는 이름으로 인간에게 주어진 수행의 삶 아닐까?

요즘 나는 나영석도 아닌데 혼자서 〈삼시세끼〉를 찍고 있다. 나는 유해진도 차승원도 아닌데 매일 "오늘 뭘 먹어야지?", 아니 "오늘 뭘 드려야지?"를 생각한다. 가장 최근의 나의 픽(pick)은 알이 통통하게 밴 암꽃게였다. 1킬로그램을 사서 한 마리는 쪄서 드렸고 두 마리는 간장게장을 만들었다. 며칠 후 잘 숙성된 간장게장의 노란 알을 어머니 수저 위에 올려놓았다. 어머니 입에 밥 들어가는 소리가 그렇게 좋을 수가 없다. 군자의 길이 멀지 않았다.^^

수술, 할 것인가 말 것인가, 그것이 문제로소이다

수두증 때문입니다

이를 갈기 시작한 것은 시작에 불과했다. 어머니는 이제 외부 자극에 반응을 안 하고 사람과 눈을 못 맞추고 표정도 사라졌다. 아무리 기저귀를 서너 개씩 채우고, 방수 패드를 몇 겹씩 깔아도 아침마다 이불 빨래를 해야 정도로 대소변도 못 가리신다. 잠도 점점 많이 주무시는데 스스로 몸을 가누질 못해 자세를 바꾸지 못했고 부축을 해도 한 발짝을 제대로 떼지 못하신다. 숟가락질을 못해 밥을 떠먹여 드려야 하고, 칫솔을 들지 못해 양치질을 못한 지도 꽤 되었다. 이 정도면 100% 치매 같은데, 만약 치매라고 하더라고 이건 급성 치매라고 해야 할 판이다. 그런데 치매도 급성이 있나?

정신의학과 주치의의 진단은 명쾌했다. 이 모든 것은 수두증 때문이란다. 인지검사 결과 인지능력이 1년 만에 19점에서 6점으로 떨어졌는데 그럼에도 불구하고 이것이 알츠하이머일 가능성은 희박하다는 것이다. 알츠하이머 확진 판정을 받은 사람이라 하더라도 인지 점수가 일 년 사이에 이런 식으로 떨어지는 경우는 거의 없다고 했다.

반면에 2019년 2월에 찍은 뇌 MRI와 올 초 찍은 뇌 CT를 비교하면 뇌의 물은 훨씬 더 많이 찼다고 한다. 이 상태에서 이를 가는 문제, 인지 문제 등에 개별적으로 접근하는 것은 거의 의미가 없다면서 현재 가장 좋은 방법은 션트수술을 통해 뇌의 물을 빼는 거라고 했다. 일단 척수 배액 검사를 해보고 효과가 있으면 무조건 수술을 하자고 한다. 그런데 검사 결과에서 효과를 보지 못할 수도 있다고, 그렇다면 그것은 이미 역치를 넘어가서 다른 방법이 없다는 걸 의미한다고 덧붙인다.

작년에 척추 골절 때도 수술하지 않고 버텼는데 이 고령에 전신마취 수술을 해야 하는 것이냐고 물으니, 의사는 전신마취로 인한 마이너스보다 뇌의 물을 빼서 스스로 서거나 걸을 수 있는 상태가 되는 게 삶의 질이라는 측면에서 훨씬 더 플러스가 될 거라고 말한다.

2박 3일을 입원해서 척수 배액 검사를 했다. 신경외과 의사는 다행히 검사 결과가 좋으니 수술하는 게 좋겠다고 권한다. 수술 자체는 뇌를 여는 것도 아니고 작은 구멍을 뚫어 관을 삽입하여 복강으로 연결하는 비교적 간단한 것이라는 설명이 곁들여졌다. 문제는 부작용이었다. 6개월 이내 20% 정도의 부작용이 생기는데 주로 션트관이 감염되거나 막히는 경우이고 그럴 경우는 재수술해야 한다고 했다. 특히 감염일 경우 다시 전신마취를 하고 션트관을 제거한 후 4주에서 6주가량 입원해서 항생제 치료를 해야 한다. 그 이후 다시 션트관을 삽입하는 수술을 또 해야 한다. 그런데 두번째 수술의 경우 감염 등 부작용 확률은 더 증가한다고 했다. 나는 더 겁이 났다. 이 수술 해야 하는 것일까?

진단과 판단 사이

어머니가 수두증인 것을 알고는 있었지만, 그것 외에도 어머니는 고혈압, 고지혈증, 우울증, 갑상선기능저하증 등을 앓고 있다. 게다가 1, 2번 요추 골절이라는 치명상까지 입은 상태이다. 그러니 최근의 어머니 증세가 척추 골절에 따른 구조적 후유증인지, 자연 노화와 관련된 것인지, 진짜 치매가 오고 있는 것인지, 아니면 이 모든 것의 복합적 발현인지 정확히 판단하긴 어려웠다.

내가 할 수 있는 일이란, 이를 가는 것과 관련해서는 껌을 사다 드리고, 뇌를 자극하기 위해 뻑뻑이를 안겨 드리고, 간병인이 쓰는 일지에 활동과 운동 항목을 추가하여 관찰을 강화하고, 재활치료사 방문 치료를 추진하고, 어머니 삼시세 끼에 온 정성을 다하는 것이었다. 그렇게라도 어머니의 퇴행을 늦춰 보려 했다. 그런데 이 모든 게 수두증 때문이었구나. 조금씩 조금씩 흡수가 덜 되던 물이 어느 순간 역치를 넘어가면서 이 모든 증세를 한꺼번에 드러낸 거였구나.

이제 어머니 증세의 인과관계는 완벽히 파악되었다. 그런데 진단(수두증)이 명료해지고 표준적 치료(션트수술)에 대해 이해했다고 하더라도 그 치료 방법을 선택할 것인지 말 것인지는 다른 차원에 속한다. 그건 진단이 아니라 판단의 영역이다. 어머니의 뇌 수두증, 수술할 것인가, 말 것인가?

우선 인터넷을 뒤졌고 〈뇌 질환 환자 모임〉 같은 카페도 찾아내서 샅샅이 살펴보았다. 하지만 어떤 경우는 션트수술 효과를 보았다고 하고, 어떤 경우는 부작용으로 고생했다고 한다. 케이스 바이 케이스. 이건 판단에 도움이 안 된다. 주변 지인을 통해 다른 신경외과 의사들의 조언을 받아 보았다. 신경외과 의사들의 견해는 비슷했다. 어머니의 증세는 전형적인 '정상압 수두증'(normal pressure hydrocephalus)이고 이 경우 대체로 적극 치료하며, 운이 좋다면 수술 이후 드라마틱한 변화를 기대할 수 있다는 것이다.

매일매일 형제들 단톡방에 불이 났다. 의학논문까지 뒤지던 막냇동생은 다른 병원에 또 가 보자고 조른다. 남동생은 수술 쪽으로 살짝 기울어져 있고 반면에 올케는 수술하지 않는 쪽으로 마음이 가 있다. 이 부부는 저녁마다 투덕거리는 모양이다. 공동체 친구들은 대체로 어머니가 너무 연로하고 부작용의 확률도 높다고 하니 수술을 안 하는 게 어떻겠냐는 입장들이었다.

모두의 의견이 나름의 일리가 있다. 하지만 다양한 의견을 듣는다고 더 잘 판단할 수 있는 것은 아니었다. 나는 여전히 오리무중 속에서 갈팡질팡하고 있었다. 판단은 무엇을 기준으로 내려야 하는 것일까? 만약 어머니라면 어땠을까? 지금은 어머니가 자기 삶에 '주권'을 잃었지만, 만약 그렇지 않았다면 어땠을까? 어머니는 수술을 감행하셨을까? 아니면 수두증 치매도 생로병사의 자연적 과정으로 생각하고 수술을 거부하실까? 역시 잘 모르겠다.

그럼에도 불구하고 시간이 지날수록 점점 선명해지는 게 있다. 판단의 준거는 의학적 정보나 임상적 데이터 따위가 아니고, "병원이 병을 만든다" 등의 일반론도 아니고, "어머니라면…" 같은 추측도 아니라는 것을. 결국은 주 보호자인 내가, 지금 무엇을 가장 원하는가의 문제이다. 나는 뭘 원하는가?

그래, 수술하자!

어머니의 아침 기상 시간은 점점 늦어지고 있다. 얼마 전까지는 평균 10시 반. 최근 들어서는 11시를 넘기고 있다. 그날도 여느 날처럼 겨우겨우 깨워서 휠체어에 태워 드리기 전 기저귀를 갈아 드리려고 했다. 보통 침대 안전대에 지탱해 잠시 서 계시면 그 사이에 재빨리 기저귀를 가는데 오늘은 마치 오징어처럼 몸을 가누지 못하고 앞으로 고꾸라지신다. 아이고, 어머니, 왜 이래? 간병인과 함께 간신히 일으켜 세웠더니 이번엔 휴지처럼 몸이 흐느적거리면서 아래로 무너진다. 둘이 함께 해도 물먹은 솜처럼 된 어머니를 일으켜 세우지 못한다. 마침 어머니를 보러 온 외삼촌이 어머니를 번쩍 들어 휠체어에 간신히 태웠다. 그랬는데 휠체어에서도 허리를 곧추세우지 못하고 몸이 점점 한쪽으로 넘어간다. 몸과 함께 목도 가누질 못하고 같은 방향으로 넘어간다. 어, 이거 뭐지? 응급실에 가야 하나?

조금 후 어머니는 안정이 되었지만 내 마음은 계속 쿵쾅쿵쾅 요동친다. 아, 수두증으로 이런 증세가 발현될 수도 있구나. 앞으로는 이렇게 가슴 철렁한 일들을 자주 겪을 수도 있겠구나. 점점 많이 주무시다가 어느 순간 혼수가 와서 바로 돌아가시기도 한다더니 정말 그런 일이 생길 수도 있겠구나.

결정 못하고 차일피일하는 동안 밖에서는 지루한 장마가

계속되고 있었다. 집안의 습도는 78%에 육박한다. 마치 하루 종일 습식 사우나에 와 앉아 있는 것 같다. 움직임이 적은 어머니를 위해 오래된 제습기를 창고에서 꺼내서 틀어 놓았는데 윙윙 너무 시끄럽고 심지어 더운 바람이 나온다. 제습기를 멈추고 방에 보일러를 켰다. 어머니 방이 조금은 뽀송해진 것 같다.

남동생에 이어 막냇동생도 결국 수술 쪽으로 마음을 굳혔다. 나는? 여전히 '어머니-흐림' 날은 수술 쪽으로, '어머니-맑음' 날은 수술 안 하는 쪽으로 오락가락한다. 그런데 최근에 지난 사진들을 정리하다가 작년 11월만 하더라도 어머니가 충분히 걸을 수 있는 상태였다는 것을, 올 5월만 하더라도 어머니가 스스로 숟가락질하고 계셨다는 것을 확인했다. 아, 급속도로 나빠지신 게 채 1년이 안 되었구나!

그러다가 요즘 들어 하루 대부분을 멍하니 계신 어머니가 가끔 정신이 좀 맑아질 때 삐뚤빼뚤 써 놓은 낙서를 발견했다. 알아보기 힘들었지만 그래도 '절자'라는 이모의 이름을 발견할 수 있었고 '속상해'라는 어머니의 심경을 확인할 수 있었다. 그리고 다음 장에 써 놓은 글은, "많이 사랑해요, 큰딸에게, 혜담이가"였다. 울컥! 그건 혹시 정신줄을 거의 놓아 가는 어머니가 나를 향해 보내는 마지막 메시지가 아닐까? 갑자기 모든 것이 선명해졌다. 나는, 아직, 어머니를 이렇게 떠나 보낼 준비가 되지 않았구나. 수술을 하기로 결정했다.

드라마틱한 변화

어머니의 수술 순서는 세번째, 오후 두세 시쯤이 될 거라고 했다. 보호자는 병실에서 대기해야 하는데 한 명밖에 있을 수 없다고 했다. 나만 병실에서 대기하고 동생들은 어머니를 만날 수 있을지 없을지 알 수 없지만 그래도 병원에 와서 로비에서 대기하기로 했다. 다행히 수술 후 CT를 찍기 위해 영상의학과에 내려온 어머니를 모두 잠시 만날 수 있었다.

담당 교수는 수술이 잘되었다고 했다. 뇌압이 너무 높은 상태였기 때문에 보통 사람들의 뇌압으로 급격히 낮추면 물이 다시 차거나 출혈이 생길 수도 있으므로 적정한 수준으로 뇌압을 맞춰 놓았다고 했다. 뇌압은 경과를 보아 가면서 지속적으로 조정해 나가야 한다고도 했다.

하지만 수술 당일 밤은 어머니도 간호사도 나도 고생했다. 어머니는 자꾸 머리 붕대를 홀라당 벗기고, 간호사는 감염 위험이 있다고 깜짝 놀라고, 결국 손을 침대에 묶고, 인턴은 나에게 손을 묶는 것에 대해 동의서를 받아 가고, 어머니는 손이 묶인 채 몸부림을 치면서 괴로워하고, 나는 병실과 간호사실을 안절부절못하며 왔다 갔다 했다. 어머니도 나도 거의 잠을 자지 못했다.

다음 날 날이 밝자 사태는 완전히 반전되었다. 어머니는 언제 수두증 치매를 앓던 사람인가 싶게 혼자 일어나서 변기에 앉아 소변을 보고, 침대에 앉아서 몸소 양말을 신으셨다. 그리고 스스로 숟가락질을 해서 아이스크림을 떠드셨고, 너무나 멀쩡히 손주와 영상통화를 했다. 이 정도면 베드로가 "예수의 이름으로 일어나 걸으라" 해서 '앉은뱅이'가 벌떡 일어났다는 것과 진배없었다. 수술이 잘되면 드라마틱한 변화를 볼 수 있다더니, 정말 극적인 변화였다. 감격스러웠다.

의사는 이제 재활이 가장 중요하다고 말하면서 재활의학과로 전과를 신청해 주겠다고 했다. 수술 직후 재활치료의 성과에 따라 보행 가능 정도가 달라진다는 것이다. 하지만 재활의학과에서는 전공의 파업 때문에 환자를 새로 받는 것은 불가능하다는 답변이 왔다. 그렇다면 두 가지 선택이 있을 것이다. 하나는 재활병원으로 일단 갔다가 집으로 퇴원하는 방법, 다른 하나는 바로 집으로 퇴원하는 방법이다.

재활만 생각하면 전문 병원에 가는 게 좋다. 아무리 수술이 잘되었어도 보행 여부는 재활에 달렸다고 하니 말이다. 하지만 현재 어머니는 재활 의지가 없다. 그리고 무엇보다 병원에서는 일상이 불가능하다. 집으로 퇴원하면 일상이 가능하고 그에 따라 어머니의 멘탈도 빠르게 안정되겠지만 체계적인 재활치료가 어려울 수도 있다. 이것 역시 판단하기 쉽지 않았다. 하지만 아무리 생각해도 멘탈이 취약한 어머니를 낯선 간병인에게만 맡겨서 재활병원으로 보내는 것은 쉽지 않아 보였다. 차라리 재활을 포기하자. 집으로 가자. 어머니는 집으로 퇴원했다. 그리고 아무도 예상하지 못한 지독한 섬망이 시작되었다.

섬망,
간병지옥을 통과 중

통곡

아침에 눈을 떴는데 집 안이 고요했다. 아주 오랜만에 마음의 평화가 찾아왔다. 커피를 내렸고 사과를 깎았다. 어머니가 없다. 어머니가 없으니 조용하다. 어머니가 없어서 평화가 왔다. 그런데 갑자기 눈물이 나기 시작했다. 커피를 마시면서 훌쩍거렸고 사과를 우물거리면서 울었다. 결국 그렇게 병원으로 쫓겨 간 어머니가 불쌍해서, 그럼에도 불구하고 텅 빈 집에서 평화를 느끼는 내 마음이 너무 징그러워서 눈물이 나기 시작했다. 결국 나는 주방 바닥에 주저앉아 30분간 대성통곡을 했다.

그랬다. 어머니의 션트수술 후 지금까지 약 3개월간은 내가 어머니랑 같이 산 지난 6년 중 특히 힘든 시간이었고, 최근 몇 주는 그 3개월 중에서도 최악이었다. 수술 이후 생긴 섬망이 시간이 지나면서 나아지기는커녕 빈도나 정도 면에서 점점 심해졌기 때문이다. 나는 동생들에게 계속 SOS를 쳤고, 급기야 얼마 전 이러다가 내가 죽을 것 같으니 누구든 어머니를 모셔 가라고 카톡을 날렸다. 사태가 심상치 않다는 것을 알게 된 동생들은 긴급회동을 했고 각자 일주일에 두 번씩, 어머니가 혼미해지는 오후 4시부터 저녁 8시까지 하루에 4시간 정도 어머니를 돌보기로 했다. 그렇게 최근 한 달가량 우리 네 남매는 간병 총동원 체제를 구축해서 어머니를 함께 돌봤다. 그런데도 사태가 진정되지 않았다. 결국 며칠 전, 아침에 눈을 뜨는 순간부터 주변의 모든 사람에게 욕을 해대고, 차려 놓은 밥상을 바닥에 패대기를 치는 어머니를 도저히 어찌 달랠 도리가 없게 되자 난 오후 2시쯤 119구급차를 불렀다.

어머니는 구급차 안에서도 안전띠를 풀라고, 내가 자신의 사지를 일부러 꽉 묶어 놓았다며 몸부림을 쳤고, 나에게 고래고래 욕을 해댔고, 병원에 도착한 이후에도 의사가 여기가 어디냐고 물으면 "그걸 알아서 뭐 하게요?"라고 화를 내고, 응급실 안의 모든 사람을 향해 "나, 미친년이에요, 미친년! 나 미친년이라고 딸이 데려왔어요"라면서 고함을 질렀다. 그런 어머니를 데리고 나는 문진, 문진, 문진, 대기, 대기,

대기, 검사, 검사, 검사의 지루하고 괴롭고 비효율적이고 관료적인 긴 절차를 치렀다. 결국 밤 8시가 넘어서 입원 승인이 났고 나는 밤 9시가 넘어 어머니를 간병인에게 떠넘기고 병원을 떠났다. 등짝은 쪼개지는 것 같았고 입에선 단내가 났고 목은 계속 쿡쿡 쑤셨다. 나는 충동적으로 동생들에게 "나, 당분간 병원에 안 올 거야"라는 카톡을 보냈다. 이 모든 게 진절머리가 났다. 그런데 전철 안에서 자꾸 목구멍으로 뭔가, 울음 비슷한 것이 치밀어 올랐다. 나는 원래 내려야 하는 역 바로 앞의 전철역에서 내렸다. 그리고 밤길을 걸어서, 아릿한 다리의 통증을 느끼며, 그 덕분에 목구멍의 울음을 삼켜 내며 집으로 돌아왔다. 그런데 그 울음이 다음 날 아침에 터져 버린 것이다.

섬망, 헛소리할 섬(譫) 망령될 망(妄)

섬망. 한자로 譫妄이라고 쓴다. 헛소리할 섬(譫)에 망령될 망(妄). 이치에 맞지 않는 소리를 하면서 정상적이지 않은 행동을 하는 상태를 일컫는 것으로 주로 약물 중독이나 전해질 불균형 혹은 감염, 저혈당 등이 원인이다. 그리고 이 섬망의 대표적 증세 중 하나가 바로 '지남력 장애'(指南力障礙, disorientation of time)이다. 지남력 장애란, 말 그대로 남쪽이 어디인지를 모르는, 한마디로 '여기가 어디?', '오늘은 뭔 요일?'이라며 시공간을 헷갈리는 인지장애를 가리킨다.

지난번 어머니가 척추 골절로 장기 입원해 있을 때도 나중에 가장 문제가 된 것은 골절이 아니라 섬망이었다. 특히 이 지남력 장애가 날이 갈수록 심해져서, 자기가 입원하고 있는 곳이 병원이라는 사실 자체를 헷갈리셨다. 어머니는 하루는 우리가 어릴 때 살던 서울 을지로 어느 집 2층에 있다고 생각하셨고, 어느 날은 막내딸이 고등학교 때 자주 가던 마장동 어느 학원에 있다고 착각하셨다. 당시 어머니 섬망의 첫번째 원인은 마약성 진통제였다. 허리가 심하게 부러졌지만, 수술할 수가 없는 상태였기 때문에 강력한 진통제를 썼는데 이것이 문제가 된 것이다.

그래서 섬망과 관련하여 우리가 한 첫번째 조치는 마약성 진통제를 끊는 것이었다. 하지만 약물만이 문제는 아니었다. 어머니 섬망의 두번째 원인은 장기 입원이었다. 사실 병원에서 침대에 누워만 지내면 젊고 멀쩡한 사람들이라도 시간이 가는지, 계절이 가는지 알 수가 없지 않겠는가? 그러니 노인들한테 장기 입원은 인지와 관련해서는 치명적인 것이 될 수밖에 없다. 의사들은 입을 모아 섬망은 퇴원만 하면 무조건 사라진다고 장담했다. 물론 어머니가 퇴원 이후 즉각 좋아진 것은 아니다. 퇴원 후에도 한동안 "집으로 가자"를 외쳤지만 의사들 말대로 서서히 지남력 장애가 사라졌다. 섬망은 확실히 '일시적' 증후군이었다.

이번 수두증 션트수술 후에도 어머니는 섬망 증세를 보였다. 그런데 이번에 특이한 점은 우리가 '은자 아줌마'라고 부르는 어머니의 오랜 친구, 하지만 최근 몇 년간은 거의 왕래가 없었던 그 아줌마가 갑자기 어머니 뇌 속에 소환된 사실이었다. 어쨌든 어머니는 처음엔 친구의 소식을 궁금해했고, 전화를 연결해 드리자 반갑게, 하지만 약간씩 핀트가 나간 이야기를 내내 하셨다. 그리고 다음 날엔 통화했다는 사실조차 잊어버리셨다. 그럼에도 불구하고 당시 우리는 션트수술로 인지능력이 회복되면서 옛 친구가 그리워진 것이라고 단순하게 생각했었다. 시간이 지나면 좋아지리라고 기대했다. 그런데 현실은 좀 다르게 흘러갔다.

퇴원 후 집에 돌아왔는데도 어머니는 우리 집을 '은자네'라고 착각하셨고 왜 자기를 '은자네'로 데려왔냐며 계속 집에 가겠다고 소리를 지르셨다. 손주가 살던 방 앞에서는 여기가 누구 방이냐고 묻고 방문을 열라고 화를 내고 빈방을 보면서 그것 보라고, 여기에 '은자 딸년'이 숨어 있다가 자기 어머니 몰래 짐을 다 빼내서 도망가지 않았냐고 흥분했다.

다행히 시간이 조금 지나자 '은자 아주머니'는 이제 우리 위층에 살게 되신다. 대신 어머니는 식사할 때마다 윗집 '은

자네'에 빈대떡을, 혹은 참나물무침을 가져다주라고 다그쳤다. 그때마다 나나 간병인은 깍듯이 어머니 말을 받들어 접시를 들고 문을 열고 나갔다가 조금 지체한 후 시치미를 뚝 떼고 다시 들어왔다. 어머니가 여기는 집이 아니라고 하면서 "집으로!"를 목 놓아 부르면 나는 어머니를 휠체어에 태우고 1층으로 나가서 아파트 단지를 한 바퀴 돌고 지하 주차장을 통해 다시 들어왔다. 어머니는 섬망 중에 있었지만 이 단계까지만 해도 나는 적절한 '롤 플레이'를 하면서 대응할 수 있었다. 어머니 수두증 치매 시절, 나는 인지가 조각난 사람에게 사실관계에 근거해 그들의 말을 교정시키는 것은 최악이라는 것을, 언어란 진짜 정보적인 것이 아니라 수행적인 것이라는 것을 깨달았었기 때문이다. 인지 저하 노인에게 중요한 것은 팩트가 아니라 감응이다.

간병 스릴러를 찍고 있습니다

그런데 문제는 지남력 장애만이 아니었다. 어머니는 한시도 쉬지 않고 움직였다. 이것도 처음에는 션트수술의 효과로 운동신경이 좋아진 것이라고만 단순하게 생각했다. 거의 누워만 있던 어머니가 앉아 있기도 하고 보행 보조기를 잡고 걷기도 하니 그렇게 좋을 수가 없었다. 그런데 자세히 관찰하니 어머니는 누웠다가 10초도 안 돼서 다시 일어나고 곧 다시 눕고 금방 다시 일어나기를 반복하면서 잠시도 가만히 있지를 않으셨다. 게다가 하루 종일 쉴 새 없이 떠드셨다. 마치 성인 ADHD 같았다. 저녁이 되면 증세는 더 심해졌고, 그러다가 갑자기 집에 가자고 떼를 부리셨고, 우리를 대하는 게 조금씩 난폭해지셨다. 동생들 사이에서도 점점 더 불안한 질문들이 나오기 시작했다. 섬망 맞아? 왜 좋아지지 않지? 혹시 치매가 오는 게 아니야?

며칠 후 정신의학과 정기 진료 때 어머니 주치의가 내린 진단은 '전두엽 진행성 장애'였다. 물이 차서 뇌를 누르고 있을 때만이 아니라 물이 빠지면서 눌렸던 뇌가 펴질 때도 뇌에 일정한 스트레스가 가해지는데 지금은 특히 감정조절이 잘되지 않는 것으로 보아 전두엽이 모종의 스트레스를 받는 것 같다는 것이다. 그러면서 장기적으로는 뇌가 지금 상태에 적응할 것으로 보이지만 일단은 공격성과 흥분 상태가 문제가 되니 약의 도움을 좀 받자고 하면서 데파코트(Depakote)를 처방했다. 집에 와서 찾아보니 그 약은 발작 같은 흥분성 장애를 조절해 주는 약이었다. 치매가 아니라니 일단 안심했고 데파코트가 어머니를 구원해 주길 간절히 바랐다.

데파코트는 어머니를 구해 주지 않았다. 데파코트를 복용했는데도 어머니의 상태는 점점 나빠졌다. 그리고 어느 날부터 어머니는 나에게 욕을 하기 시작했다. 아무리 생각해도 딱히 원인이 될 만한 사건은 없었다. 하지만 어머니는 나를 "나쁜 년"이라고 불렀고 점차 "×년", "×같은 년", "×××년" 등 차마 입에 담을 수 없는 쌍욕을 퍼부어 댔다.

동시에 망상이 시작되었다. 방에서 거실로 나와 "여기가 어디냐?"고 묻고는 내가 "어머니, 거실이잖아"라고 대답하면 처음에는 "니가 하도 이 방, 저 방, 물건을 바꿔 놓고 방을 바꿔 놓아서 헷갈린다"고 짜증을 부렸고, 나중에는 내가 혼자 '아방궁'을 짓고 자기를 구석으로 처박아 놓았다고 고래고래 소리를 질렀다. 심지어 나는 단 한 번도 본 적이 없는 어머니의 어릴 때 동네 친구인 '○○ 여자'와 짜고 외할아버지가 남기신 재산을 꿀꺽 먹으려고 음모를 꾸미고 있다고 했다. 심지어 내가 밥에 독을 탔다고도 했다. 집에 있던 항아리로 내 ××를 쳐서 죽여 버려야 할 년이라고도 했다. 그뿐만 아니라 어떤 때는 당신이 죽어야 한다고, 아파트에서 떨어져 죽겠다며 휠체어에서 벌떡벌떡 일어나기도 하고 보행기를 잡고 확 창문으로 달려가서 유리창을 두드리기도 했다. 때론 약을 먹고 죽겠다며 밤새 잠을 안 자고 방 안의 모든 서랍을 뒤졌다.

나는 점점 더 속수무책이 되어 갔다. 내가 안 보이면 "나쁜 년이 자빠져 자느라 어머니가 이러고 있는데 나와 보지도 않는다"라고 화를 내고, 간병인이 내가 일하러 갔다고 말하면 "돈독이 오를 대로 올라 눈에 보이는 게 없는 개×년!"이라며 욕을 했다. 나중에는 내가 집에 없다고 해도 믿질 않고 기어코 방에 들어와 손에 잡히는 대로 내 책을 책꽂이에서 빼서 집어 던지며 흥분했다. 난 세미나와 강의 등을 펑크 내기 시작했고 동생들이 와 있어도 늘 방에서 초조하게 스탠바이 상태에 있었다. 그러다 눈치를 봐서 어머니 곁에 가서 조심스럽게 말을 붙이면 이번에는 닥치라고, "×××를 찢어 놓겠다"라고 하고, 그래서 조용히 옆에 있으면 내가 당신을 미친년 취급하는 거라고 하면서 악다구니를 쓰셨다. 겨우 몸무게 42kg으로 뼈와 가죽밖에 남지 않았고 거의 밥도 드시지 않는데 어디서 그런 힘이 나오는지 나의 팔을 비틀고 간병인의 멱살을 잡았다.

어떤 식으로든 이 상태가 진정되어야 했다. 돌보는 사람도 지쳤지만 무엇보다 어머니가 먹지도 않고 자지도 않고 하루하루를 위태롭게 버티고 있었기 때문이다. 하지만 이 상황에 정답은 없는지라 각자는 모두 자기 방식을 사용할 수밖에 없었다. 막냇동생은 어머니가 내 욕을 하면 한술 더 떠서 자기가 더 심하게 내 욕을 하는 전략을 취했고, 간병인은 그런 막냇동생을 마땅치 않게 여겼다. 어머니를 달래지 않고 부추긴다는 것이었다. 간병인은 차라리 나보고 한동안 어머니 눈에 띄지 않게 다른 곳에 가 있으면 어떠냐고 했다. 그러면 이번엔 다른 동생이 펄펄 뛰었다. 언니가 안 보이면 진짜 무슨 일이 일어날 것 같다고 겁을 냈다.

나는 이제 어머니뿐만 아니라 동생들도 버거워지기 시작했다. 그들이 이 상황을 이해하기 위해 어머니와 나 사이에 기어코 만들어 내는 어떤 인과적 해석(어머니는 언니를 너무 사랑해서 그래. 옛날 언니가 운동권이었을 때 어머니가 배신감을 느꼈었나 봐, 그게 이제 터져 나오는 것 아닐까?)이 거슬렸고, 자기 나름의 해석 속에서 계속 나의 행동과 언어를 규율하려는 어떤 태도(언니, 가능한 집에 있어, 언니 어머니 말에 대꾸하지 말고 무조건 들어. 언니, 어쩌고저쩌고…)에 짜증이 나기 시작했다. 망상에 인과가 어디 있겠는가? 하지만 동생들과 입씨름할 기운도 나는, 없었다. 그렇게 바닥이 보이지 않는 곳으로 다 같이 추락하는 것 같은 시간을 보내면서 급기야 동생들 입에서 이제 우리가 감당할 수 있는 상태를 벗어난 게 아니냐는 말이 나오기 시작했다. 나는 동생들에게 어머니를 병원에 보내면 어머니는 돌아가실 거라고 말했다.

그럼에도 불구하고 나는 지쳤고 피곤했고 억울했고 화났고 슬펐다. 마음은 늘 불안하고 심장은 시도 때도 없이 쪼이는 것 같은 기분이었다. 아, 이런 게 공황장애구나. 아무것도 할 수 없는 상태에 놓여서 실제 아무것도 하지 못한 채 나는 겨우겨우 숨만 쉬고 있었다. 그리고 마음속에서는 이미 수도 없이 어머니를 어딘가로 보내 버렸다. 매일매일 어머니를 버리는 꿈을 꾸었다. 지옥이 따로 없었다.

션트수술에는 아무 문제가 없어요. 정신과로 보내죠

병원에 입원한 후 거짓말처럼 나에 대한 어머니의 분노와 공격이 멈췄다. 시작이 이유가 없었던 것처럼 중단도 이유가 없었다. 어머니는 자기는 진짜 미친 게 아니고 미친 '척'한 것이라고 말하기 시작했다. 의사들이 왜 미친 척을 했냐고 물으면 웃으면서 큰딸이 하도 거짓말을 해서 그랬다고 답을 하셨다. 다시 의사들이 큰딸이 무슨 거짓말을 그렇게 했냐고 물으면 이번에는 좀 우물쭈물하다가 수줍게 웃으면서 "모두 다요"라고 모기소리만 하게 답을 한다. 물론 간호사한테 갑자기 가로등을 끄라는 둥, 잔디를 깎았냐는 둥 헛소리를 계속하긴 했지만 우리는 이 정도만 되어도 좀 살 것 같았다.

그런데 내가 어머니를 정신과가 아니라 신경외과로 입원시킨 것은 어머니의 공격성과 조증(躁症) 등이 모두 뇌 션트수술 이후 발생한 문제이기 때문이다. 수술과 지금의 증세는 분명한 인과관계가 있다. 지금 어머니의 상태는 섬망인가? 그렇다면 왜 점점 심해지는가? 섬망이 아니라면 치매인가? 그런데 치매도 이렇게 급성으로 오는 법이 있는가? 섬망도 치매도 아니라면 새로운 정신병(어머니의 증세는 거의 '조현병'의 증세였다)이 생긴 것인가? 그런데 그건 내가 생각해도 가능성이 작다. 섬망도 치매도 스키조(조현병)도 아니라면 신경외과 의사가 우리한테 이야기하지 않은, 혹은 그들도 사실 잘 알지 못했던 션트수술의 부작용 중 하나가 아닐까? 솔직히 나는 맨 마지막일 가능성이 높다고 생각했고 어머니한테 맞는 적절한 뇌압을 찾지 못해서 생기는 문제일지도 모른다고 의심했다. 그래서 수술한 의사가 어머니를 가장 먼저 진단하는 게 필요하다고 생각했다.

그러나 신경외과에서는 뇌 CT 결과 신경외과적으로 뇌에는 아무 이상이 없다는 소견을 냈다. 입원한 다음 날 뇌압을 더 낮추는 시술을 했고 다시 CT를 찍었지만 역시 아무 문제가 없다고 했다. 그러고는 정신과에 컨설트를 넣었다. 정신과에서는 뇌의 흥분을 조절하는 데파코트의 용량을 늘리고 여기에 조현병과 양극성장애를 치료할 때 쓰는 자이프렉사(Zyprexa)를 처방했다. 그런데도 저녁부터 시작되는 불안과 흥분 증세가 해결되지는 않았다. 무엇보다 어머니는 잠을 자지 않았다. 그러자 이번에는 간병인이 못살겠다고 아우성을 쳤다. 의사는 급기야 잠을 안 주무실 때 더 드리라고 조증 및 조현병에 쓰이는 리스페리돈(risperidone)을 추가 처방했다. 어느 날 밤 어머니는 데파코트와 자이프렉사와 리스페리돈까지 드셨고 그 결과는 잠을 잘 주무신 게 아니라, 말을 버버버~ 어눌하게 하시면서 걸음걸이도 완연히 불안해진 상태가 되어 버렸다. 리스페리돈은 다시 중단되었다. 신경외과에서는 하루라도 빨리 정신과로 병동을 옮기라며 재촉을 해댔다.

나는 다시 어머니의 정신의학과 주치의를 찾아갔다. 의사는 치매도 아니고 스키조도 아니고 섬망인데, 하여 결국은 좋아지실 건데, 다만 지금 너무 고생하고 있을 뿐이라고 말했다. 그 말이 위로가 된 건지 갑자기 눈물이 쏟아지기 시작했다. 나는 정신과에 입원할 거면 이곳에 하고 싶다고 말했고, 의사는 순순히 동의를 해주었다. 병원을 나오자 빗방울이 떨어지고 있었다. 그래도 걷고 싶었다. 왔던 길을 되짚어 돌아오는데 비는 점점 거세지고 안경 위로 빗물이 흘러 한 치 앞도 분간할 수 없었다. 눈물과 빗물이 범벅이 된 채로 문득 정신을 차리고 보니 전혀 엉뚱하고 낯선 곳에 서 있었다. 길을 잃은 것이다. 그날 난 비를 맞으며 온갖 곳을 헤매다가 겨우겨우 집으로 돌아왔다. 어머니의 정신도 지금 그렇게 헤매고 다니는 게 아닐까?

이틀 후 난 어머니를 퇴원시켰다. 며칠 후면 정신의학과에 입원시킬 예정이었다. 그런데 집에 오자 또 거짓말처럼 어머니가 한 번 더 좋아졌다. 갑자기 똑똑해지고 한결 수굿해졌다. 물론 밤에 잠을 자지 않고 온 방 안을 서성이고 그러다가 때로는 홀딱 밤을 새우기도 하지만 이 정도라면 집에서도 감당할 수 있지 않을까? 동생들은 여전히 불안해하는 눈치지만 나는 어머니를 입원시키지 않기로 맘을 먹었다. 괜찮겠냐고? 그걸 누가 알겠는가? 다만 지금 나는 최선을 다해 다시 이런 선택을 할 뿐이다. 그리고 그렇게 간병 블루스는 계속되었다.

느린 돌봄을 수행 중입니다

우리한테는 엄마한테 꼼짝 못하는 부분이 있다

1980년 1월 어느 날 밤, 집에 강도가 들어왔다. 난 뭔가 울부짖는 소리에 잠이 깼는데, 나가 보니 안방에서 칼에 찔린 아버지가 피를 철철 흘리고 계셨다. 혼비백산한 어머니, 잠시 다니러 온 고모, 그리고 당시 스무 살 맏딸 나, 이렇게 세 여자가 아버지를 요 위에 눕힌 채 요를 질질 끌면서 20분 거리의 병원 응급실로 아버지를 옮겼다. 일주일 후 아버지는 사망했다. 사인은 패혈증. 아버지 마흔아홉, 어머니 마흔넷의 일이었다.

범인은 잡지 못했다. 12·12 직후 계엄령이 발동된 시기였고, 경찰은 온통 '불온 세력'을 감시하고 찾아내고 체포하는데 총동원되어 있었다. 결국 사건은 40년이 넘도록 미제이다. 우리 가족은 요즘식으로 말하면 강력사건 피해자가 된 것이다. 그러나 개인적인 비극 위로 거대한 사회적 비극이 덮쳐오고 있었다. 1980년 '서울의 봄'이 다가오고 있었기 때문이다. 그리고 1980년의 두 사건, 강도와 광주가 우리 가족의 운명을 영원히 바꿔 놓았다.

어머니는 원조 K-장녀였다. 1937년생이고, 수 세대에 걸쳐 서울에서 산 서울 토박이 가문의 7남매 맏이였다. 나는 한국전쟁 당시 생활력이 없었던 외할아버지 대신 어머니가 어떻게 당신 동생들을 건사했는지를 늘 듣고 자랐다. 대학을 보내 주지 않아 소복을 입고 한강으로 향했었다는 무용담도 어머니의 단골 레퍼토리였다. 하지만 외증조할아버지가 점찍어 둔 '볼품없는'(이건 학력, 경제력, 집안, 외모 모두를 포함한다 ^^) 경상도 촌놈과 결혼한 후 어머니는 계속 남편의 그림자로만 살게 된다. 아버지는, 내가 기억하는 한, 가족에 대한 보호와 통제라는 이중적 과제 수행에 최적화된 가부장의 표본이다. 그렇게 "혼자서는 동사무소에 가서 주민등록등본 한 장을 떼어 본 적이 없다"라던 어머니가 갑자기 세상 밖으로 홀로 내쳐져 네 자식을 둔 가장이 되어 버린 것이다.

엎드려 가슴을 바닥에 딱 붙여야만 벌렁대는 심장이 진정된다는 어머니의 '증세'. 아마도 트라우마, 외상후증후군, 공황장애, 불안증, 우울증, 혹은 그것 모두를 합친 복합적인 마음의 병! 그러나 당시 나는 그런 어머니를 이해하거나 분석할 수 있는 용어도 지혜도 경험도 여유도 없었다. 스무 살 나는, '서울의 봄' 한가운데로 미친 듯이 빨려 들어갔고, 경찰서에 들락거렸고, 고문을 받았으며, 결국 데모를 주도하고 감옥에 갔다.

성실하고 책임감 강하고 공부 잘했던 맏딸, 어쩌면 나는 어머니에게 남편의 대체물로 손색이 없었을지도 모른다. 1980년대가 아니었다면, 어쩌면 나는 그렇게 살았을 수도 있었다. 그러나 나는 감옥에 감으로써, 두번째는 출소한 후 얼마 되지도 않아 이른 결혼을 감행함으로써(나는 하루 빨리 '노동운동'을 해야 했다. 쩝!), 그리고 십수 년 후엔 엄마가 거의 키우다시피 했던 손주까지 데리고 용인으로 이사를 함으로써(아이를 대안학교에 보내야 했다!), 세 번에 걸쳐 엄마 곁을 떠났고, 그렇게 세 번 예수를 배신한 베드로처럼 엄마를 배신했다.

어머니가, 그녀의 신산했던 삶이 내 눈에 들어온 것은 내가 용인으로 이사한 직후였다. 당시 어머니는 심한 신경증과 불안증이 도져 제대로 걷지도 말하지도 못하는 상태가 되어 결국 대학병원 정신과에 입원했다. 그리고 매일 어머니에게 들르던 나는 어머니가 취미도 전혀 없고, 부를 줄 아는 노래도 하나 없어, 병원의 그 어떤 놀이치료 프로그램에도 참여하지 못한다는 사실을 알게 되었다. 노래방 마이크를 들고 어쩔 줄 몰라 하는 어머니를 보면서, 그날 난 펑펑 울었다. 마흔넷이 얼마나 젊은 나이인지에 대한 뒤늦은 깨달음, 어머니가 꾸역꾸역 버텨 왔던 세월이 새삼 사무쳤다.

남동생이 홀어머니를 당연히 자기가 '모시고' 살아야 한다고 여긴 것도 단순히 K-장남의 규범성 때문만은 아니었다. 우리 네 남매가 어떤 의미에서 어머니를 떠받들고 사는 이유 역시 단순히 그녀가 '홀몸'으로 우리를 꿋꿋하게 키워 냈기 때문만도 아니다. 사실은 오히려 반대이다. 우리가 불안한 어머니 옆에서 계속 상처받고 조금씩 망가져 가면서도 끝내 어머니에게 꼼짝 못하는 것은, 어머니가 바로 너무 불안하고 위태롭고 취약하기 때문이었다. 그리고 그것은 결코 그녀 잘못이 아니었다.

그러나 남동생이 결혼 후 어머니를 모신 십여 년 동안, 동생네 가족은 아무도 행복하지 않았다. 괴팍한 시어머니를 모시는 데 지친 며느리는 점차 입을 다물고 밖으로 나돌았으며, 늘 할머니의 부정적 피드백에 노출된 손녀딸은 마음을 완강하게 닫아 버렸다. 아무도 자기를 존중하지 않는다고 생각한 어머니는 반려견을 학대했다. 남동생은 이 상황에서 속수무책 우왕좌왕하고 있었다.

난 결단을 내렸다. 어머니와 남동생을 모두 설득해서 어머니를 독립시키고 내가 사는 같은 아파트 앞 동에 어머니를 이사시켰다. 어머니는 3년을 혼자 사셨다. 주변의 많은 사람이 아들·며느리와 사는 것보다 혼자 사는 게 어머니에게 훨씬 더 좋을 것이라고 말했었지만, 결과적으로 그렇지 못했다. 역시 뒤늦게 깨달은 것이지만 어머니는 혼자 살 수 있는 종류의 사람이 아니었다. 그러다가 어느 날 새벽의 낙상과 골절, 뒤이은 입원. 더 이상 어머니를 혼자 살게 할 수는 없었다. 나밖에 없었다. 나는 어머니와 살림을 합쳤다.

도망치는 것은 불가능하다

애틋한 엄마였지만, 한편으로는 감당하기 힘든 엄마였다. 처음 4년, 가장 큰 어려움은 어머니의 우울증이었다. 덕분에 같이 사는 나도 종종 우울 상태에 빠져 누군가를 원망하거나 아니면 나를 자책했다. 출구가 없는 캄캄한 돌봄 터널에 갇힌 것 같았던 그 시절, 읽고 쓰는 일이 없었다면, 루쉰과 장자가 아니었다면, 매일 걷지 않았다면, 내 이야기를 들어주는 공동체 친구들이 없었다면, 나는 아마 버티지 못했을 것이다.

그다음 3년은 스펙터클했다. 낙상, 허리 골절, 5개월간의 입원과 퇴원, 그리고 수두증, 뇌 션트수술, 지독한 섬망, 다시 입원이라는 롤러코스터를 탄 시기였다. 간병이란, 우에노 지스코 말대로, 몸은 환자와 떨어져 있어도 잠시도 잊을 수도, 내려놓을 수도, 쉴 수도 없는 무거운 짐 같은 것이라더니, 정말 나는 수년 동안 등이 휠 것 같은 간병의 무게 속에서 허덕였다. 그리고 이 돌봄노동은 "살과 뼈를 갈아 넣어도 절대로 완결되지 않는"전희경 외, 『새벽 세 시의 몸들에게』, 봄날의책, 2020 것이었다. 나가서도 일하고 집에서도 일해야 하는 상황이 7~8년 반복되자 나의 돌봄 에너지는 바닥까지 떨어졌다. 이렇게는 지속 가능한 돌봄이 불가능했다. 돌봄 배터리가 완전히 손상되기 전에 어떤 조치를 취해야 했다.

가장 시급한 것은 나만의 쉴 공간을 갖는 것이었다. 시골에 작은 집이라도 마련할까? 아니면 집 근처 오피스텔이라도 얻어서 개인 작업실을 따로 꾸려 볼까? 아예 복층 아파트로 이사 가서 어머니와 사는 공간을 구조적으로 분리할까? 하지만 어머니는 지독한 섬망이 가라앉은 이후에도 상당 기간 불안정한 상태였고, 나의 자기돌봄 시간은 자꾸 미루어졌다.

하지만 어머니는 서서히 안정을 찾아 갔다. 고질적인 허리 통증도 약을 바꾼 후에 한결 나아졌고, 지독한 변비도 운동량이 조금씩 늘면서 해결되어 갔다. 물론 그 이후에도 발이 퉁퉁 붓는다거나 치아가 문제를 일으킨다거나 지속적인 복통이 생기는 등의 이슈가 계속 발생했지만, 어떤 때는 병원에 가고, 또 어떤 때는 약을 먹고, 또 어떤 때는 찜질 같은 민간요

법을 통해서 대충 해결해 갔다. 어느 순간 어머니는 아프다는 말을 거의 안 하게 되었다.

나는 한 달에 한 번, 4박 5일 정도의 돌봄 휴가를 쓰기 시작했다. 물론 모험이었다. 왜냐하면 어머니 섬망 직후 첫 돌봄 휴가 때 '폭망'한 기억이 있기 때문이다. 당시에는 자발적이라기보다는 동생들이 등을 떠밀다시피 해서 떠난 휴가인데, 나 대신 동생들이 어머니를 돌보겠다며 간병 일정표를 촘촘하게 분담해 놓았기 때문에 나는 비교적 안심하면서 길을 떠났다.

강원도 바다가 보이는 숙소에서 3박 4일 처박혀 세상과 연을 끊고 먹고 자고 할 거야. 아무하고도 아무 말도 안 할 거야. 가져가는 소설책 5권만 침대에서 뒹굴뒹굴하며 읽다가 올 거야. 동생들아, 3박 4일 엄마를 부탁해!!

그런데 안심은 12시간을 넘지 못했다. 숙소에 도착하자마자 카톡 방해금지 시간대를 24시간 온종일로 맞춰 놓고 실컷 자다가 일어난 저녁 8시쯤, 잠시 핸드폰을 보니 카톡 126개가 와 있었고 부재중 전화도 열 통이나 걸려 와 있었다.

"언니 전화 좀 받아. 엄마가 언니 찾느라 난리도 아냐."

"오빠, 빨리 엄마한테 좀 가 봐."

"아, 작전을 잘못 짰나 봐."

"엄마가 간병인한테 고래고래 소리 질러, 아줌마 당장 그만둘 것 같아."

깊은 빡침!! 어떻게 24시간이 아니라 12시간도 못 버티고 나에게 이런 짓을 할까? 모질게 카톡을 보냈다. "너희가 알아서 해. 어떻게 3박 4일도 커버 못하니? 너희 모두 엄마한테 가서 3박 4일 함께 숙식하면 되잖아?" 하지만 마음은 울렁울렁 좀처럼 가라앉지 않았다. 결국 어머니에게 전화해서 흥분을 일단 가라앉혀 드리고, 그다음 날부터 하루에 세 번씩 전화해서 어머니의 불안을 달래 가며 휴가인지 아닌지 모를 휴가를 보내었다.

그런데 그때부터 이미 2년이 지났고, 어머니 상태도 훨씬 좋아졌기 때문에 나는 어머니에게는 지방대학에 출장 강의 하러 간다고 둘러대면서 휴가를 썼다. 여전히 어머니는 영 마뜩하지 않은 눈치였지만 그런대로 휴가 루틴을 유지할 수는 있었다.

그러자 나는 아예 분가를 꿈꾸기 시작했다. 엄마와 함께 사는 게 아니라 엄마 옆에서 살면, 비록 두 집 살림 하게 되겠지만, 그래도 그렇게 하는 편이 나의 정신 건강에 좋을 것 같았다. 동생들은 기꺼이 찬성했다. 그런데 어느 날 갑자기 어머니가 가슴 통증을 호소하기 시작했다. 나의 독립에 대해서는 첫 말도 꺼내기 전이었다. 엑스레이, 심지어 MRI까지 찍었지만 골절은 발견되지 않았고, 심장초음파도 이상이 없었다.

아무래도 심인성 질환 같았다. 나는 집에 머무는 시간을 늘리고, 어머니와 수시로 눈을 맞추고, 아프다고 하면 호들갑을 떨면서 과하게 걱정하고 위로했다. 어느 날 거짓말처럼 어머니 흉통이 사라졌다. 그리고 깨달았다. 분리불안증에 시달리면서 아이가 엄마 찾듯 딸을 찾는 어머니로부터 도망치는 것은 불가능하다는 것을. 나는 독립을 포기했다.

돌봄 절전모드로 전환하다

일본의 아들 돌봄을 분석한 『아들이 부모를 간병한다는 것』이라는 책에는 '미니멈 케어'라는 용어가 나온다. 부모의 성별이나 심리적 거리 등과 관계없이 상당수의 아들이 '지나치게 헌신하지 않는' 간병 방식을 택하고 있다는 것이다. 물론 저자 히라야마 료는 이것을 남성과 여성의 간병 스타일의 본질적 차이로 해석하는 것은 신중을 기해야 한다고 말하면서, 여성과 남성이 받는 사회적 압력의 차이가 고려되어야 한다는 분석을 잊지 않는다.

그럼에도 불구하고 나는 '미니멈 케어'라는 이 단어가 매우 신선했다. 돌이켜 보면 나는 지나치게 최선을 다하거나 아니면 지쳐 떨어져 '좀비' 상태에 머물거나 했기 때문이다. 어쩌면 '미니멈 케어'도 가능한 게 아닐까? 그것이 더 지속 가능한 돌봄 방식 아닐까? 다행히 최근 2, 3년간 어머니는 식사를 아주 잘하시고 육체적 컨디션도 좋은 편이다.

요즘 나는 한 달에 한 번씩 챙기던 돌봄 휴가를 줄였다. 매달 어딘가를 예약하고 짐을 싸고 풀고, 장거리 운전을 하는 일정이 피곤했기 때문이다. 대신 병원 진료를 포함해 어머니의 신체적 상태를 살피는 일, 어머니 끼니를 챙기는 일에만 집중한다. 그래도 일주일에 두 번 이상은 장보기를 해야 하고, 일주일에 한 번 이상은 새벽에 일어나 반찬을 한꺼번에 예닐곱 가지를 해야 한다. 간병인 휴무 때는 하루 종일 어머니를 보살펴야 한다. 하지만 그 이상으로 '지나치게 헌신하지는 않는' 미니멈 돌봄을 하려고 마음을 다잡는다.

최근 새로운 루틴이 만들어졌다. 아침에 어머니가 일어나서 휠체어에 타고 거실로 나오면 나는 어머니와 마주 보고 운동을 시작한다.

"엄마, 손부터 터시고, 어깨도 으쓱으쓱 합시다."

"자, 다음엔 박수. 손바닥이 아프게 열 번 짝짝짝짝…, 그다음 비비고 비비고… 손을 눈에…."

"이번에 팔을 들어 머리 뒤에서 팔짱 끼고 허리를 펴고 머리를 아래로 아래로… 그다음엔 팔을 다시 쭉 뻗어서 양쪽 귀에 붙이고 고개를 뒤로 뒤로…."

눈도 잘 안 보이고 귀도 잘 안 들리는 엄마를 위해 나는 각설이 타령하는 품바처럼 오버액션을 해가면서 팔 운동, 목 운동, 가슴 운동 등을 엄마와 함께 한다. 마지막에 어머니를 일으켜 세워 내 몸을 지지대 삼아 까치발 들기 등의 하체 운동을 하게 한다. 마지막에는 도수치료사처럼 자주 저린다는 어머니 종아리를 마사지한다. 걸리는 시간은 총 20분 정도. 그러나 나도 엄마도 서로 눈을 마주치며 깊게 교감하는 질적인 시간이다.

내년이면 어머니가 미수(米壽)를 맞는다. 장담하긴 이르지만, 특별한 사건·사고가 생기지 않는다면 어머니는 꽤 오래 사실 것 같다. 요즘 나는 돌봄 배터리를 절전모드로 전환해 놓았다. 느리고 지루하지만 평화로운 돌봄의 시기가 지나가고 있다.